文春文庫

ミスト

短編傑作選

スティーヴン・キング
矢野浩三郎ほか 訳

文藝春秋

目次

ほら、虎がいる　7
ジョウント　17
ノーナ　61
カインの末裔　125
霧　137

解説　353

ミスト

短編傑作選

ほら、虎がいる

チャールズはどうしても洗面所に行きたかった。休み時間まで待てると自分にいい聞かせても、もはや無駄だった。膀胱が痛くなってきた。バード先生は彼が悶えるのに気づいていた。

エイコーン通り初等中学校《グラマースクール》の三学年には三人の女教師がいた。キニー先生は若くてブロンドで活気があり、放課後ブルーのカマロに乗ったボーイフレンドが迎えにくる。トラスク先生はふっくらと枕みたいな体型をして、髪を編んでおり、威勢よく笑った。そして、もう一人がバード先生だ。


　こんな時に限ってバード先生の授業だ。こうなることはわかっていたんだ。なぜならバード先生は明らかに彼をいじめるのが好きなのだ。バード先生は、チャールズのいい間違いの癖を当てこするかのように、生徒たちにいうのである。地下室《ベースメント》になんか行っちゃいけませんと。先生いわく、地下室《ベースメント》というのはボイラーなんかがあって、育ちのいい人たちは決してそんなところには行きません。地下室《ベースメント》というのは汚らしくて、煤《すす》だらけで、古い物ばかり。育ちのいい人たちが行くのは地下室《ベースメント》じゃなくて洗面所《バスルーム》。

　チャールズは再び身をよじった。

　バード先生は彼に目をやった。

「チャールズ」教鞭でボリビアを指したまま、先生ははっきりといった。「洗面所に行きたいんですか？」

前の席に座っているキャシー・スコットが巧みに口を隠してくすくす笑った。

ケニー・グリフィンも笑いながら後ろからチャールズを蹴った。

チャールズは顔を真っ赤に染めた。

「はっきりおっしゃい、チャールズ」バード先生は楽しそうにいった。「あなたは洗面所で……」

（おしっこっていうつもりなんだ。いつもそうなんだ）

「そうです、バード先生」

「そうって何が？」

「ぼくは地下《ベース》……洗面所《バスルーム》に行きたいんです」

バード先生は微笑《ほほえ》んだ。「いいわ、チャールズ。洗面所に行っておしっこしてらっしゃい。そうなのね。おしっこなのね？」

ダメを押されて、チャールズはうなだれた。

「わかりました、チャールズ。お行きなさい。今度からは聞かれる前にいってちょうだい」クラス全体が笑った。バード先生は教鞭で黒板を叩いた。

チャールズは机のあいだをとぼとぼと歩いてドアに向かった。キャシー・スコットも含む三十人の目が彼の背に注がれ、全員これから彼が洗面所でおしっこをすると知っているのだ。ドアまでの距離がフットボール競技場以上にも思えた。バード先生は、彼がドアを開け、無人のホールに出て、ドアを閉めるまで、授業を再開しなかった。

彼は男子洗面所（地下室……、地下室だっていいじゃないか）に向かって歩いた。壁の冷たいタイルに沿って指を滑らせ、掲示板の紙の上を通り、赤い火災警報器（緊急時にはこのガラスを割ること）の上にも指を軽く滑らせて……。

わざとやってるんだ。バード先生はぼくが顔を赤くすることが好きなんだ。キャシー・スコット（あの娘は一度も行きたくならない。不公平だ）や皆の前で。

意地悪なくそばばあめ。彼は呪った。彼は昨年、呪うことは別に罪ではないのだと気がついてから呪うことにしていた。

彼は男子洗面所に入った。

なかはとても涼しかった。空気に漂うかすかに鼻を刺激する塩素の臭いも不快なものではない。昼前の洗面所は清潔で人気《ひとけ》もなく、平和で心地よかった。下町のスター劇場のたばこ臭くて汚い便所とは大違いだ。

洗面所（地下室でもいいじゃないか！）はL字形で、短い辺には小さな四角な鏡と陶器の手洗いとペーパータオルのケース（ニブロック印だ）が並び、長い辺には二つの小便器と三つの大便用の仕切りが並んでいた。

チャールズは鏡に映る自分の青ざめた顔を不機嫌に見ながら、角を曲がった。

虎が一番奥の白い石目のガラスの窓の下に横たわっていた。とても大きな虎で、黄褐色と黒の縞が毛皮の上で交錯していた。虎はチャールズを狙うように見上げると、緑の目を細めた。穏やかにうなるような吠え声が口から洩れた。筋肉がしなやかに動き、虎は立ち上がった。尻尾が振られ、一番奥の小便器の陶器に当たってかすかな音を立てた。

虎はとても空腹そうで、凶悪そうだった。

チャールズはあわてて入口まで駆け戻った。ドアが彼の背後でギイと閉まる音を聞くまでの時間が永遠とも思えた。でも、もう安全だ。ドアは内側にしか開かない。虎がドアを開くほど利口だなんて、読んだことも聞いたこともない。

チャールズは手の甲で鼻を拭いた。心臓がどきどきして鼓動の音が聞こえるほどだった。尿意はしかし以前にもまして激しくなっていた。

彼は悶え、身をよじり、下腹を手で押さえた。もしも、誰も通らないという保証でもあるならば、女子洗面所を使えるのだけど。ホールの向かい側だ。チャールズは恨めしげに女子洗面所を眺めていたが、自分でもわかっていた。たとえ百万年経ったってそんなことできるものか。キャシー・スコットが来たりしたらどうする。それとも（何て恐怖だ！）バード先生が来たりしたらどうする？

ひょっとして、虎なんて想像しただけなのかもしれない。

彼は片目でのぞける程度にドアを開いた。

虎はL字形の角の向こうからのぞき返していた。その目は緑色に輝いていた。チャールズはその深い輝きの中に青いしみが見えるような気がした。まるで、虎の目が彼の目を食っちゃったみたいに。まるで……。

誰かの手が彼の首に触った。

チャールズはくぐもった悲鳴をあげた。心臓と胃袋が喉まで飛び上がったみたいだった。一瞬小便を洩らしたかと思った。

　ケニー・グリフィンだった。にやにやしながらいった。「バード先生が見て来いってさ。もう、何年も帰って来ないからさ。何かあったのかい」

「うん、なかに入れないいんだよ」チャールズはケニーに驚かされたことでめまいがしていた。

「ははあ、便秘なんだあ」ケニーはうれしげに笑った。「キャシーにいってやろおっと」

「止せったら」チャールズはあわてていった。「ぼくは便秘なんかじゃない。なかに虎がいるんだよ」

「虎が何やってんのさ」ケニーは聞いた。「小便でもしてんのか?」

「知らないよ」チャールズは顔を壁のほうに背けた。「あいつがいなくなんないと」彼は泣き始めた。

「よお」ケニーは当惑し、ちょっと驚いた。

「よおったらあ」

「行かなきゃなんないし。どうすりゃいいんだろう。きっとバード先生は……」

「来なよ」ケニーは片手でチャールズの腕を掴むと、もう一方の手でドアを開けた。「そんなものおまえが想像しただけだよ」

　チャールズが恐怖にかられて手を振りほどいてドアに駆け戻る間もなく、二人はすでに洗面所のなかに入っていた。

「こらあ、虎公」ケニーはしゃがれ声でいった。「バード先生がおまえを殺すってよお」

「向こう側にいるんだよ」

ケニーは手洗いの横を進んだ。「猫ちゃん猫ちゃん、ちゅっ、ちゅっ」

「およしってば」チャールズは小声で叫んだ。

ケニーは角を曲がって消えた。「猫ちゃん、猫ちゃん、猫……」

チャールズは再び入口に駆け戻り、壁に身体を押しつけて、待った。両手を口に当て、目をきっちり閉じて、悲鳴が聞こえるのを待った。

悲鳴は聞こえなかった。

どれだけの時間が経ったのだろう。もう膀胱は破裂しそうだった。男子地下室のドアを見つめた。何も変わりない。それはただのドアだった。

入るつもりはなかった。

入る勇気もなかった。

でも、彼はとうとう入った。

手洗いと鏡は清潔で、塩素のかすかな臭いも同じだった。別の不快な臭いもかすかに感じた。たったいま切断されたばかりの銅のような。

声にならない恐怖の呻きとともに、彼はL字形の角まで行き、そおっとのぞいた。

虎は床に寝そべって、大きな掌を長いピンクの舌でなめていた。虎はチャールズには興味がないように見えた。爪のあいだに裂けたシャツの破片が引っ掛かっていた。

彼の尿意はいまやたえきれぬ苦悶と化していた。もう限界だ。彼はドアに一番近い陶器の手洗いの前で爪先立った。

バード先生がドアを勢いよく開いたのは、チャールズがジッパーを上げ終わった瞬間だった。

「何てことをするの。この汚い、ちびの野蛮人たら」先生はほとんど反射的に口を開いた。チャールズはそれでも曲がり角から目を離さなかった。「ごめんなさい、バード先生。だって虎が……。いま洗うところだったんです。石鹸使って洗います。ほんとうです」

「ケニーはどこ？」バード先生は冷たく聞いた。

「知りません」

ほんとうに知らないんだもの。

「その向こうにいるの？」

「違います！」チャールズは叫んだ。

バード先生は大股で曲がり角に歩み寄った。

「出て来なさい、ケニー。早く出て来るのよ」

「バード先生……」

しかしバード先生はすでに角を曲がろうとしていた。思い切りとっちめるつもりなんだ。本当にとっちめるってことがどんなことかバード先生にもすぐにわかるはずだ、チャールズは思った。

彼はまたドアの外に出た。給水器で水を飲んだ。体育館の入り口にアメリカ国旗がぶら下がっているのを見た。掲示板を見た。森のふくろうさんの伝言、「不潔にしてちゃいけないよ、ホー、ホー」。親切おまわりさんの伝言、「知らない人の車に乗るのはよそう」。チャールズはすべての伝言を二度ずつ読んだ。

彼は教室に戻ると、机の列の中をうつむきながら歩き、自分の席に座った。十一時十五分前だった。彼は教科書を取り出し、主人公がロデオで活躍する場面を読み始めた。

（松村光生訳）

ジョウント

「ジョウント七〇一便の最後のご案内です」耳に心地よい女性の声が、ニューヨークのポートオーソリティー・ターミナルの青通路に響いた。このターミナルは三百年ほど前と大きく変わっておらず――今も荒涼とした雰囲気を漂わせ、そこはかとなく薄気味悪さを醸し出している。おそらく、施設内で最も落ち着きを感じさせるのは、自動化された女性の声のアナウンスだろう。「当便は火星ホワイトヘッドシティ行きのジョウント・サービスです」と自動音声が続く。「チケットをお持ちの乗客の皆さまは、許可証をお確かめのうえ、青通路の睡眠ラウンジまでお急ぎください。ありがとうございました」

上階にある睡眠ラウンジは、薄気味悪さを微塵《みじん》も感じさせなかった。牡蠣《かき》色の絨毯《じゅうたん》が敷き詰められた床。卵の殻色に塗られた壁。眼の保養になる抽象画。客に鎮静効果をもたらすよう、天井には渦巻き状のグラデーションが施されている。広大なラウンジの中には、百脚のジョウント用寝椅子がゆったりとした等間隔で並んでいた。十脚ずつ十列。ジョウント係員五名が室内を巡回し、小さいながらも明るい声で客に話しかけたり、グラスに入ったミルクを手渡したりする。四方の壁のひとつには出入口が設けられ、扉の両脇を武装警備員が固めていた。六人目のジョウント係員が、遅れてやって来た男性客の許可証を確認する。男はいらついた表情をしており、小脇には《ニューヨーク・ワールドタイムズ》が見えた。出入口のちょうど反対側の床には、子供用の滑り台みたいなスロープがある。スロープの幅はおよそ五フィート、長さはおよそ十フィートで、スロープを滑り降りた先の壁には、四角い穴が穿《うが》たれていた。

オーツ一家の面々は、ラウンジの奥に陣取った。壁際の列の寝椅子を四つ。マーク・オーツが端、妻のマリリスが反対の端、夫婦のあいだに子供ふたりが挟まれる形で横になっている。

「ねえ、父さん。そろそろジョウントについて教えてよ」とリッキーが口を開いた。「約束してたじゃない」

雄牛みたいな体格のビジネスマンが、寝椅子に横たわったまま一家をちらっと見やり、すぐにまた手許の書類ばさみへ視線を戻す。唾をつけて磨きあげたみたいな靴は、きちんと揃えられていた。ラウンジのあちこちから聞こえてくるのは、ぶつぶつという低い話し声と、寝椅子の上でリラックスしようとする乗客の衣擦《きぬず》れの音だ。

マークはマリリスをちらっと見て、ウィンクを投げかけた。妻からはウィンクが返ってくるが、不安を口にする娘のパティと同様、マリリスも不安を抱えているように見えた。〝無理もない〟とマークは思った。自分以外の三人にとっては、これが初めてのジョウントなのだから。六ヶ月前、勤務先の〈テキサコ・ウォーター〉社からホワイトヘッドシティへの転勤を内示されたため、この半年というもの、家族全員での移住のメリットとデメリットはさんざん話し合ってきた。そしてオーツ夫妻は結局、マークの二年間の火星駐在に一家揃ってついていくことを決断したのだ。しかし、マリリスの蒼白な顔を見ると、その決断を後悔しているのではという疑問が湧いてくる。

マークは腕時計を一瞥《いちべつ》した。ジョウントの時刻まではまだ三十分も時間がある。物語を話して聞かせるには充分な時間だし……きっと、物語は子供たちの心から不安を取り除いてくれるだろう。もしかしたら、マリリスにも落ち着きが戻ってくるかもしれない。

「よおし」とマークは言った。リッキーとパティが真面目な顔でこっちを見つめている。息子は十二歳、娘は九歳。地球へ戻ってくるころには、リッキーは思春期のまっただ中で、娘は胸がふくらみかけているだろう。このことを考えるたび、マークは信じられない気持ちになった。リッキーとパティは火星に着いたら、石油会社や土木会社の現地駐在員の悪ガキたち百人ほどといっしょに、ホワイトヘッド総合学校に通うことになっている。数ヶ月もすれば、息子は地学の野外学習で衛星フォボスを訪れるかもしれない。信じるのは難しくても……これは紛れもない事実だ。

〝やってみなければわからない〟とマークは皮肉っぽく考えた。〝物語を聞かせてやることで、自分のジョウントにも良い効果があるかもしれないんだし〟

「我々が知るかぎり」とマークは話しはじめた。「ジョウントは今から三百二十年ほど前の一九八七年ごろ、ヴィクター・カルーンという人物によって開発された。彼は個人の立場でジョウントを研究してきたが、研究費には政府の金も入っていて……やがては政府の介入を受けることになった。最終的に研究は、政府もしくは石油業界に乗っ取られてしまったんだ。いつ開発されたかはっきりしないのは、カルーンが奇矯《ききょう》な男で――」

「父さん、それは頭がおかしいって意味？」とリッキーが訊いた。

「奇矯というのは、ちょっとだけ頭がおかしいという意味ね」とマリリスが答え、娘と息子ごしに夫へ笑顔を向ける。少し緊張が解けたみたいだな、とマークは思った。

「ふうん」

「とにかく、カルーンは長いあいだ独自で研究を続けたが、あるとき、それまでの研究成果を政府に報告した。研究資金が底を尽きかけているのに、政府からの追加投資《リファンド》が望めそうになかったんだ」

「商品に満足できないときは返金《リファンド》してくれるのよ」とパティが言って、甲高《かんだか》い笑い声をあげる。

「偉いな。よく知っているじゃないか、パティ」マークは娘の頭をくしゃくしゃにした。ラウンジの反対側で出入口の扉が音もなく横へ開く。姿を現したふたりの係員は、ジョウント・サービスの真っ赤なジャンパーを身にまとい、カートを押していた。カートの上にはホースの先端にはステンレス鋼のノズルが見える。客の目に触れないよう配慮されているものの、カートの中にガスボンベが二本あることを、マークは知っていた。カートの側面に吊された網袋には、百人分の使い捨てマスクが収められている。マークは話を続けた。

〝忘却《レーテー》〟の代理人たちと直面せざるをえなくなるまで、家族にはその存在を気づかせたくなかったからだ。物語を披露し終えるのに充分な時間が与えられれば、三人は諸手《もろて》を挙げて麻酔士たちを歓迎するだろう。

　麻酔なしでのジョウントの結果を知って……。

「おまえたちも知ってのとおり、ジョウントはいわゆる瞬間移動《テレポーテーション》だ」とマークは言った。「大学の化学や物理学では、カルーン作用と呼ばれることもある。しかし、実態は瞬間移動そのものだし、世間の噂を信じるなら、この作用を〝ジョウント〟と名付けたのはカルーンその人だ。

彼はSF作品をよく読んでいた。アルフレッド・ベスターという作家が『虎よ、虎よ！』の中で、瞬間移動に〝ジョウント〟の造語を当てている。本の中では、人間は念じるだけでジョウントできるが、現実の我々にはそんなことはできない」

ふたりの係員が金属製ノズルにゴム製マスクを取りつけ、ラウンジの入口近くの年配女性に差し出した。マスクを受け取り、一回だけ息を吸い込んだ女性が、そのまま静かに崩れ落ちる。ぐにゃりとした四肢が寝椅子の上に投げ出され、スカートの裾が少しめくれあがって、道路地図みたいに静脈の浮き出た、締まりのない太腿があらわになった。係員のひとりが察しよく裾の乱れを直し、もうひとりがマスクを新しいものと交換する。マークはこの手順を見て、モーテルのプラスチック製のコップを思い出した。パティにはもう少し落ち着いてほしい。無理やり押さえつけられる子供は何度も目にしてきたし、ゴム製マスクに顔を覆われて泣き叫ぶ子供を見たこともあった。子供からすればむしろ自然な反応なのかもしれないが、見ていて胸くそが悪くなるし、パティがそんな目に遭うなんてまっぴらごめんだ。まあ、リッキーに関してはそれほど心配はしなくていいだろう。

「ジョウントの開発は、土壇場ぎりぎりで成功したと言える」マークは話を再開した。リッキーに語りかけながら、腕を伸ばしてパティの手を握る。娘の手は冷たく、わずかに汗ばんでいた。「世界では石油が尽きかけていた。なんとか残っている分も、ほとんどが中東の砂漠民に握られていて、彼らは石油を政治的な武器として徹底的に利用しようとした。OPEC《オペック》と呼ばれる石油カルテルを結成して——」

「パパ、カルテルってなあに？」とパティが質問した。

「ああ、独占のことだ」

「クラブみたいなものよ」とマリリスが横から説明する。「このクラブに入れるのは、たくさん石油を持ってる国だけなの」

「へえ」

「時間がないから、あのころの混乱ぶりを詳しく説明はできない」とマークは言った。「将来、学校で教わることもあるだろうが、とにかく混乱があった――そういう前提で話を進めさせてくれ。当時は、車を所有していても、週に二日走らせるのがせいぜいだった。ガソリンは一ガロン当たり十五旧ドルもしていたんだ――」

「うっそお」と息子が声をあげる。「今は一ガロンで四セントもしないよね、父さん?」

マークは笑みを浮かべた。「我々が旅立つ理由も、まさにそこにあるんだ、リッキー。火星に埋蔵されている石油は、人類の約八千年分の消費を充分に賄《まかな》える。金星は二万年分……。しかし、もう石油の重要性はそれほど高くない。現在、人類が最も必要としているのは――」

「水!」とパティが大声で答えた。例のビジネスマンがまた書類から視線を上げ、しばらくのあいだ笑顔をパティに向けたままでいる。

「そのとおり」とマークは言った。「なぜなら、一九六〇年から二〇三〇年までのあいだに、人類は地球上の水という水を汚染してしまったからだ。火星の氷冠から水を採取する最初の計画は、こう命名された――」

「ストロー作戦」今度はリッキーが答える。

「そう。二〇四五年ごろの話だ。ストロー作戦のずっと前から、地球上できれいな水源を探すため、ジョウントが利用されてきた。現在では、火星の主な輸出品は水で……石油はおまけ的な扱いになっている。とはいえ、当時はまだ重要な産品だった」

子供ふたりがうなずく。

「ここで肝心なのは、水や石油がいくら存在していても、ジョウントがあって初めて手が届くという点だ。カルーンがジョウントを実用化したとき、世界は新たな暗黒時代に入ろうとしていた」

「やだやだ」パティが淡々とした声で言う。

マークは左のほうを一瞥した。尻込みする男を係員たちが説得している。ようやく男がマスクを受け取り、数秒後には、寝椅子の上でくずおれて、死んだように動かなくなった。〝初心者だな〟とマークは思った。〝見れば一発でわかる〟

「カルーンはまず鉛筆で実験を始め……鍵……腕時計……ネズミを瞬間移動させた。そして、ネズミの実験は問題の存在を浮き彫りに……」

ヴィクター・カルーンは、興奮の熱に足許《あしもと》をふらつかせながら、自分の実験室へ戻ってきた。モールスやアレクサンダー・グラハム・ベルやエジソンがどんな感じ方をしたのかを、今の彼は身をもって知っていた。しかし、感動は先達たちの誰よりも大きい。ニューパルツのペットショップに行って、なけなしの二十ドルでハツカネズミを九匹買ったあと、帰り道では二度もピックアップトラックをおしゃかにしかけた。有り金といえば、右前のポケットの九十三セントと、銀行口座の十八ドルだけ……。しかし、この事実はまったく心をよぎらなかった。たとえよぎったとしても、間違いなく気にも留めなかったはずだ。

実験室は納屋を改装したもので、二六号線から分岐する土道を一マイル進んだどん詰まりにある。復路で二度目にひやりとしたのは、愛車の〈スバル・ブラット〉を土道に乗り入れるときだった。燃料タンクはほとんど空っぽで、十日から二週間は給油できる見込みがないが、この点もやはり気にはならなかった。天にも昇るような心持ちで、興奮に我を忘れていたからだ。

ここまでの成功は、完全な想定外というわけではない。政府が年間二万ドルのはした金を援助してくれる理由のひとつは、粒子転送という学問分野には必ず、まだ理解されていない可能性が潜んでいることなのだ。

とはいえ、まさか、こんなふうに実現するとは……。突然……前触れもなく……カラーTVに必要な電力より少ない電力量で実現するとは……。なんてことだ！　ちくしょうめ！

カルーンは急ブレーキをかけ、玄関先の地べたに〈ブラット〉を止めた。汚れた助手席に置いておいた箱の取っ手をつかみ（箱の上面には、犬や猫やハムスターや金魚の絵と、〝わたしの生まれ故郷はスタックポール・ペット店です〟という銘が記されていた）、大きな両開きの扉へ全力疾走する。箱の内側からは、かさかさ走り回る実験動物の音が聞こえてきた。

行く手に立ち塞がる大扉の片側を押し開けようとするが、びくともせず、鍵をかけておいたことを思い出す。カルーンは「くそっ！」と大声を発し、鍵束を探しはじめた。政府からは実験室を常時施錠するよう厳命されている——資金提供との引き換えに課される条件のひとつ——が、カルーンはよく鍵をかけ忘れた。

取り出した鍵束を、しばしじっと見つめた。魅入られたかのように、親指の付け根の膨らみで、愛車のイグニッションキーのギザギザをなぞる。カルーンはふたたび心の中で叫んだ。〝なんてことだ！　ちくしょうめ！〟それから鍵束をいじくり回して、納屋のシリンダー錠の鍵を抜き出す。

電話を使ったはじめての通話が、なんの気なしに行なわれたのと同じく――酸性液を書類と自分の体にこぼしたベルが、「ワトソン君、こっちへ来てくれたまえ！」とがなった声が、歴史上初めての通話となった――最初の瞬間移動も偶発的に行なわれた。幅五十ヤードの納屋の端から端へ、指二本をテレポートさせてしまったのだ。

カルーンは納屋の両端にそれぞれ門《ポータル》を設置していた。自分が操作する側の第一ポータルには、ありきたりなイオン銃を据えつけた。電子工学機器の卸売店に行けば、五百ドル以下で入手できる代物だ。反対側の第二ポータル――ポータルは両方とも長方形で、大きさはペーパーバック本ほど――の奥には、霧箱が据えつけられており、第一と第二のあいだは、不透明なシャワーカーテン状のもので仕切れるようになっていた。もちろん、普通のシャワーカーテンは鉛で作られてはいないが……。手順はこうだ。まずは第一ポータルからイオンを放つ。第二ポータルまで歩いていき、隣接する霧箱でイオンの流れを確認する。二つのポータルは鉛の盾で仕切られているため、実際にイオンが転送されたことが証明されるわけだ。過去二年間に転送は二度だけ成功したが、カルーンは成功の原因をまったく思いつけずにいた。

ある日の午後、イオン銃を設置していると、滑った手の先が第一ポータルをくぐった。普段なら何も問題はないが、このときはたまたま、腰がポータルの左側にある操作盤をかすめ、トグルスイッチのつまみを動かしてしまっていた。カルーンは周りの状況に気づかず――装置の低い作動音は、ぎりぎり聞こえるか聞こえないかの大きさだった――突然、指にビリビリという感触を覚えた。

「電気ショックとは似ていなかった」政府から箝口令《かんこうれい》を敷かれる前、この主題について執筆した唯一無二の論文の中で、カルーンはこう記している。よりによって論文が掲載されたのは、《ポピュラー・メカニクス》という通俗技術誌だった。ジョウントを私事業のままにしたかったカルーンは、追い詰められてやむにやまれず、論文を七百五十ドルで雑誌に売り飛ばしていた。「たとえば、ほつれた電気コードを握ったときみたいな、気持ちの悪いビリビリ感とは違っていた。どちらかといえば、激しく動く小型機械の外枠に、手を置いたときの感覚と近いだろう。あまりにも軽くて速い振動は、文字どおり手をビリビリさせるのだ。

あのとき、わたしはポータルを見おろした。人差し指は第二関節のところで斜めに線が入り、先っぽが消えてなくなっていた。中指も第二関節の少し上で同じ状態になり、さらには薬指の爪の一部も見当たらなかった」

カルーンは反射的にさっと手を引っ込め、叫び声をあげた。のちに記したとおり、血が噴き出すのを予想し、ほんの短いあいだながら、じっさい血を見たという幻覚に襲われている。手を引っ込めた際、肘がイオン銃に当たり、テーブルの上から落下した。

カルーンは手を口に突っ込み、その場に立ち尽くした。そして、指が存在することを、五本揃っていることを舌で確かめた。最近、研究に根《こん》を詰めすぎたのかもしれない、という考えが脳裏をよぎったが、続けて別の考えが浮かんできた。最後の設定変更が……なんらかの効果をもたらしたのかもしれないと。

しかし、指をもう一度ポータルに突っ込む気はなかった。実のところ、カルーンはこれ以降、死ぬまでに一度しかジョウントを経験していない。

とりあえずカルーンは何もせず、長いあいだ納屋の周りを目的もなく歩きつづけた。髪の毛を手ですきながら、ニュージャージーのカーソンに連絡するべきか、それともシャーロットのバフィングにするべきかと頭を悩ませる。おべっかを使うしみったれたろくでなしのカーソンは、コレクトコールの電話を受けないだろうが、バフィングなら可能性は……。とそのときアイデアが閃き、カルーンは第二ポータルまで駆け足で納屋を横切っていった。本当に指が瞬間移動したなら、なんらかの痕跡が残っているかもしれない。

もちろん、残ってはいなかった。第二ポータルは、ポモーナ産オレンジの木箱を三つ重ねた上に設置されていた。玩具のギロチンから刃を取ったような外見のポータルは、ステンレス鋼のフレームの片側に、プラグの差し込み口がひとつ設けられており、コードをたどっていくと転送端末に行き着く。転送端末というと大層に聞こえるが、コンピューターの電気系統に粒子変換装置を組み込んだだけのものだ。

あっ、コンピューターといえば――

カルーンは腕時計をちらっと見た。一一時一五分。政府との取り決めの中には、雀の涙ほどの資金の額だけでなく、極めて貴重なコンピューターの利用可能時間も含まれていた。今日は、コンピューターとの接続は午後三時までで、それが過ぎれば月曜日までお目もじはかなわない。今すぐ取りかかり、何かをしなければ――

「わたしはふたたび三段重ねの木箱を見た」とカルーンは《ポピュラー・メカニクス》に書いている。「それから指の腹を見た。思ったとおり、証拠はそこにあった。誰かを納得させられなくても、自分が納得できればいい、と当時のわたしは考えた。もちろん、最初に納得させるべきは、誰あろう自分自身なのだが」

「どんな証拠だったの、父さん?」とリッキーが訊いた。

「それそれ!」とパティがたたみかける。「なんなの?」

マークはにやりとした。子供ふたりはもちろん、今ではマリリスまでもが話に引き込まれている。まるでここが睡眠ラウンジなのを忘れてしまったかのようだ。ジョウント係員たちが静かにカートを押しながら、客のあいだをゆっくりと回って眠りへと落としていくのを、マークは視界の隅に捉えていた。おそらく民間人の場合は、軍人みたいに手早くさっさと処理できないのだろう。民間人は緊張の度合いが高く、何度も説明を聞こうとする。金属製ノズルとゴム製マスクは、病院の手術室を直に連想させ、ステンレス鋼のボンベでガスを配って回る麻酔士の背後には、メスを持った外科医の姿が透けて見えるのだ。パニックに陥る者もいるし、ヒステリーを起こす者もいるし、何人かの客が怖じ気づいて逃げ出すのも日常茶飯事。物語を語っているあいだに、マークはふたりの離脱者を確認していた。いずれも男性客で、大騒ぎをするでもなく寝椅子からすっと起きあがり、衿にピン留めされた許可証を外して、出入口で係員に返却したあと、一度も後ろを振り返らずに退出していった。ジョウント係員は降りる客を強く引き止めないよう厳命されている。キャンセル待ちの客は引きも切らないし、一縷の望みをかける客が四十人、五十人と控えている場合さえあるからだ。耐えきれずに逃げ出す客がいると、その分だけキャンセル待ちがラウンジに通される。シャツの衿に許可証をピン留めされて……。

「人差し指には小さな木片がふたつ刺さっていた」とマークは子供たちに語りかけた。「カルーンはそれを指から抜き、取りのけておいた。木片のひとつはなくなってしまったが、残りのひとつはワシントンDCのスミソニアン博物館で見ることができる。ガラス容器の中に密封されていて、最初の宇宙旅行者たちが持ち帰った月の石の隣に――」

「父さん、月って地球の、それとも火星の？」とリッキーが質問する。

「地球のだ」とマークは答え、かすかな笑みを浮かべた。「火星に有人ロケットが着陸したのは一度だけで、それを成功させたのは、二〇三〇年ごろのフランスの探査隊だった。とにかく、そういう経緯で、スミソニアンになんの変哲もないオレンジの木箱の破片が収蔵されたわけだ。なにしろ、実際に空間を瞬間移動した――ジョウントした――最初の物体だからな」

「それからどうなったの？」とパティが訊く。

「うむ。話によるとカルーンは……」


カルーンは第一ポータルまで駆け戻り、しばらく立ち尽くしたまま、激しく脈打つ心臓と乱れた息が整うのを待った。〝落ち着かなければだめだ〟と自分に言い聞かせる。〝思考を巡らせろ。見切り発車をしてしまったら、時間を最大限に活用できなくなるぞ〟

わざと心の最表層を無視し、早く何かをしろという内なる叫びを無視し、ポケットの奥から爪切りを引っ張り出して、ヤスリの先っぽで人差し指の木片をふたつほじくり出した。実験の前、粒子変換装置の能力を向上させるべく、あれこれと弄《いじ》り回している合間に（この作業は、夢物語の願望をはるかに超える成功を収めていた）、〈ハーシーズ〉のチョコバーをおやつとして食べたので、手許には包み紙があった。二重の包み紙のうち、内側の白い包み紙の上に、カルーンは除去した木片をふたつ置いた。ひとつはどこかへ落ちてなくなってしまったが、もうひとつは巡り巡ってスミソニアン博物館に行き着き、ガラス容器の中に封入された。今は、太いベルベットのロープで見学者と遮断され、四六時中、コンピューター管理の監視カメラに見守られている。

木片を抜き終えたとき、カルーンは少し落ち着きを取り戻していた。鉛筆だ、と閃く。鉛筆なら実験材料として申し分ない。頭上の棚、クリップボードの横の鉛筆を手に取り、第一ポータルに向かってゆっくり差し出した。鉛筆は一インチずつ滑らかに消失していく。まるで目の錯覚みたいだった。いや、一流手品師のトリックと表現すべきか。黄色く塗られた鉛筆には、〝エバーハード《EBERHARD》・ファーバー《FABER》二番〟と黒文字で刻印されていた。〝EBERH〟まで消失したところで、カルーンは第一ポータルを回り込み、反対側から鉛筆をのぞき込んだ。目に映ったのは、ナイフですぱっと切ったみたいな鉛筆の断面図。本来なら存在するはずの部分を指で触れてみたものの、当然ながら消失部の感触を得ることはできなかった。納屋を走って横切ると、第二ポータルの木箱の上に消失部が横たわっていた。動悸があまりにも激しく、胸全体が揺さぶられているかのようだった。カルーンは尖った鉛筆の先端をつかみ、後端が出てくるまで手前に引き寄せた。

目の前にかざし、ためつすがめつ検分する。それから鉛筆を握って、納屋の古びた壁板に

〝成功！〟と書き記した。あまりにも力を入れすぎたため、最後の文字で鉛筆の芯がぽきっと折れる。誰もいない納屋の中で、カルーンはけたたましい笑い声をあげはじめた。あまりの声の大きさに、屋根裏で眠っていた燕《つばめ》たちが、驚いて高い梁のあいだを飛び回った。

「成功だ！」とカルーンは叫び、両腕をぶんぶん振り回した。芯の折れた鉛筆をぎゅっと握りしめながら、第一ポータルに駆け戻る。「成功だ！　成功だ！　くそったれのカーソン、聞こえてるか？　成功だ。わたしはやり遂げたんだ！」


「マーク、子供たちの前では言葉遣いに気をつけてちょうだい」マリリスが夫を咎《とが》める。

マークは肩をすくめ、「彼の発言を再現しただけだよ」

「だとしても、編集の段階で表現を選ぶことぐらいはできるでしょう？」

「パパ？」とパティが訊く。「その鉛筆も博物館に展示されてる？」

「もちろん。熊が森でクソをするのと同じぐらい当たり前のことだ」マークはそう答えたあと、片手で口をぱんと押さえた。子供ふたりがけらけらと笑い――パティの声からは甲高さが消えており、マークはそれを聞いて安心を覚えた――しばらく真面目な顔をしていたマリリスも、くっくっと喉の奥で笑いはじめた。


次の実験材料である鍵束は、ポータルに向かって放り投げられた。カルーンはふたたび論理的思考を巡らせていた。おそらく第一に解明すべきなのは、瞬間移動を経験した物体が以前とまったく同じ状態で出現するのか、瞬間移動によって何らかの変化が生じるのかという点だろう。

鍵束はポータルを通過して消えた。と同時に納屋の反対端から、木箱の上に落下する金属の音が聞こえてくる。カルーンは走って——実際は小走り程度——納屋を横切っていった。途中で立ち止まり、鉛製のシャワーカーテンを横へ押しやる。もうカーテンもイオン銃も必要がなかった。どうせ、落としたときにイオン銃は修理不可能なほど壊れてしまっていたし……。

カルーンは鍵束を手に取り、政府から施錠を強制されている大扉に向かった。シリンダー錠に鍵を挿《さ》し込む。まったく問題はなし。続いて自宅の錠を試すと、やはり鍵は完璧に役割を果たしてくれた。書類棚もきちんと開き、〈ブラット〉のエンジンも無事に始動した。

カルーンは鍵束をポケットにしまい、腕時計を外した。デジタル液晶画面の下に計算機が組み込まれた〈セイコー・クオーツLC〉だ。二十四個の小さなボタンで、足し算や引き算はもちろん、平方根を含むあらゆる計算が行なえる。繊細な精密機器であることと同じくらい重要なのは、精確に時間を測定できること。カルーンは第一ポータルの前に腕時計を置き、鉛筆で押して門をくぐらせた。

ふたたび納屋を横切り、腕時計を拾いあげた。ポータルを通過するとき、時刻は一一時三一分〇七秒を示していた。現在は一一時三一分四九秒。大変よろしい。まさに想定どおりだ。残念なのは、反対側のポータルで、時計の狂いがまったくないという事実を判定してくれる助手がいないこと。しかし、気にする必要などない。すぐに政府が、腰まで浸かるほど大量の助手を送り込んでくるはずだ。

カルーンは計算機能を試した。二足す二はやはり四。八割る四はやはり二。十一の平方根はやはり三・三一六六二四七……。

　このとき、カルーンはネズミの使用を判断した。

「ネズミはどうなったの、父さん？」とリッキーが尋ねる。

　マークはしばし躊躇《ためら》った。人生初のジョウントを間近に控えた今、子供たち（妻は言うに及ばず）をいたずらに怯えさせ、ヒステリー状態に陥らせたくないのなら、ここからはもう少し慎重に話を進める必要がある。肝要なのは、過去の問題点はすでに制圧され、現在では何の不具合もない、という知識をすり込んでやることだ。

「さっきも言ったとおり、ちょっとした問題が起こった……」

〝そう。恐怖に狂気に死。これがちょっとした問題に思えるか、おちびさんたち？〟

〝わたしの生まれ故郷はスタックポール・ペット店です〟と書かれた箱を棚に置き、カルーンは腕時計をちらっと見た。なんと、上下を逆にしてはめていた。向きを直して時刻を読むと、一時四五分。コンピューターが使えるのはあと一時間十五分だ。〝楽しい時間は飛ぶように過ぎ去る〟という考えが浮かび、カルーンは激しく肩を振るわせて笑った。

　箱を開けて中へ手を差し入れ、チューチュー鳴くハツカネズミの尻尾をつかんでつまみあげた。第一ポータルの前に降ろし、「行け、ネズ公」と声をかける。しかし、ハツカネズミはオレンジの木箱の側面をすばやく駆け下り、ちょこちょこと納屋の床を走っていった。

　カルーンは悪態をつきながらネズミを追いかけた。壁に追い詰めて片手をかけた瞬間、逃亡者が壁板のあいだの隙間に体をねじ込む。ネズミはまんまと逃げ切った。

「ちくしょうめ！」とカルーンは叫び、ネズミの箱のところまで戻った。脱走予備軍二匹の野望を寸前で打ち砕いたあと、第二の被験体を選び出す。今度は尻尾ではなく全身をつかみ（物理畑を歩んできたため、ハツカネズミの扱いには慣れていなかった）、空いたほうの手で箱の蓋を叩きつけるように閉めた。

今回は、定石どおりネズミをポータルへ追い立てた。掌にしがみついてきたものの、それは無駄な抵抗だった。ネズミは放り投げられ、頭からポータルを通過した。すぐさま納屋の反対側から、木箱に着地する音が聞こえてくる。

カルーンは全力疾走した。最初のネズミに易々《やすやす》と逃げ切られたことを憶えていたからだ。しかし、それは杞憂《きゆう》に終わった。ハツカネズミは木箱の上にうずくまり、どんよりとした目をして、弱々しく呼吸をしている。カルーンは速度を緩め、慎重に近づいていった。ネズミと騙し合いをした経験はないが、目の前のネズミに大きな問題があることは、この道四十年のベテランでなくても理解できる。

（「ポータルをくぐったあと、ネズミは具合が悪くなったんだ」とマーク・オーツは言って、子供たちに満面の笑みを向けた。妻に見られたら、後ろめたさを一発で見抜かれる笑顔だった）

カルーンはネズミに触れた。脇腹は上下動しているものの、生気が感じられない。まるで体の中に藁《わら》やおがくずが詰まっているみたいだった。ネズミは前を見たままで、カルーンに視線を向けようともしない。投げ込んだときは、とてもすばしっこく、体をのたくらせ、活気あふれる小動物だったのに、今では、ネズミに似せた蠟細工みたいだ。

小さなピンク色の目の前で、カルーンは指を鳴らしてみた。ネズミはまばたきをしたあと……ごろんと横になって息絶えた。

「だから、カルーンは次のネズミを試すことにした」とマークは言った。

「最初のネズミはどうなったの?」とリッキーが訊く。

マークはふたたび満面に笑みを浮かべた。「功績を認められて名誉除隊したのさ」

カルーンは紙袋を見つけ、ネズミの亡骸《なきがら》をその中に収めた。夜になったら、獣医のモスコーニのところへ持ち込もう。モスコーニに解剖してもらえば、内臓の配置に変化があるかどうかが判明するはずだ。最高の最高の最高機密と言うべき研究プロジェクトに、一般市民を関与させようとしているのを知ったら、政府はいい顔をしないだろう。お気の毒様。ワシントンDCの〝偉大なる白人の長〟にはできるだけ報せないでおこう、とカルーンは決心した。ろくな援助をしてくれないのだから、〝偉大なる白人の長〟が待たされるのは自業自得だ。母乳がぬるいと愚痴をこぼす赤ん坊に、仔猫が言ったという台詞を進呈しよう。お気の毒様。

ここでカルーンは思い出した。モスコーニの動物病院は、ニューパルツの町の反対側にある。〈ブラット〉に残ったガソリンでは、はるか遠い道のりの半分も到達できない。往復するなど論外だ。

とはいえ、時刻は二時〇三分。コンピューターの使用可能時間は一時間を切った。忌々しい解剖の件は、あとで心配することにしよう。

カルーンは間に合わせで、第一ポータルへの誘導路を作った（実際のところ、これがジョウント用滑走台の原型になったんだよ、とマークは子供たちに説明した。ネズミの滑り台という発想は、パティの笑いの壺にはまったらしかった）。カルーンは滑り台の上にハツカネズミを落とし、高いほうの端を大型本でふさいだ。ネズミはしばらくのあいだ、当てもなくちょろちょろと動き、あたりを嗅ぎ回ったあと、第一ポータルをくぐって消失した。

カルーンは走って納屋を横断した。

ネズミは到着時死亡《DOA》の状態だった。

出血はない。気圧の激変による内臓破裂をほのめかすような体の膨張もない。カルーンは考えた。ひょっとすると、酸素の欠乏が――

カルーンはすぐにかぶりを振った。瞬間移動にかかった時間はナノ秒単位だ。腕時計の実験で判明したとおり、瞬間移動は時間に影響を及ぼさない。少なくとも、影響はほとんどないに等しい。

二匹目のハツカネズミも、一匹目と同じ紙袋の中に収まった。カルーンは箱から三匹目（壁の隙間から逃亡した幸運なネズミを数に入れれば四匹目）を取り出し、どちらが先に尽きるのだろうかと初めて考えた。コンピューターの利用時間か、それとも、ハツカネズミの供給か……。

ネズミの胴体をがっちりと摑み、尻をポータルの中へ突っ込んだ。納屋の反対側に下半身――尻だけ――が出現するのが見える。上半身と繋がっていない小さな後ろ脚が、ざらざらした木箱の表面をかきむしった。

カルーンはネズミを引き戻した。精神の機能低下の兆候は見られない。それどころか、親指と人差し指のあいだを嚙んできて、血が噴き出す。カルーンは急いでネズミを〝わたしの生まれ故郷はスタックポール・ペット店です〟の箱に戻し、嚙み傷を消毒するため、実験室にある小瓶から過酸化水素水を振りかけた。

傷口を〈バンドエイド〉で覆ってから、実験室の備品をひっくり返し、厚手の作業用手袋を見つけ出した。どんどん、どんどん、どんどん時間がなくなっていくのを感じる。現在の時刻は二時一一分だ。

新しいネズミを箱からつかみ出し、尻からポータルを通過させ——今度は頭まで全身を押し込んだ。急いで第二ポータルまで移動する。ネズミはおよそ二分間生きつづけた。足許はおぼつかないものの、少しは歩くことができ、ポモーナ産オレンジの木箱の上をよろよろと移動していく。それから、脇腹を下にして横たわり、弱々しく四肢をばたつかせ、ほとんど動かなくなった。カルーンは被験体の頭のそばで指を鳴らした。ネズミがふたたびおぼつかない足取りで四歩ほど進み、ふたたび横倒しになる。脇腹の上下動の間隔が次第に……次第に……大きくなっていき、最後にはぴたりと動きが止まった。ネズミは息絶えたのだ。

カルーンは背筋が寒くなった。

また新しいネズミをつかみだし、頭から少しずつポータルをくぐらせていった。納屋の反対側では、頭が出現し……首が続き、さらに胸が続いた。カルーンは注意深く、ネズミを握る手から力を抜いた。すばやく動きだした場合に備え、いつでも力を入れられるようにしていたが、そんな必要はなかった。ネズミは同じ場所に立ち尽くしていた。半身を納屋のこっち側、半身を納屋のあっち側に置いたまま。

カルーンは小走りで第二ポータルに向かった。ピンク色の目に光はなく、どんよりと曇っている。髭《ひげ》にも動きはない。ネズミは生きていた。しかし、ピンク色の目に光はなく……

ネズミは生きていた。しかし、ポータルの裏側に回り込むと、驚愕の光景が待ち受けていた。鉛筆のときと同じく、ネズミの断面図が目に映ったのだ。細い脊椎《せきつい》は白い円として見えた。血管の中をほとばしる血液。小さな食道の周りで、生命の潮流とともにゆっくり動く組織。少なくとも、この技術を応用すれば、素晴らしい診断装置が開発できるだろう、とカルーンは思った（じっさい、《ポピュラー・メカニクス》の論文には、診断装置への言及がある）。

とそのとき、カルーンは組織の動きが止まっていることに気づいた。ネズミは死んでしまったのだ。

死骸の感触が厭だったので、鼻面をつまんで持ちあげ、先住民のいる紙袋の中へ落とした。〝ハツカネズミでの実験はもういい〟とカルーンは結論づけた。〝ネズミは死ぬ。全身を通過させても、上半身だけ通過させても、ネズミは死ぬ。しかし、下半身を通過させるだけだと、すばしっこいネズミのままでいられる〟

〝いったいぜんたい、あそこには何があるのか？〟

〝感覚への情報入力〟ほぼ行き当たりばったりで、脳裏に言葉が浮かんできた。〝ポータルを通過するとき、ネズミは何かを見て――何かを聞いて――何かを触って――もしかしたら何かを嗅いで――それが直接の死因となった。それはなんだ？〟

答えは思いつかない。しかし、どうにかして探り出さねば。

ＣＯＭＬＩＮＫがデータベースとの接続を遮断するまで、まだ四十分ほど残っていた。母屋の台所に入り、扉わきの壁にネジ留めされている温度計を外したあと、小走りで納屋に戻り、ポータルのあいだを瞬間移動させる。入れたときの気温は華氏八十三度、出てきたときも華氏八十三度。次は母屋の客間に行き、孫用に買った玩具を漁った。掘り出したのは、風船がいくつか入った袋。ひとつ取り出して息を吹き込み、口を縛り、ポータルに押し込んだ。出てきた風船は、元のまま何も変わっていない。カルーンはこれを手始めに、ジョウント作用が急激な気圧変化をもたらすのではないか、という疑問を解明するための実験を重ねていった。

運命の時刻まであと五分。母屋まで走って金魚鉢を抱え（鉢の中では、狼狽《ろうばい》したパーシーとパトリックが、勢いよく尾を振って泳ぎ回っている）、納屋まで駆け戻った。そして、金魚鉢を第一ポータルに押し込む。

急いで第二ポータルにたどり着くと、金魚鉢は木箱の上に鎮座していた。パトリックは腹を上にしてぷかぷかと浮いている。パーシーは目が眩《くら》んだかのように、鉢の底のほうをゆっくり泳いでいたが、一瞬ののち、やはり腹を上にして漂いはじめた。カルーンが金魚鉢へ手を伸ばすと、パーシーは尾びれを力なく振り、それから、気だるそうにまた泳ぎだした。瞬間移動にどんな効果があるにせよ、どうやらその影響から徐々に脱しているらしい。モスコーニの動物病院から戻った午後九時ごろには、パーシーは以前と同じような元気を取り戻すこととなる。

パトリックは死んだ。

カルーンはパーシーにいつもの二倍の餌を与え、パトリックを英雄として恭《うやうや》しく庭に葬った。時間が来てコンピューターを使えなくなったので、カルーンはモスコーニの病院までヒッチハイクをすることにした。午後三時四五分、ジーンズにど派手な格子縞のスポーツコートという格好で、二六号線の路肩に立つ。カルーンは片手に紙袋を持ち、もう一方の手の親指を立ててみせた。

サバ缶と遜色《そんしょく》ない大きさの〈シボレー・シェベット〉が停まり、童顔の運転手が車内に招き入れてくれる。「袋に何が入ってるんだい、おやっさん?」

「死んだネズミの山だよ」と答えてしまったため、結局、別の車を待つはめになった。次の運転手は農夫で、カルーンは袋の中身をサンドイッチと答えた。

モスコーニはすぐさま一体を解剖し、残りも解剖して結果を電話で報告すると約束してくれた。一体目の解剖結果に見るべきところはなかった。モスコーニの所見では、死んでいるという点を除けば、解剖したネズミは完全な健康体だったという。

カルーンは意気消沈した。


「ヴィクター・カルーンは変人だったが、馬鹿ではまったくなかった」とマークは言った。ジョウント係員たちが近くまで迫っており、話を急がなければならないだろう……いや、話の結末を語るのは、ホワイトヘッドシティの覚醒施設になるかもしれない。「夜、ヒッチハイクで自宅へ帰り着いたとき——話によると、行程のほとんどを歩かなければならなかった——カルーンは理解していた。自分はエネルギー危機の三分の一を一挙に解決したらしいと。従来、列車やトラックや船や飛行機で運んでいた商品は、すべてジョウントで輸送できる。ロンドンやローマやセネガルの友人に宛てた手紙は、翌日に届けられる。しかも、石油を一オンスたりとも燃やす必要はない。今の我々には当たり前でも、カルーンにとってはとても重要なことだった。人類全体にとっても」

「でも、父さん、ネズミには何が起こったの?」とリッキーが訊く。

「カルーンはまさにその質問を自分にぶつけつづけた」とマークは言った。「人間がジョウントを利用できれば、エネルギー危機をほぼすべて解決できる、という点も理解していたからだ。人類はジョウントで宇宙を征服できるかもしれない。事実、カルーンは《ポピュラー・メカニクス》の論文の中で、最終的に星々は我々人類のものとなると書いている。彼がたとえとして示したのは、浅い川を靴を濡らさずに渡る方法だ。まずは大きな岩を持ちあげ、川の中へ投げる。次に別の岩を拾って、一個目の岩の上に立ち、川の中へ投げ込む。岸に戻って三個目の岩を拾い、二個目の岩の上から川へ投げる。これを繰り返していけば、飛び石の列を向こう岸まで届かせられる……。川は太陽系に置き換えてもいいし、銀河系に置き換えてもいい」

「ちんぷんかんぷんよ」とパティがぼやいた。

「頭に脳みそじゃなくて七面鳥の糞が詰まってるからさ」とリッキーが気取って言う。

「そんなわけない!　パパ、リッキーがひどいことを──」

「ふたりともやめなさい」マリリスの優しい声が響く。

「その後、事態はカルーンの予見どおりに進んだ」とマークは続けた。「無人ロケットが打ち上げられ、プログラム制御で星に着陸した。最初は月、それから火星、金星、木星の衛星群……着陸したあと、無人ロケットがプログラムに従って行なうのはひとつの作業だけだ──」

「宇宙飛行士のためにジョウント発着場を設置することでしょ」とリッキーが答える。

マークはうなずいた。「現在では、太陽系のあちこちに、科学研究用の前線基地が設けられている。きっといつの日か、はるか遠い未来かもしれないが、人類は第二の地球を手に入れられるだろう。今、四つの恒星系を目指してジョウント船が飛行している……しかし、到達までには長い長い時間が必要なんだ」

「あたしはネズミがどうなったのかを知りたいわ」パティが我慢できずに口を開く。

「やがて研究に政府が介入してきた」とマークは言った。「カルーンは可能なかぎり情報を隠しつづけたものの、結局は政府に嗅ぎつけられ、こてんぱんにやり込められた。カルーンは十年後に死去するまで、名目上はジョウント計画の責任者の地位にあったが、二度と研究の指揮を執《と》らせてはもらえなかった」

「そんな、悲惨すぎる！」とリッキーが言った。

「でも、彼は英雄にしてもらったわ」とマリリスが口を挟む。「どの歴史の本にも登場するでしょう。リンカーン大統領やハート大統領と同じに」

〝カルーンが今どこにいようと……これを聞けば大いに慰められること請け合いだ〟とマークは心の中でつぶやいた。そして、不穏当な部分をうまく取り繕《つくろ》いながら、話を続けた。

悪化する一方のエネルギー危機によって、政府は崖っぷちに追い詰められており、なりふり構わず研究に介入してきた。政府が望んだのは、ジョウントを一刻も早く、明日にでも採算ベースに載せること。経済が泥沼にはまり込み、来る一九九〇年代には無政府状態と大規模な飢餓が高い確率で予測されるなか、ジョウント計画の公表が先送りにされたのは、瞬間移動した物質の徹底的なスペクトル分析が完了するまで待つべきであり、勇み足は控えるべきだという必死の嘆願があったからにほかならない。分析作業が終わり、ジョウントによって物質の組成は変化しないと証明されると、ジョウントの存在は世界じゅうで華々しく告知された。このときばかりはアメリカ政府も賢く立ち回り（必要は発明の母と言われる）、広告宣伝に大手代理店の〈ヤング&ルビカム〉を起用した。

こうしてヴィクター・カルーンを巡る神話の創造が始まった。実際の彼は風変わりな老人で、シャワーは週に二回しか浴びず、服を着替えるのはたまたま思いついたときだけ。しかし、〈ヤング&ルビカム〉が率いる代理店軍団は、トーマス・エジソンやイーライ・ホイットニーなどの偉大な発明家に西部のペコス・ビルや宇宙のフラッシュ・ゴードンといった大英雄を足し合わせたような人物に仕立て上げた。この当時すでにカルーンは死んでいた可能性がある、もしくは正気を失っていた可能性がある、という笑えないジョークのような話も伝わっているが、マーク・オーツはあえて家族に話さなかった。芸術は人生を模倣するとよく言われる。ひょっとすると、カルーンはロバート・ハインラインの小説――本人とそっくりの替え玉が、公の場で代理を務めるという内容――に慣れ親しんでいたのかもしれない。

ヴィクター・カルーンは問題児だった。ねちねちとしつこく、食いついたらどこまでもつきまとった。大口を叩き、サボり癖があり、〝環境保護の六〇年代〟――当時はまだエネルギーが潤沢で、サボり癖という贅沢を許す余裕があった――の残滓《ざんし》みたいな人物。対照的に〝環境破壊の八〇年代〟では、核エネルギーの暴走によって、カリフォルニアの沿岸地帯が暗黒の雲に覆われ、六十年にわたって人が住めなくなってしまった。

一九九一年あたりまで問題児だったヴィクター・カルーンは、その後、急に角がとれて丸くなり、物静かで笑顔を絶やさない好々爺《こうこうや》に変貌した。数々のニュース映像には、演壇の上からにこやかに手を振る姿が記録されている。一九九三年、公式な没年の三年前には、パサデナのローズパレードでフロート車に乗っていた。

不可解。そして、不気味。

一九八八年十月十九日、ジョウント――実用化された瞬間移動――が公式発表されると、全世界が熱狂の渦に巻き込まれ、経済に激変が起こった。世界の短期金融市場では、見向きもされなかったアメリカ旧ドルが、突如として天井知らずの暴騰を見せた。一オンス八百六ドルで金《きん》を買った投資家は、一ポンド千二百ドルでも売り抜けられなくなった。ジョウントが発表されてから、ニューヨークとロサンジェルスに初のジョウント発着場が開業するまでの一年間に、株式市場は千ポイント以上の値上がりを記録した。石油価格は一バレル当たり七十セントの値下がりに留まったが、一九九四年、交通の要衝である七十都市を網羅する全米ジョウント網ができあがると、OPECは消滅し、石油価格は下り坂を転げはじめた。自由世界のほとんどの都市にジョウント発着場が設けられ、東京―パリ間、パリ―ロンドン間、ロンドン―ニューヨーク間、ニューヨーク―ベルリン間で定期的に商品がジョウントされていた一九九八年、石油価格は一バレル十四ドルまで下落した。やっと人々が日常的にジョウントを使いはじめた二〇〇六年、株価は一九八六年との比較で五千ポイント高の水準に落ち着き、石油は一バレル六ドルで売られていた。石油会社は次々と名前を変えだした。〈テキサコ〉は〈テキサコ・オイル／ウォーター〉、〈モービル〉は〈モービルH2O〉という具合だ。

二〇四五年、人類の優先目標は水探査となり、石油は一九〇六年の地位に逆戻りした。そう、無価値な液体に。

「ネズミはどうなったのよ、パパ?」じれったそうにパティが質問する。「ネズミに何が起こったの?」

マークはもう潮時だろうと決断し、息子と娘の注意をジョウント係員へ向けさせた。係員によるガス注入は、三列先にまで迫っている。うなずきを返すリッキーに対し、パティの表情は不安げだった。頭を剃りあげて彩色する、という最先端のファッションをした女性が、ゴム製マスクからガスを一吸いして、意識を失うのを見てしまったからだろう。

「起きたままじゃジョウントはできないんだよね、父さん?」とリッキーが訊く。

マークはうなずいたあと、パティを安心させようと笑顔を向けた。「政府が介入する以前に、カルーンはその点を理解していた」

「政府はどうやって研究に介入してきたの、マーク?」とマリリスが尋ねる。

マークは笑顔を返した。「コンピューターの利用時間。要するにデータベースを人質にしたんだ。カルーンがどうあがいても、データベースだけはほかから調達できない。泣き落としは通用しないし、政府以外から借りてくることも盗んでくることも不可能だ。実際に粒子変換は——十億単位の情報の処理は——コンピューターによって制御されていた。現在でも、瞬間移動が確実に行なわれて、頭が胃袋に入った状態で目覚めないで済むのは、コンピューターのおかげなんだ」

マリリスの体に震えが走る。

「怖がらなくていい」とマークは言った。「そんな失敗は一度も起こっていない。ただの一度も」

「なんにでも初めてはあるわ」とマリリスがつぶやく。

マークはリッキーを振り向いた。「カルーンはどうやって知ったんだろうな？　ジョウントは睡眠中に行なうべきだってことを？」

「尻からポータルを通過させたとき」リッキーがゆっくりと答える。「ネズミはなんともなかった。全身を通過させないかぎりは無事だった。ネズミが――ええと、ひどいことになるのは――頭から通過させたときだけ。そうでしょ？」

「正解」とマークは答えた。ジョウント係員たちとの距離はさらに縮まり、静かなる忘却のカートが迫りつつある。やはり話を締めくくる時間はなさそうだが、そのほうが好都合かもしれない。「もちろん、この仕組みをはっきりさせるのに、多くの実験は必要なかった。ジョウントは輸送業を壊滅させたが、少なくともエネルギー危機の解決は、研究者への圧力をやわらげることにつながって――」

そう。サボり癖を許す余裕が復活し、最終的に実験は二十年以上も続けられた。とはいえ、現在〝有機的効果〟もしくは〝ジョウント効果〟として知られる影響が、意識のない動物には及ばないというカルーン本人の確信は、昏睡させたネズミを使った最初の実験でできあがっていた。

カルーンとモスコーニは数匹のネズミに麻酔を打ち、第一ポータルをくぐらせて第二ポータルで回収したあと、被験体が覚醒するのを……もしくは死亡するのを不安げに見守った。結局、ネズミたちは無事に覚醒し、短い快復期を経て、普通のネズミとしての生活――食べて、交尾して、遊んで、排便して――を取り戻した。後遺症の類もいっさいなかった。このときの被験体たちの子孫は、何世代にもわたって詳細な研究の対象となってきた。しかし、長期的な悪影響はいっさい確認されず、寿命が短くなることもなければ、頭がふたつある仔や、柔毛が緑色の仔が生まれることもなかった。良きにつけ悪しきにつけ、後裔には長期的影響がいっさい及んでいなかったのだ。

「人間がジョウントを始めたのはいつなの、父さん？」もう学校で習っているはずなのに、リッキーは父親に質問した。「その話をしてよ！」

「あたしはネズミがどうなったのか知りたい！」ふたたびパティがねだる。

ジョウント係員たちはオーツ一家と同じ列に取りかかっていた（一家の位置は列のいちばん端である）。マークは話を止め、しばし考え込んだ。娘は世間知らずながらも、精いっぱい話に耳を傾け、核心を突く質問を投げかけてきた。だからマークは、息子の質問のほうに答えることにした。

最初にジョウントを経験したのは、宇宙飛行士でもテストパイロットでもなく、囚人の志願者たちだった。しかも選定においては、精神の安定性が重視されるどころか、正反対の基準が用いられた。なぜなら、実験を取り仕切る科学者チーム（いわゆる〝お飾り〟にされたカルーンは含まれていない）は、精神状態が異常であればあるほど好ましいと考えていたからだ。異常な精神の持ち主が瞬間移動に耐えられるなら――少なくとも瞬間移動で症状が悪化しないなら――世界の経営者や政治家やファッションモデルにとっても、ジョウントは安全だとみなせるだろうと。

六名の志願者はヴァーモント州プロヴィンス（後世、この町はライト兄弟が初めて空を飛んだノースカロライナ州キティホークに劣らぬ知名度を得る）に連行され、催眠ガスを吸わされ、ひとりずつ、きっかり二マイル離れたポータルのあいだを瞬間移動させられた。

マークがこの件を子供たちに語って聞かせたのは、幸いにも、全員が元気な状態のままジョウントを乗り切れたからだ。当然ながら、一部で噂されている〝七人目〟の志願者に言及することはなかった。七人目は本当に存在していたかもしれないし、単なる架空の存在かもしれないし、現実と想像が入り交じった存在なのかもしれない（この可能性がいちばん高い）が、いずれにせよ、ルーディ・フォージャーという名前で呼ばれていた。伝えられるところによると、フォージャーはフロリダ州サラソータで、ブリッジを楽しむ老人四名を殺害しており、当時は死刑囚として収監中の身だった。真偽の疑わしい文献によれば、ＣＩＡとエッファ・ビー・アイが合同でフォージャーに、異例中の異例というべき申し出をした。回答は一度かぎり、交渉の余地なし、断れば二度目の申し出はなし。この条件で当局側が迫ったのは、意識をはっきりさせたままジョウントをすることだった。当局はこう続けた。無事にやりおおせたなら、おまえの恩赦状《おんしゃ》にサーグッド州知事の署名をもらってやろう。娑婆《しゃば》に出たあとは、〝真なる唯一の十字架〟の活動に帰依しようと、黄色いズボンに白い靴という格好でブリッジをする老いぼれをまたぶち殺そうと、おまえの自由にすればいい。ジョウントのせいで死んだり狂ったりした場合は、仔猫が言ったとされる有名な台詞、〝お気の毒様〟を贈ってやる。さあ、答えを聞かせてもらおうか？

フロリダが本気で死刑を執行する州であり、次に電気椅子《オールド・スパーキー》で処刑されるのは自分の可能性が高いと弁護士から聞かされていたフォージャーは、申し出を受けた。

〝最後の審判の日〟は二〇〇七年夏に訪れた。実験に立ち会ったのは、法廷の陪審員席を埋められる数の科学者たち（さらに四、五人が補充要因として待機していた）。フォージャーを巡る噂が真実だとしても――マークは真実だろうと思っていた――情報を漏らしたのが科学者の誰かだとは考えにくい。フォージャーはフロリダ州レイフォードからヴァーモント州モントピーリアに飛び、モントピーリアからは装甲車でプロヴィンスに護送されてきた。おそらく、漏洩元は警備担当者の可能性が高い。

フォージャーはこう発言したとされている。「瞬間移動後も生きていられたら、ここからトンズラする前に、豪勢なチキン料理を食わせてくれや」彼は第一ポータルをくぐり、その直後、第二ポータルに姿を現した。

ルーディ・フォージャーは生きていたものの、豪勢なチキン料理を食える状態ではなかった。二マイルの空間をジョウントするあいだに（コンピューターの計測では、かかった時間は〇・〇〇〇〇〇〇〇〇〇〇六七秒）、髪の毛は真っ白になっていた。容貌には物理的な変化――皮膚のしわや、顎のたるみや、経年による劣化――はまったくなかったが、信じられないほど歳をとった印象があった。フォージャーは脚を引きずるようにポータルを出てきた。飛び出しそうな眼球は虚ろで、唇の端がぴくぴくと動き、両腕を大きく開いて、手を前へ突き出していた。

やがて口からよだれが垂れ落ち、周りに集まってきていた科学者は、被験者からさっと距離を
とった。やはり漏洩元は科学者ではない、とマークは思った。ハツカネズミやハムスターやモ
ルモットなど、扁形動物より脳が大きい動物をことごとく実験してきたのだから、この結果は
想定内だったはずだ。きっと彼らの心境は、ジャーマン・シェパードの精液でユダヤ人女性を
妊娠させようとしたドイツの科学者と、どこか通ずるものがあったのだろう。

「何があった?」と科学者のひとりが叫んだ(とされている)。被験者が答えられたのは、こ
の質問だけだった。

「あそこには永遠がある」と言い残し、フォージャーは絶命した。医学上、死因は激しい心臓
発作と判定された。

寄り集まる科学者たちのもとに残されたのは、フォージャーの遺体(のちにCIAとエッフ
ァ・ビー・アイがうまく処理した)と、異様さと恐ろしさを感じさせるいまわの際の言葉だっ
た。"あそこには永遠がある"

「パパ、あたしはネズミに何が起きたのかを知りたいんだってば」とパティが言う。質問を繰
り返すだけの時間的余裕が生まれたのは、高級スーツと〈エターナ・シャイン〉の靴を身につ
けた男が、ジョウント係員たちと何やら揉め事を起こしているからだ。おそらく、虚勢を張っ
て威張り散らすことで、ガスの吸入が怖いという本心をごまかしたいのだろう。係員たちは最
善を尽くしている――笑いかけたり、おだてたり、説得したり――ものの、作業の停滞は否いな
ない。

マークは溜め息をついた。この話題を持ち出したのは自分だ。もちろん目的は、ジョウント前の興奮から子供たちの注意をそらすことだった。しかし、たとえそうだとしても、自分が持ち出したという事実は変えられない。今は、可能なかぎり真実を語りながら、物語を締めくくる必要があった。しかも、子供たちを不安がらせたり動揺させたりせずに……。

たとえば、C・K・サマーズの『ジョウントの政治学』には言及しないだろう。〝ジョウントの秘密〟という章では、信頼性が高めの噂が要約されている。ルーディ・フォージャーに関しては、ブリッジを楽しむ老人たちの殺害、食べられなかったチキン料理についての記述がある。過去三百年のあいだに、覚醒状態でジョウントした三十人（それ以上か……それ以下か……実数は誰にもわからない）の志願者、生け贄、異常者については、それぞれ事例史もまとめられている。三十人のほとんどは、出現時に死亡していた。残りも救いようがないほど正気を失っていた。いくつかの例では、再出現そのもののショックが死因になったと推察される。

〝ジョウントの秘密〟には、ほかにも物騒な情報が含まれていた。ジョウントは何度か殺人の凶器として使用されたらしい。最も有名な事件（とはいえ、記録されているのはこの一件だけ）は、わずか三十年前に起こっていた。レスター・マイケルソンというジョウント研究者が、娘のプレキシプラスト製ドリームロープで妻を縛りあげ、悲鳴をあげている被害者を、ネヴァダ州シルヴァーシティのジョウント用ポータルに押し込んだ。しかもマイケルソンは事前に、ジョウント操作盤の〝零〟ボタンを押し、マイケルソン夫人が出現する可能性がある数百数千箇所のポータル——近隣のネヴァダ州リノのポータルから、木星の衛星イオの実験用ジョウント発着場まで——との接続をひとつ残らず切っていた。つまり、マイケルソン夫人は朦朧《もうろう》とした状態のまま、どこかの空間を永遠にジョウントしつづけているのだ。犯行の責任能力を認められて裁判にかけられると（法律という限定的な物差しで正気と判定されても、世間の物差しを使えば、レスター・マイケルソンはどこに出しても恥ずかしくない立派な異常者だ）、担当弁護士は目から鱗《うろこ》が落ちるような弁論を展開した。マイケルソン夫人の死を誰も確実に証明できない以上、依頼人を殺人で裁くのは不可能であると。

弁護士の主張は、恐るべき光景を浮かびあがらせた。実体を失ったものの、一部の感覚が残り、天国と地獄のはざまで絶叫する女性……しかも永遠に。結局、マイケルソンは有罪判決を受けて処刑された。

C・K・サマーズはさらに、ジョウントが下劣な独裁者によって、政敵や反体制派の排除に悪用されてきたと示唆する。マフィアが勝手にジョウント発着場を建設し、CIA内部の協力者を通じて、ジョウントを司《つかさど》る中央コンピューターに接続している、と考える者も存在する。マイケルソンと同じ方法を使えば、夫人のように生きたままではなくても、ジョウントは死体処理機として活用できるだろう。ジミー・ホッファ（行方不明となって最後まで遺体が発見されなかった労働組合指導者）を量産できることの究極の装置は、マフィアにとって、地元の砂利採取場や石切場をはるかにしのぐ価値を持っているのだ。

これらの情報は、C・K・サマーズの推論や見解の基となっており、当然ながら、ネズミに関するパティの執拗な質問へと回帰していく。

「そうだな」マークはゆっくりと口を開いた。うかつな話はするなと妻が目配せしてくる。

「現在に至ってもまだ全容は解明されていないんだよ、パティ。しかし、動物を使ったあらゆる実験――ネズミでの実験も含まれる――からは、こういう結論を導き出せるだろう。肉体にとってジョウントはほぼ一瞬の出来事だが、精神にとっては長い、とてつもなく長い体験なんだと」

「ちんぷんかんぷん」とパティがむっつり顔で言う。「やっぱりちんぷんかんぷん」

一方、父親を見るリッキーの顔は思慮深げだった。「ジョウントのあいだ、精神はずっと考えつづけてる。実験動物がそうなら、昏睡してない人間も同じ状態になる」

「ああ」とマークは言った。「それが現在の定説だ」

リッキーの目に何かが宿る。恐怖か？　興奮か？「ジョウントは単なる瞬間移動じゃないんだろ、父さん？　きっと時間跳躍《タイム・ワープ》の一種なんだ」

〝あそこには永遠がある〟という言葉がマークの脳裏に浮かぶ。

「否定はしないが」とマークは答えた。「それは漫画の中の用語だ、リッキー。響きはかっこよくても、実際には何も意味しない。どうやらここで重要なのは、意識の定義と、意識が粒子変換されないという事実らしい。意識は総体として持続する。そして、独特な時間感覚も保持する。とはいえ、純粋な意識が時間を計測する仕組みはわかっていないし、時間の計測という観念が、純粋な意識にとって、なんらかの意味があるのかどうかもわかっていない。そもそも、我々は純粋な意識がどんなものかも把握していないんだ」

マークは黙り込んだ。息子の目つきが気になって仕方ない。突如として鋭さを増した好奇の視線。〝理解はしていても、真の理解には至っていないだろう〟とマークは思った。精神は人間の最高の友となりうる。読むものがないときでも、することがないときでも、精神は人間を絶えず楽しませてくれる。しかし、なんの入力もなしに長いあいだ放置されると、精神は人間に牙をむきはじめる。人間に牙をむくことは、自分で自分に牙をむくことと同じ。自らを激しく痛めつけ、場合によっては自らを破壊する。自分自身を食らうという信じられない行為に及ぶのだ。いったい、どのくらいの長さなのだろうか？　肉体にとって〇・〇〇〇〇〇〇〇〇〇六七秒のジョウントは、粒子変換されない精神にとって何年分の体験なのだろうか？　百年？　千年？　万年？　億年？　果てしなき白い空間の中で、精神とふたりきりの時間がいつまでも続く。そして、十億回目の永遠が過ぎ去ったとき、突如として光と形と肉体の世界へ引き戻される。これで狂わない人間がいるだろうか？

「リッキー――」と話を続けようとしたとき、ジョウント係員のカートが到着した。

「準備はよろしいですか？」とひとりの係員が尋ねる。

マークはうなずきを返した。

「パパ、あたし、怖い」消え入るような声でパティが言う。「痛いんでしょ？」

「いいや、痛くなんかないぞ」とマークは言った。声は落ち着いているが、すでに心拍は心持ち速い。まあ、いつものことだ。二十五回目のジョウントなのに……。「ほんとに簡単だから、先にパパがやるのを見ていなさい」

ジョウント係員が問うような視線を向けてくる。マークはうなずき、笑顔を作った。マスクが上から迫ってくる。マークは両手でマスクを受け取り、暗黒を体の奥深くまで吸い込んだ。

最初に認識したのは、ホワイトヘッドシティの巨大なドームごしに見える黒々とした火星の空。こちらは夜らしく、あちこちに顔を出している星々が、地球上では想像できないほど激しい輝きを放っていた。

続いて認識したのは、快復ルームの中に騒がしく響く音。つぶやきが聞こえ、叫びが聞こえ、最後には悲鳴が聞こえた。〝ああ、なんてことだ。あれはマリリスの声じゃないか！〟マークは眩暈《めまい》の波と戦いながら、どうにかジョウント用寝椅子から起きあがった。

ふたたび悲鳴が響いた。何人かのジョウント係員が、真っ赤なジャンパーの裾を膝のところではためかせ、寝椅子の列に走り寄ってくる。マリリスの足取りはおぼつかなく見えた。何かを指さしながらこっちへ近づき、さらにまた悲鳴をあげる。マリリスが床に倒れ込み、弱々しい手ですがりつかれた無人の寝椅子が、その勢いでゆっくりと通路を滑っていった。

しかし、マークの視線はすでに、妻が指し示す先を追っていた。もうわかっている。リッキーの目に宿っていたのは恐怖ではない。あれは興奮だ。息子の性格を知っているのだから、あのときに気づくべきだった。スケネクタディの自宅の裏庭で、いちばん高い木の股から転落し、腕の骨を折ったわずか七歳のリッキー（幸い骨折は一箇所で済んだ）。近所の子供たちの中で、いちばん速くスライドボードを走らせようと、いちばん遠くまで出掛けようとしたリッキー。危険なことには誰より先に飛び込むリッキー。リッキーは恐怖と懇ろ《ねんご》ではなかった。

今の今までは。

リッキーの隣では、まだ妹が慈悲深い眠りに包まれている。かつてマークの息子だった存在は、ジョウント用寝椅子に横たわり、小刻みに跳ねたり、身悶えしたりしていた。十二歳の少年であるはずの何かは、髪の毛が雪みたいに真っ白。とてつもない年月の重みを感じさせる両目は、角膜が黄色く粘ついていた。まるで、時間の流れ以上に歳をとった被造物が、少年の皮を被っているみたいな印象だ。跳ねたり悶えたりする動きからは、淫らで忌まわしい歓喜のようなものが感じられる。常軌を逸した甲高い声が喉の奥から絞り出され、ジョウント係員たちが恐怖に後じさった。不測の事態に対応すべく、訓練を受けてきたはずなのに、中には逃げ出す者さえいた。

老いと若さが同居する両脚が、ぴくぴくと引きつり、ぶるぶると震えた。鉤爪を思わせる両手が宙を打ち、互いに絡み合い、虚空《こくう》でダンスを踊る。とそのとき、かつて息子だった存在は、突如として手を下げ、顔をかきむしりはじめた。

「父さんが思ってるより長いんだ！」と喉の奥から声が絞り出される。「思ってるより長いんだよ！　ガスを吸わされるとき、僕は息を止めた！　どうしても見たかったから！　僕は見たよ！　僕は見たよ！　父さんが思ってるより長いんだ！」

きんきんと金切り声をあげながら、かつて息子だった存在は、ジョウント用寝椅子の上で、突然、自らの眼球を爪でえぐりはじめた。したたり落ちる鮮血。快復ルームは今や、鳥園の巨大な檻《おり》の様相を呈し、あちこちで悲鳴が飛び交《か》っていた。

「父さんが思ってるより長いんだ！　僕は見たよ！　僕は見たよ！　長いジョウントを！　父さんが思ってるより――」

かつて息子だった存在は、何かをわめきつづけ、目に見えぬ永遠を見てきた両のまなこを爪で攻撃しつづけた。ようやくジョウント係員たちが我に返り、寝椅子ごと急いで運びだそうとする。かつて息子だった存在は、ふたたび何かをわめき、それから叫び声をあげはじめたが、もうマーク・オーツの耳には届いていなかった。なぜなら、マーク自身が絶叫を発していたからだ。

（峯村利哉訳）

ノーナ

《愛してる?》
こう言う彼女の声が聞こえる――いまだにときおり聞こえてくる。夢のなかで。
《愛してる?》
《ああ》と、ぼくは答える。《愛している――真実の愛は絶対に滅びない》
そして悲鳴をあげて目覚める。

いまでも、どう説明したらいいのかわからない。なぜあんなことをしてしまったのか説明することができない。裁判でもできなかった。ここにはしつこく尋ねる者がたくさんいる。精神科医もその一人だ。しかし、ぼくは何も言わない。しっかりと口を噤《つぐ》んでいる。この独房にいるときだけは別だ。ここでは言葉をしゃべる。悲鳴をあげて目覚める。
夢のなかで、彼女がこちらに向かって歩いてくる。透けて見えそうな白いドレスを着ており、欲望と勝利感がないまぜになった表情をたたえている。彼女が石の床を踏んで暗い部屋を横切り、ぼくのところまでやって来ると、枯れた十月の薔薇《ばら》の匂いがする。彼女は腕を広げ、ぼくも腕を伸ばして前に進み、彼女を抱きしめる。

ぼくは恐怖と嫌悪感に苛《さいな》まれるとともに言い知れぬ恋しさに心が熱くなる。恐怖と嫌悪を感じるのは、ここがどこだか知っているからであり、心が熱くなるのは彼女を愛しているからだ。ぼくはこれからも彼女をずっと愛しつづける。この州に死刑制度がまだ残っていてくれたらと思うことがときどきある。薄暗い廊下をちょっと歩いて、鉄の帽子と締め具のついた背もたれの真っすぐな椅子に腰かけ……電流を流してもらえば、即座に彼女のもとへ行くことができる。

夢のなかで抱き合った瞬間、恐怖がつのるが、彼女から身を剝がすことはできない。ぼくの両手は彼女の滑らかな平たい背中に、絹布のすぐ下にある肌に押し当てられたままだ。彼女はあの深みのある黒い瞳を輝かせて微笑む。そして、顔を上に傾けて唇を開き、ぼくの唇が合わさるのを待つ。

その瞬間だ、彼女が変身し、縮むのは。髪が強《こわ》くなって絡み合い、黒から次第に醜い茶色へと変化しながら白っぽいクリーム色の頰の上をずり落ちていく。目が縮み、ビーズのように丸くなり、白目がなくなる。そして、その磨いた黒玉《ジェット》のようなちっぽけな目で、彼女はぼくをにらみつける。口も左右に裂け、そこから湾曲した黄色い歯が飛び出してくる。

ぼくは悲鳴をあげようとする。目を覚まそうとする。

だが、できない。いつものように捕まってしまう。これからもずっと捕まりつづけるだろう。

ぼくは悪臭を発する巨大な墓場の溝鼠《どぶねずみ》に捕まってしまって、逃げることができない。光がぼくの目の前で揺れる。十月の薔薇。どこかで弔鐘が鳴っている。

「愛してる?」それが囁く。「愛してる?」薔薇の匂いのする息がぼくに襲いかかる。埋葬所の死の花の匂い。

「ああ」ぼくは溝鼠のような生き物に答える。「愛している——真実の愛は絶対に滅びない」そして、ぼくは悲鳴をあげ、目を覚ます。

ぼくは自分たちが犯した罪のために気が変になってしまったのだと、みんなは思っているようだ。しかし、頭はまだなんとか正常に働いていて、ぼくは答えを見つけようとしつづけている。どうしてこういうことになったのか、いったい何が起こったのか、まだ知りたいと思っている。

紙とフェルトペンを使うことを許された。だから、これからすべてを書きしるそうと思う。たぶん彼らの質問のいくつかに答えることができるだろうし、おそらく、そうしながら自分自身の質問のいくつかにも答えられるのではないか。そして、すべて書き終えたら、もう一仕事するつもりだ。あるものを使って。ぼくがそれを持っていることを彼らは知らない。それはくすねたもので、マットレスの下にある。刑務所の食堂からくすねたナイフ。

やはりオーガスタのことから書かなければならない。

いまは夜だ。星のきらめく晴れわたった八月の夜。運動場に面する窓の金網の向こうに星々が見える。が、窓から見える空は二本の指に隠れるほど小さい。暑い。ぼくが身につけているのはパンツだけだ。蛙と蟋蟀《こおろぎ》の鳴き声が聞こえる。心地よい夏の音。しかし、目を閉じれば冬がすぐさま眼前にあらわれる。あの夜のひどい寒さ、荒涼とした風景、知らぬ街の敵意を秘めた冷酷な光。あれは二月十四日のことだった。

ほら、ぼくはすべてを覚えている。

ぼくの腕を見てくれ——汗におおわれ、鳥肌が立っている。

オーガスタ……。

オーガスタに着いたときは、生きた心地もしなかった。なにしろひどい寒さだったのだ。ぼくは晴れた日を選んで大学生活に別れを告げ、ヒッチハイクで西に向かおうとしていた。ところが、その日がたいへんな寒さで、州境を越える前に凍死してしまうのではないかとさえ思えるほどだった。

はじめランプをのぼって州間高速道《インターステート》で車をひろおうとしていた。すると、警官が一人やって来て、ぼくは追い出され、今度ここで車をひろおうとしたら逮捕するぞと脅された。ぼくは逆らって、わざと逮捕されてやろうかとも思ったが、やめといた。真っ平らの四車線の高速道は飛行場の滑走路のようで、風がピューという音を立てて半透明の膜のように見える粉雪をコンクリートの道にそって吹き飛ばしていたからだ。それに、安全ガラス製のフロントガラスのうしろに坐っている名も知らぬ人々は、暗い夜の路肩に突っ立っている者を見ると、強姦魔か殺人鬼のいずれかと思うし、長髪の場合は幼児にいたずらする異常性欲者か危険なタイプの同性愛者《ファゴット》の可能性もあるとも思う。

高速道への連絡道路で、しばらく車をひろおうとしたが、それもうまく行かなかった。そして、八時十五分ころ、どこか暖かいところへ早く行かないと気を失ってしまうということに気づいた。

一・五マイルほど歩くと、街のはずれの二〇二号線上に軽油《ディーゼル》給油もできる大型トラック運転手相手の食堂を見つけた。〈ジョーズ・グッド・イーツ〉というネオンがついていた。砕石の敷かれた駐車場には大型トラックが三台、それに新しいセダンが一台とまっていた。ドアには誰もおろそうとしない萎れたクリスマス・リースがかかり、その隣にマイナス十五度を示す寒暖計がかかっていた。帽子はかぶっていたが耳をおおうものは何もなく、生皮の手袋もぼろぼろだった。感覚の失せた指先はまるで装身具だった。

ぼくはドアを開け、なかに入った。

たちまち熱に襲いかかられ、気持ちのよい温かさに包まれた。ついでジュークボックスから流れてくるカントリー・ミュージックが聞こえてきた。まごうかたなきマール・ハガードの声——〝おれたちは髪を長く伸ばしたり、ぼさぼさにしたりしない。サンフランシスコのヒッピーどもとは違うんだ〟

それから〝目〟に気づいた。髪を耳たぶよりも長くしたことがある者なら、この〝目〟というものを知っているはずだ。髪を長くしているだけで、ライオンズ・クラブにもエルクス慈善保護会にも退役軍人会にも属していないことがばれてしまう、というわけである。しかし、そういうカラクリがわかっても、この〝目〟に慣れることは絶対にできない。

その夜、〝目〟をぼくに投げつけてきたのは、ボックスの四人にカウンターの二人のトラック野郎、白髪を青く染めて安っぽい毛皮のコートを着こんだ二人連れの老婦人、即席料理をつくるコック、それに手に洗剤の泡をつけて皿を洗っている不細工な小僧だった。カウンターのいちばん奥に若い女が一人、ぽつんと坐っていたが、彼女はコーヒー・カップの底をじっと見つめつづけており、顔を上げなかった。

彼女の姿を見て、ぼくはドキッとした。

もう一目惚れのようなことを信じられる年頃ではない。そんなものはロジャースとハマースタイン（二人はコンビを組んで『王様と私』『サウンド・オブ・ミュージック』など名作ミュージカルを次々に生み出した）が、お月様や六月に似合うものとして勝手に考え出したものでしかない。ダンスパーティで手をつないで喜んでいる高校生のためのものだ。そうだろう？

ところが、その夜、彼女を見たとたん何かを感じてしまった。笑われても仕方ない。しかし、笑うことができるのは彼女を見ていないからだ。

彼女はほとんど耐えがたいほど美しかった。食堂にいた者はみな、間違いなく同じように思ったはずだ。彼女も食堂に入ってきたときには、やはり〝目〟で射られたにちがいないと思う。蛍光灯の光を受けて青っぽく見えるほどの漆黒の髪が、すれた褐色のコートの肩にたれるにまかされていた。肌は白っぽいクリーム色で、その下にかすかな血の色がただよっている――体がまだ暖まっていないのだ。そして、煤《すす》のような黒っぽい睫《まつげ》。端がほんのすこしだけ上がっている目。貴族的な鼻、その下の表情豊かなふっくらとした唇。体のほうは説明できない。そちらのほうは、ぼくにはどうでもよかったのだ。だから、あなたにもどうでもいいことだと思う。必要なのは、あの顔であり、あの髪であり、あの表情だった。

彼女は完璧《エクスクィズィット》だった。英語には彼女を形容する言葉はそれしかない。

ノーナ。

ぼくが彼女から二つ目のスツールに腰を下ろすと、即席料理しかつくれないコックがやって来て、ぼくの顔をじっと見つめた。「注文は？」

「ブラック・コーヒーをください」

コックはコーヒーをとりに行った。背後で誰かが言った。

「キリスト様がお帰りあそばしたようだぞ。かならず帰ってきなさるってママがいつも言っていたもん」

不細工な皿洗いの小僧がクククッと笑った。カウンターの運転手たちも笑いに加わった。

コックがコーヒーを持ってもどってきて、乱暴にカウンターにおいた。コーヒーがすこし飛び散り、解凍しかかっているぼくの手の肉にかかった。痛みを感じ、ぼくは反射的に手を引っこめた。

「ごめんよ」コックが口先だけで謝った。

「キリスト様だから、火傷《やけど》なんぞご自分でおなおしになるさ」

ボックスに坐っていた運転手の一人が大声を張り上げた。

白髪を青く染めた二人の老婦人が払いをすませ、そそくさと店から出ていった。〝道路の騎士〟の一人がぶらぶらジュークボックスまで歩き、十セント玉を入れた。ジョニー・キャッシュが『スーという名の少年《ア・ボーイ・ネームド・スー》』を歌いはじめた。

誰かがぼくの袖を引っぱった。振り向くと、彼女だった――知らぬ間にあいている隣の椅子に移っていたのだ。間近で見る彼女の顔に目もくらまんばかりだった。ぼくはコーヒーをすこしこぼした。

「ごめんなさい」彼女の声は低く、音調がほとんど感じられない。

「いや、ぼくのせいさ。まだ手がかじかんでいて思うように動かない」

「わたし――」

彼女は途方に暮れたような顔をして言葉を途中で切った。不意に気づいた、彼女は怖いのだ。彼女の姿をはじめて見たときに感じた気持ちが、ふたたびぼくの心に広がっていった――彼女を守り、保護し、恐れを霧散させてやりたい、そうぼくは思った。

「車に乗せてほしいの」彼女は早口で一気に言った。「あの人たちにはとてもじゃないけど頼めなかったわ」かろうじてわかるようなかすかな仕種《しぐさ》をしてボックスの運転手たちを示した。

《いいとも、コーヒーを飲んじまいなよ、車はすぐ外にとめてあるからさ》そのとき、こう言えたら、何でもあげる――どんなことでも、いい、何でもしてやる――と本気で思った。とても理解してもらえないだろう。二こと三こと言葉をかわしただけで、そんな気持ちになるなんて、正気の沙汰とは言えないかもしれないが、ぼくはほんとうにそんな気持ちになった。彼女を見ていると、生命《いのち》を得て息をしだしたモナ・リザやミロのヴィーナスを見ているような思いがした。

べつの感覚にも襲われた。まるでぼくの混乱した頭の暗闇のなかに突如として強力な明かりがともったかのような気分だった。彼女が行きずりのセックスを求める女で、ぼくが面白い話を連発するしゃべり上手の女たらしだったら、どんなにか事は簡単だったろうに。だが事実は、彼女もぼくもそうではなかった。はっきりわかっていたのは、彼女が必要としているものをぼくは持っていず、それで心が張り裂けんばかりになっているということだけだった。

「ぼくも車をひろいたいんだ」ぼくは言った。

「警官に州間高速道《インターステート》から追い出されてね、あんまり寒いもんで、ここに来たんだよ。すまない」

「大学生?」

「だった。退学になる前に自分から辞めてやった」

「故郷《くに》の家へ帰るの？」

「帰る家なんてない。ぼくは孤児でね、州政府が後見人だったんだ。奨学金を受けて大学へ行っていたのさ。そいつをぶち壊しにしてしまった。で、どこへ行けばいいのかさっぱりわからなくなってしまった、という次第」

ぼくは憂鬱《ゆううつ》な気分になったが、それはたぶん五つのセンテンスで身の上話をしてしまったせいだろう。

彼女は笑った——その笑い声に、ぼくは心が揺れ、戸惑った。

「わたしたち、同じ袋のなかから出てきた猫《キャット》だと思うわ」

彼女は猫《キャット》と言った。ぼくはそう思った。そのときは。しかし、この独房でゆっくり考えてみると、彼女は溝鼠《ラット》と言ったのではないかという思いがますます強まっていく。同じ袋のなかから出てきた溝鼠。そうに違いない。なにしろ、そこが猫か溝鼠で、話はだいぶ違ってくるのだから。

会話をはずませるうちとけた感じの言葉——《へえ、そうなの？》といった気のきいた言葉——を返そうとしたとき、手が肩にのっかるのを感じた。

振り向くと、ボックスに坐っていた運転手の一人だった。ブロンドの不精鬚を顎に生やし、台所用の木のマッチを一本、口から突き出していた。エンジン・オイルの匂いがし、まるでスティーヴ・ディトゥコの漫画から抜け出してきたような男だった。

「コーヒーはもう飲んだんだろう？」

男は言い、マッチのまわりの唇を開いて、にやりと笑った。真っ白な歯がたくさん見えた。

「何だって？」

「くせえんだよ、屑《くず》野郎。おめえ、野郎なんだろう、ちがうかい？　男だか女だかわかんねえけどよ」

「あんただっていい匂いだとは言えないな」ぼくは言い返した。「アフター・シェーヴ・ローションは何を使ってるんだい、色男？　オー・デ・エンジンかい？」

　男はぼくの横っ面を平手でひっぱたいた。小さな黒い星がいくつも見えた。

「ここで喧嘩しないでくれ」コックが言った。「こいつをぶちのめしたかったら、外でやってくれ」

「来いよ、糞ったれのアカ野郎」運転手は言った。

　ふつうなら、ここで彼女が《手をはなしてよ》とか《乱暴者》とか言うところである。だが、彼女は何も言おうとしなかった。ぼくたち二人を熱い目でじっと見つめているだけだった。ぼくは気味が悪くなった。彼女の目の大きさが尋常でないのに気づいたのは、そのときだったと思う。

「もう一発おみまいしなけりゃならんのか？」

「その必要はない。やろうじゃないか、ゲス野郎」

　そんな言葉をなぜ言えたのかわからない。ぼくは喧嘩は嫌いなのだ。強くもない。それに罵り合いは喧嘩よりも下手だ。だが、ぼくは怒っていた。そのとき、かんかんに怒っていた。突如として、その男を殺してやりたいという気持ちになった。

　男はぼくの殺意をなんとなく感じとったようだ。一瞬、顔に不安の色がちらついた。たちの悪いヒッピーにからんでしまったのではないかと意識下で思ったのだろう。だが、不安の色はすぐに消えた。尻を国旗でふくような偉ぶった長髪の軟弱野郎にうしろを見せることはできない――少なくとも仲間の前では。向かうところ敵なしの大男のトラック野郎が、そんなみっともない真似をすることはできない。

怒りがふたたび膨れ上がり、暴れだした。こいつはぼくのことをオカマ野郎だと言ったのだ。《オカマ《ファゴット》だと? オカマだと?》ぼくは自分が自制心を失ったことを知ったが、その感じは悪くはなかった。緊張で口が乾いて舌がこわばり、腹が厚板のように固くなるのを感じた。

ぼくたちは店を突っ切ってドアまで歩いた。男の仲間たちが面白がって喧嘩を見物しようと我がちに立ち上がった。

ノーナ? ぼくは彼女のことを考えていたが、心の片隅でぼんやりと考えていたにすぎない。ノーナは来てくれる、ノーナはぼくのことを心配している、そうぼくは思っていた。それは外が寒いのと同じくらい自明の理で、ぼくはすこしも疑わなかった。五分前に会ったばかりの女のことをそんなふうに信じるなんて、奇妙ではある。しかし、奇妙だと思えるようになったのは、あとになってからだ。そのときは、ぼくの心は怒りの厚い雲にさえぎられていた――いや、ほとんどすっぽりとおおい隠されていた――のである。ぼくは殺意を鮮明に感じていた。

外は容赦のない鮮烈な寒さで、自分の体が凍てつく空気を切って進むナイフのように感じられた。駐車場の凍りついた砕石が、男のいかついブーツと、ぼくの短靴の下でぎしぎしと耳障りな音を立てた。大きな満月が生気のない一つ目のように空からぼくたちを見下ろしていた。かすかに靄《もや》がかかっていて、まわりに輪ができており、天気が崩れることを告げている。空は地獄の空のように黒かった。

ぼくたちの体は、駐車場に一つしかないナトリウム灯のモノクロームの光を受けて、足のうしろにちっぽけな影しかつくっていない。ナトリウム灯は駐車中のトラックの向こうに立っている柱の高いところに据え付けられていたのだ。吐き出される息が、口から羽毛のように白くなって飛び出しては消えていく。トラックの運転手がくるりと振り返り、手袋をはめた手を握りしめた。

「ようし、糞野郎」男は言った。

体が膨らんでいくような感覚をおぼえた——全身がどんどん膨らんでいくような気がした。自分に備わっているとは思ってもみなかった得体の知れない何かによって知的判断力が麻痺しようとしているのだ。ぼんやりとだが、その事実に気づいた。恐ろしいことだった——が、同時にそれを歓迎し、望み、渇望した。正常な思考力がまさに消えようとした瞬間、体が前にあるすべてのものを棒取りゲーム《ピックアップ・スティックス》の棒のように薙《な》ぎ倒すことのできるピラミッドか大暴風のようになったのを感じた。トラックの運転手は縮み、取るに足らぬ子供同然に見えた。ぼくはあざ笑った。その笑い声は、狂気をもたらす頭上の空のように黒く、荒涼としていた。

男が拳を振って殴りかかってきた。ぼくは男の右手を打ち落とし、左手を痛みを感じることなく横面で受けとめ、腹を蹴った。息が男の口からむりやり押し出され、白い雲と化した。男は咳こみながら身を縮め、あとじさりしようとした。

ぼくは相変わらず農家の犬が月に吠えているような笑い声をあげながら、うしろへ回りこみ、男が四分の一回転もできぬうちに三発パンチを浴びせかけた——首と肩と赤くなった片方の耳に。

　男は悲痛なうめき声をあげた。がむしゃらに振り回されている男の拳が、ぼくの鼻をかすった。すでに膨れ上がっていた怒りが一気に爆発し、ぼくはふたたび男を蹴った、アメフトの選手のように足を高くあげて思い切り蹴った。男は夜に向かって悲鳴をあげ、ぼくは肋骨が一本折れる音を聞いた。男は体を二つに折りまげ、ぼくは飛びかかった。

　裁判でトラックの運転手の一人が、ぼくは野獣のようだったと証言している。それはほんとうだ。このときのことはあまり覚えてはいないが、野生の犬のように吠え、うなったことは覚えている。

　ぼくは馬乗りになり、両手で油のこってりついた髪をわしづかみにすると、男の顔を砕石に押しつけ、こすりはじめた。ナトリウム灯の艶のない光のもとで、男の血はまるで甲虫の血のようにどす黒く見えた。

「おい、やめろ！」誰かが叫んだ。

　たくさんの手が肩をつかみ、ぼくを引き剝がした。揺れ動くいくつもの顔が見え、ぼくは顔めがけて殴りかかった。

　喧嘩の相手は這って逃げようとしている。顔はけばけばしい血のマスクをかぶったようになっており、そのマスクの下からぼうっとした目がこちらをじっと見つめていた。ぼくはほかの者たちの手から抜け出し、男の体を蹴りはじめた。そして、蹴りが命中するたびに満足のうなり声をあげた。

　男はもう反撃できなくなっていた。逃げようとするばかりである。男は蹴られるたびに亀みたいに目をしぼるようにして閉じ、動きをとめた。そして、しばらくして、また這いはじめる。なんとも愚鈍に見えた。

殺すことにした。死ぬまで蹴りつづけることにした。そして、こいつを殺したら、ほかのやつらも皆殺しにしようと思った——もちろんノーナだけは殺さない。

ぼくはもういちど男を蹴り、男は転がって仰向《あおむ》けになり、ぼくをぼんやりした目で見つめた。

「まいった《アンクル》」男は喉をしぼって声をかすれさせた。「助けてくれ《アイ・クライ・アンクル》。頼む。お願いだ——」

ぼくは男のかたわらにひざまずいた。砕石が薄いジーンズをとおして膝をかんだ。

「ほら、ここにいるぞ、色男」ぼくは囁いた。「叔父さん《アンクル》はここにいる」

ぼくは両手を男の喉にからませた。

三人がいっせいにタックルしてきて、ぼくは地面に倒された。ぼくは立ち上がり、なおも笑いながら彼らのほうへ歩きはじめた。彼らはあとじさりした。三人の大男が、みな真っ青になっていた。

三人は一瞬のうちに消えた。

文字どおりプツッと切れるように三人の姿が消え、気がつくと、ぼくは〈ジョーズ・グッド・イーツ〉の駐車場に一人ぽつんと立っていた。息が荒らぎ、胸がむかつき、怖かった。うしろを振り返り、食堂のほうを見た。彼女がいた。美しい顔が勝利で輝いていた。彼女は拳を肩まで上げて、そのころ黒人のオリンピック選手がやっていたようなガッツ・ポーズをした。

ぼくは地面に転がっている男のほうに向きなおった。男はまだ這って逃げようとしていた。

近づくと、男の眼球が恐怖に駆られてあわただしく動きまわった。

「指をふれるな！」男の仲間の一人が叫んだ。

ぼくは困惑して運転手たちを見つめた。

「すまない……こんなつもりじゃなかった……こんなに痛めつけるつもりじゃなかったんだ。手を貸してくれ――」

「失せろ、早いとこな」

コックが言った。彼は油だらけのフライ返しを片手に握りしめながら、入口の階段のいちばん下に立っていた。彼の前にはノーナがいる。

「お巡りを呼んでやる」

「おい、はじめたのは彼のほうだぞ！　彼が――」

「生意気な口をきくな、変質野郎」うしろ向きに階段をのぼりながらコックが言った。「おまえはそいつを殺そうとしたんだ。お巡りを呼んでやる！」コックは店のなかに飛びこんだ。

「わかったよ」ぼくは誰に言うでもなく言った。「わかった、わかったよ」

生皮の手袋は店のなかだったが、なかに入って取ってくるのはいい考えではないように思えた。ぼくは両手をポケットにつっこんで、高速道への連絡道路めざしてもどりはじめた。警官につかまる前に車をひろえる確率は一〇％ほどではないかと思った。すぐに耳が凍りはじめ、胃までむかつきはじめた。なんともみじめな気分だった。

「待って！　ねえ、待ってったら！」

ぼくは振り返った。彼女が髪をうしろになびかせながら駆けてきた。

「素晴らしい！」彼女は言った。「あなた、素晴らしいわ！」

「やりすぎてしまった」ぼくはものうげに言った。「こんなことをしたのははじめてだよ」

「殺しちゃえばよかったのに！」

ぼくは目をしばたたかせ、凍てついた光を浴びている彼女を見つめた。

「あなたが入ってくる前に、あいつらが言っていたことをあなたにも聞かせたかったわ。下品に馬鹿笑いしながら、あいつら、こう言ったのよ。ウワッハハハ、おい、あの娘《ねえ》ちゃんを見なよ、こんな夜遅くのこのこやって来たぜ。どこへ行くんだい、お嬢ちゃん？　トラックに乗りたいのかい？　おれを乗っけてくれたら乗せてやるよ。こうよ、頭にきちゃう！」

彼女は首をひねって肩越しにうしろをねめつけた。そのさまは、黒い瞳から飛び出す電光でトラックの運転手たちを殺してしまおうとするかのようだった。それから、彼女はぼくのほうへ視線をもどした。ぼくはまたしても心のなかに強力なサーチライトがともったかのような気分になった。

「わたしの名前はノーナ。あなたといっしょに行くわ」

「どこへ？　刑務所へかい？」

ぼくは両手で髪をつかみ、頭を抱えこんだ。

「この調子じゃ、ぼくたちを車に乗せてくれる最初の人は警官だろうな。コックが警官を呼ぶと言っていたが、ありゃ本気だよ」

「わたしが車をひろうわ。あなたはわたしのうしろに立っていて。わたしなら車をとめられる。若い女なら大丈夫よ、きれいな女なら心配ない」

反論することはできなかったし、したくもなかった。一目惚れ？　いや、たぶんそうじゃない。が、何か特別なことが起こったのだ。その感じ、わかってもらえるだろうか？

「ほら」彼女は言った。

「忘れもの」

ぼくの手袋を差し出した。

彼女は店のなかにもどっていない。ということは、ずっと持っていたということだ。最初からぼくといっしょに行く気になっていたのだ。ぼくは気味が悪くなった。手袋をはめると、彼女といっしょに高速道のランプへと通じる道を歩きはじめた。

彼女は正しかった。ぼくたちはカーブを切ってランプに最初に進入してきた車をとめることができた。

待っているあいだ、ぼくたちは何もしゃべらなかったが、気まずい感じはまるでなく、しゃべっているような気分だった。超感覚的知覚といったようなことについてくどくど説明する必要はあるまい。ぼくの言いたいことは誰もが知っていることだ。ほんとうに親しい者といっしょにいたことがある人なら、あるいはイニシャルが名前になっているような麻薬を試したことがある人なら、ぼくの言いたい感じがわかるはずである。言葉を必要としない感じ。手のほんのわずかな動き、感情の高周波によってコミュニケーションが成立しているような感じ。何らかの動きですべてを伝えることができる状態。ぼくたちは知り合ったばかりだった。ぼくは彼女のファーストネームしか知らなかったし、いまから考えると、ぼくのほうは名前さえ教えていなかったと思う。にもかかわらず、ぼくたちは言葉を必要としない状態になっていた。それは愛ではない。繰り返すのはもううんざりだが、その点ははっきりさせておかねばならない。ぼくはその言葉をなんとしても汚したくないのだ――ぼくたちがいっしょにしたこと、キャッスル・ロックでの出来事、そして夢のことを考えると、愛という言葉をみだりに用いる気になれない。

サイレンの甲高い哀しげな音が凍《い》てつく夜のしじまを破り、大きくなったり小さくなったりしだした。

「救急車じゃないかな」ぼくは言った。

「そうね」

すぐにまた沈黙が訪れた。薄い雲の膜がどんどん厚さを増していき、月光がその背後でしぼんでいく。月のまわりの輪は嘘をつかなかった。夜が明ける前に雪が本格的に降りはじめるだろう。

丘の上から二つのライトが突き出した。言葉は必要ない。彼女は髪をうしろにはらい、あの美しい顔を上げた。ぼくは彼女のうしろに立った。

現実的な感覚におそわれた――こんなに美しい女がぼくについて来る気になったのも、ぼくが男を救急車が必要になるほど痛めつけてしまったのも、そしてまた朝までに拘置所に入れられてしまうかもしれないということも、みな現実とは思えなかった。

現実感がまるでない。ぼくは蜘蛛《くも》の巣につかまってしまったような気がした。しかし、誰が蜘蛛なのかわからなかった。

ノーナが親指を突き出した。車はシヴォレーのセダンだった。通り過ぎたので、そのまま行ってしまうのかと思った。だが、すぐにブレーキランプが点灯し、ノーナがぼくの手を握った。

「さあ、つかまえたわ！」

彼女は子供のように喜びで顔を輝かし、ぼくに微笑みかけた。ぼくも微笑み返した。

男はフロント・シートの上に倒れるようにしながら懸命に腕を伸ばし、ノーナのためにドアを開けた。ルーム・ライトがつき、男が見えた――かなり大きな男で、高価なキャメル・ヘアのコートを身にまとい、帽子の縁から白髪まじりの髪をはみださせていた。裕福そうな顔は柔らかそうで、長いあいだ上等な食事を食べつづけてきたことをうかがわせる。ビジネスマンかセールスマンだろう。一人だった。

男はぼくを見ると、はっとして目を瞠《みは》ったが、ギアをふたたび入れて逃げ出すには一、二秒遅すぎた。それに、おとなしく二人を乗せてしまったほうが簡単だった。あとで、男は最初から二人いるのに気づいていたのだと己をだまし、自分は若いカップルに手をさしのべるほんとうに親切な男なのだと信じこむことができる。

「寒いねえ」

ノーナが先に乗って男の隣に坐り、その隣にぼくが乗りこむと、男が言った。

「ええ、ほんとうに」ノーナが甘ったるい声を出した。「助かりました！」

「ええ」ぼくは言った。「ありがとうございます」

「いや、いや」

こうしてぼくたちは、サイレンの音と、打ちのめされたトラック野郎たちと、〈ジョーズ・グッド・イーツ〉に別れを告げた。

まだ八時半だった。警官に州間高速道から追い出されたのが七時半だから、一時間しかたっていない。そんな短いあいだに、よくもあんなにいろいろなことができた、というか起こったものだと、ぼくは驚き呆れた。

車がぎらぎらと輝く黄色い光に近づいていく。オーガスタの料金所だ。

「どこまで行くのかね?」男が尋ねた。

そいつは難問だった。ぼくはキタリーまでなんとかたどり着き、学校の教師をしている知り合いのところへおしかけ、泊りたいと考えていた。そう答えていいものかどうか迷ったが、結局、大丈夫だろうという結論に達し、ぼくは口を開いた。だが、そのときノーナが先に声を出した。

「わたしたち、キャッスル・ロックへ行くんです。ルイストン＝オーバーンから南西にほんのすこし行ったところにある町」

キャッスル・ロック。その名前を聞いて、ぼくは妙な気分になった。昔、キャッスル・ロックにはよく出かけていたからだ。エース・メリルにやっつけられるまで。

男は車をとめ、チケットをとった。ぼくたちを乗せた車はふたたび走りはじめた。

「わたしはガーディナーまでしか行かんのだよ」男は滑らかに舌を動かし、嘘をついた。「次の出口で下りる。そこではきみたちにはスタート地点も同然だね」

「そうですね」ノーナの声はいぜん甘ったるい。「でも、こんな寒い夜に車をとめてくださるなんて、ほんとうに親切な方」

しかし、言葉とは裏腹に彼女は強い感情波を送ってよこし、ぼくは怨《うら》みにあふれた剝き出しの怒りを受信した。ぼくは怯《ひる》んだ。包装された箱からカチッカチッという時計の音が聞こえてきたときのように怯えた。

「わたしの名前はブランシェット」男は言った。「ノーマン・ブランシェット」

彼は握手しようと、ぼくたちのほうへ腕を伸ばした。

「わたしはシェリル・クレイグです」ノーナが上品に男の手を握った。

ぼくも彼女にならって偽名を使うことにし、「プレジャー」とぼそぼそと言った。

男の手は柔らかく、ぶよぶよしていた。それに熱いほどで、まるで手の形をした湯入りのボトルだった。ぼくはむかついた。この恩着せがましい男に頭を下げざるをえなかったことを考えると、むかついた。こいつは一人でヒッチハイクをしているかわいい娘に出くわし、ことによったらバスの切符代くらいの金で一時間ほどモーテルで楽しめるかもしれないぞ、と思っていたのだ。ぼくが一人で立っていたら、この熱いぶよぶよの手を差し出してきた男は、振り返りもせずに猛スピードで通り過ぎていってしまったことだろう。

ぼくはむかついた。そして、こいつはいま、ガーディナーの出口の陸橋のところでぼくたちを降ろし、南側のランプにいるぼくたちに見つからぬよう一目散に迂回して州間高速道へもどろうとしており、上手に厄介払いできる手を思いつけて内心ほくそえんでいる。ぼくはむかついた。男のすべてにむかついた。豚のような顎のたるみに、うしろにきれいになでつけられている鬘《かつら》に、オー・デ・コロンの香りに。

こんな男にどんな権利があるというのか？　いったい、どんな権利が？

　むかつきがどす黒くかたまり、ふたたび憤激の花が開きはじめた。男の豪勢なシヴォレー・インパラのヘッドライトがいとも簡単に夜を切り裂いていく。怒りが出口を求めて膨れ上がり、ぼくは男の身のまわりにあるものをことごとく破壊したくなった——やつが湯入りのボトルのような手で夕刊紙を持ってリクライニング・チェアのレイーZ《ズィー》ーボーイにゆったりと身をあずけながら聞くに違いない音楽、やつの妻が髪に使うリンスや身につけているに違いないアンダーオールとかいう妙な下着、ほとんどいつも映画とか学校とかキャンプとかどこかしらへ送り出されている子供たち、そして、俗物根性まるだしの友人たち、そいつらといっしょに開く泥酔パーティ、そうしたものすべての息の根をとめてやりたくなった。

　しかし、いちばん気に障るのは、なんといってもオー・デ・コロンだ。車内に充満している甘ったるい香り。そいつは食品工場で勤務交替ごとにまかれる香料入りの殺菌剤のような匂いがした。

　車は夜を切り裂きながら疾走し、ノーマン・ブランシェットはむくんだ手でハンドルを握りつづけていた。マニキュアをした爪が計器板の光を受けてほのかに輝いている。ぼくは横の窓ガラスをすこし開け、オー・デ・コロンの甘ったるい匂いを追い出したくなった。いや、それどころか——窓ガラスを下までおろして頭を冷たい空気のなかに突き出し、凍てつく新鮮さをたっぷりと味わいたくなった。しかし、ぼくは名状しがたい憎悪に刺し貫かれ、氷のように固くなって感覚を失い、身動きできずにいた。

　そのときだった、ノーナが爪やすりをぼくの手に押しこんだのは。

三つのとき、ぼくは流感をこじらせて入院しなければならなくなったことがある。そのとき、ぼくが病院にいるあいだに、父がベッドで煙草を喫いながら眠りこんで家が焼けてしまい、なかにいた両親も兄のドレークも焼け死んでしまった。三人の写真はいまでも持っている。彼らは一九五八年の古いアメリカン・インターナショナル・ピクチャーズのホラー映画に出てくる俳優たちに似ている。誰もが知っているような大スターたちに似ているのではなくて、エリシャ・クック・ジュニアとマラ・コーデイ、それに誰もきちんと覚えていない子役——たぶんブランドン・デ・ワイルド——に似ているのだ。

引き取ってくれる親戚もいなかったので、ぼくはポートランドの施設に送られ、そこで五年間すごした。それから州の被保護児となった。つまり、孤児を引き取って育てる家庭には州から月々三十ドルの養育費が支払われるという制度があって、ぼくはある夫婦に引き取られたわけだ。ロブスターのような高級料理が好きになった州の被保護児なんて一人もいないのではないかと思う。そういう夫婦はふつう二、三人の孤児の面倒をみていた——それは彼らの血管にミルクのようなやさしい血が流れていたからではない。彼らは純粋な投資を行っていたのだ。そのために面倒をみる。州から三十ドルもらえるから育てる。そして、あるていど大きくなれば、子供は近所の雑用をして自分の食いぶちくらいは稼げるようになる。だから三十ドルが四十ドルにも、五十ドルにも、あるいは六十五ドルにさえ化けてしまう。要するに、孤児にも資本主義が適用されるわけだ。この国は世界でもっとも偉大な国だな、やはり。

ぼくの育ての〝両親〟はホリスという名前で、川を挟んでキャッスル・ロックと向かい合っているハーロウという村に住んでいた。十四部屋もある三階建ての農家を持っていた。暖房は台所の石炭の熱で、それがあらゆる通路をとおって階上へのぼるようになっていた。しかし、一月にはキルトを三枚かけて寝ても、朝になって目を覚ましたときには足の感覚がなくなってしまう。足を床に下ろして目で確かめて、やっと足がついていることがわかるくらいだった。

ホリス夫人はでっぷりと肥っており、ホリス氏は貧相な体格で、めったにしゃべらなかった。彼は一年じゅう赤と黒のハンチング帽をかぶっていた。家のなかは乱雑をきわめ、無用の長物の家具や、慈善バザーに出すべきようなガラクタ、黴《かび》臭いマットレス、新聞紙の上に転がっている自動車部品などが雑然とほうりっぱなしになっており、犬や猫が歩きまわっていた。〝兄弟〟はみな被保護児で、三人いた。ぼくたちは三日かかる長距離バスに乗合わせた乗客同士のように、ただ頷《うなず》き合って会釈するだけだった。

ぼくは学校では優秀な成績をおさめ、高校二年の春、野球部に入った。ホリス夫妻はぎゃあぎゃあ騒いでやめさせようとしたが、ぼくは絶対にやめようとしなかった。だが、エース・メリルとのいざこざが起こり、ぼくはそれ以来もう野球もやりたくなくなった。あんなふうに顔をつぶされたら、ベッツィ・マレンファントにあんな話を広められたら、もうとても出ていく気になれない。で、退部すると、ホリス夫妻が地元のドラッグストアのソーダ水売りの仕事を見つけてきた。

三年生の二月、ぼくはマットレスのなかにためておいた十二ドルを払って、カレッジ・ボードの大学入学資格試験を受けた。その結果、ささやかな奨学金を得て大学入学を許され、図書館でのいいアルバイトも見つけることができた。学費援助を証明する書類を見せたときにホリス夫妻が顔に浮かべた表情は、瞼《まぶた》に焼きついている。あれは生涯で最高の思い出だ。

〝兄弟〟の一人だったカートはホリス夫妻のところから逃げ出した。チャンスがあったとしても、ぼくには逃げ出すなんてことはできなかっただろう。ぼくは消極的で、そんなことをする勇気はなかった。たとえその気になったとしても、道に二時間もいてもどってきてしまったに違いない。ぼくには大学だけが脱出口だった。そして、うまく脱出することができた。

ぼくが大学へ出発するとき、ホリス夫妻が最後に言った言葉は、「余裕ができたら金を送るんだぞ」だった。それ以来、ぼくは二人に会っていない。一年のときは優秀な成績をおさめ、夏休みには図書館の仕事もフルタイムになった。ホリス夫妻には最初の年にクリスマス・カードを一枚送っただけで、あとは何も送っていない。

二年の一学期に、ぼくは恋をした。ぼくにとっては人生の一大事だった。相手はかわいい娘《こ》だったかだって？　そりゃもう、誰だって打ちのめされて二歩ほど後退するくらいきれいな娘だった。ところが、彼女がぼくのことをどう思っていたのか、いまもってわからない。ぼくのことを愛していたのかさえ、わからない。最初は、愛されていると思っていた。が、しばらくすると、彼女にとってぼくは、なかなかやめることのできない習慣、たとえば煙草とか肘《ひじ》を窓から出して運転する癖とか、そういったものと同じなのではないかと思いはじめた。彼女がぼくとしばらく付き合いつづけたのは、そういう習慣をやめたくなかったからかもしれない。あるいは単なる好奇心、それとも単なる虚栄心からだったのかもしれない。おすわり、お転び、ちんちん、新聞とってきて。いい子ね、ほら、おやすみのキスよ――ぼくは彼女の飼い犬だった。べつにどうということはない。しばらくのあいだ、それが恋だった。ついで、それは恋のようなものになり、やがて終わりになった。

ぼくは彼女と二度寝たが、いずれも恋とは呼べない状態になったあとのことである。セックスのおかげで習慣がほんのすこしだけ長つづきした。が、感謝祭の休みからもどったとき、彼女はデルタ・タウ・デルタ友愛会に入っている同郷の男が好きになったと打ち明けた。ぼくは彼女を奪いもどそうとし、一時はそれにほとんど成功したかに見えたが、彼女はもう以前の彼女ではなかった——将来の見通しというものを持つにいたっていたのだ。

あれを見たとき、B級映画の俳優たちに似ていた家族が焼け死んで以来、ぼくが長い年月にわたってこつこつと築きあげてきたものが、すべて崩れ去ってしまった。あれとは、彼女のブラウスにつけられた、その男の友愛会バッジだ（アメリカの大学では、愛情や仮婚約の印として男子学生が自分の友愛会バッジを女子学生に与える習慣がある）。

その後、ぼくは目まぐるしくガールフレンドを変え、ぼくと喜んで寝る三、四人の女の子と付き合った。その気なら、子供時代に女性のやさしい愛情を知る機会がなかったとか言って、そういう付き合い方を正当化できただろう。だが、そんなことは関係ない。最初の彼女と付き合っているあいだは何の問題も起きなかったからだ。おかしくなったのは彼女が去ってからだ。

ぼくは女がすこし怖くなりはじめた。ただし、怖いのは大事にしたくなるような女ではなくて、どちらかというとどうでもよい簡単にセックスができるような女だった。そういう女には不安をおぼえた。ぼくはたえず自問しつづけた、女たちには何か下心があるのではないか、それはどんなことだろう、いつになったらそれをあらわにするのか、と。

べつにおかしなことだとは思わない。結婚している男や、一人の恋人だけと付き合っている男なら（たぶん朝早くか、彼女が食料品を買いに出かけている金曜の午後だけだとは思うが）、同じように自問するはずだ。《おれがいないあいだ、あいつは何をしているのか？　ほんとうのところ、おれのことをどう思っているのか？》そして、ほとんどの者がこうも思うのではないか。《これまでにあいつにいくらかかったのだろう？　これからいくらかかるのだろう？》

こういうことを考えはじめると、もうだめだった。ぼくは一日じゅう考えつづけた。

ぼくは酒を飲みはじめ、成績は急降下した。一学期の中間休みに、六週間たっても成績が上がらなければ二学期の奨学金の小切手ひきわたしを保留するむね記した手紙を受け取った。ぼくは休みのあいだじゅう遊び仲間といっしょに飲んだくれていた。最後の日には売春宿にまで繰り出し、ちゃんとうまくやれた。女たちの顔は暗くて見えなかった。

ぼくの成績はほとんど上がらなかった。いちど、去っていった最初のガールフレンドに電話し、電話口で泣いたことがあった。そのとき彼女も泣いたが、いまから思うとどうやら彼女を楽しませただけだったようだ。ぼくは彼女を怨まなかったし、いまでも怨んでいない。しかし、ぼくは彼女が怖かった。ひどく怖かった。

二月九日、大学の文理学部長から手紙がとどき、専攻科目を二つ三つ落としそうになっていることを知らされた。二月十三日、彼女からためらいがちな文面の手紙がとどいた。彼女はぼくたちのあいだのことを、わだかまりが残らぬようきちんと片づけておきたかったのだ。手紙には、デルタ・タウ・デルタ友愛会の男と七月か八月に結婚するつもりで、結婚式に来たいなら来てもいい、と書いてあった。ぼくは吹き出しそうになった。結婚のプレゼントに何をあげればいいのだろう？　赤いリボンを結んだぼくの心臓？　ぼくの生首？　それとも、ぼくのチンポ？

セント・ヴァレンタイン・デーの十四日に、どこか別の土地へいってみようと心を決めた。それでノーナに遭遇《であ》ったわけだ。そのことはすでに書いた。

ぼくにとってノーナがどういう存在であったか理解してもらわねばならない。もちろん、あなたに理解したい気持ちがすこしでもあればの話だが。ノーナは大学のガールフレンドよりもきれいだった。が、そんなことは問題ではない。外見の美しさなんて、アメリカのような富める国では取るに足らぬことだ。問題は内面である。

ノーナはセクシーだったが、彼女の性的魅力はどういうわけか植物的な感じがした——彼女が営むセックスは光合成のように本能的、機械的で、それゆえさして大切なこととは思えぬ、罪の意識などまったくともなわない、ただ体をからみ合わせているだけのような無目的なもののような気がした。つまり動物のセックスというより植物のセックスなのだ。この感じ、わかってもらえるだろうか？

ノーナとはそのうちセックスするに違いない、ふつうの男と女がやるようなことをするに違いないと思っていたが、そのときのぼくたちのセックスは、八月の陽光を受けて蔦《つた》が蔓棚《つるだな》にからみつきながら上《のぼ》っていくような鈍い感覚しかともなわない無意味で機械的なもののように思えた。

それは重要でないからこそ重要であるようなセックスだ。

彼女を動かす真の力は暴力だったのだと、ぼくは思う——いや、絶対にそうだ、間違いない。あの夜の暴力こそ現実で、そこには夢のように曖昧なところはまったくなかった。それはエース・メリルの五二年型フォードのように大きく、速く、硬かった。〈ジョーズ・グッド・イーツ〉での暴力、ノーマン・ブランシェットへの暴力。だが、そうした暴力にさえ、どこかしら無目的な植物的なところがあった。

結局のところノーナは蔓植物であると言っていいのかもしれない。なぜって、ハエジゴクも蔓植物の一種だからだ。それは食肉性の植物で、蠅や生肉のかけらが捕虫器のなかに入ると動物のような動きをするからだ。これは嘘ではない。胞子によって繁植するこのハエジゴクという蔓植物は、姦淫などは夢のまた夢だろうが、蠅をつかまえて捕虫器を閉じるとき、弱まりゆく蠅のもがきを楽しみ、その肉を味わっているに違いない。

ノーナとのことには、ぼくの消極性も関係していた。ぼくは自分のなかにぽっかりと開いた空洞を埋めることができないでいた。それはガールフレンドに去られたときに開いた心の空洞ではなくて――彼女のせいにはしたくない――、ずっと昔から心の真ん中に開いていた、たえず渦を巻いて混沌としている暗い空洞だった。この空洞をノーナが埋めてくれた。ノーナのおかげで、ぼくは積極的に行動できるようになった。

ノーナのおかげで、ぼくは気高い人間になることができた。

これですこしは理解してもらえたと思う。なぜノーナの夢を見るのか？　なぜ悔恨と嫌悪を感じつつ、なおも魅惑されつづけるのか？　なぜノーナを憎んでいるのか？　なぜノーナを恐れているのか？　そして、なぜ、いまもなおノーナを愛しているのか？　そうした疑問がすこしは解けたのではないかと思う。

それはオーガスタのランプからガーディナーへ向かって八マイルほど行ったところだった。

ぼくたちは二、三分で事をすませた。ぼくは左手を体のかげに隠し、ぎこちなく爪やすりを握りしめながら、夜から浮かび上がってきらめいたグリーンの反射塗装の標識をながめていた――〈十四番出口　右車線へ〉。月は消え、雪が空から吐き出されはじめていた。

「近くまでで悪かったね」ブランシェットが言った。

「いいんです」とノーナは温かみのこもった声で応《こた》えたが、ぼくは彼女の激烈な怒りがドリルの刃のようにガーガー音を立てながら頭蓋骨を貫いて脳にまで進入してくるのを感じた。

「ランプのいちばん上で降ろしてください」

　ブランシェットは時速三十マイルというランプ内制限速度を守りつつ車を走らせはじめた。やるべきことはわかっていた。両脚が温かい鉛になったように感じられた。

　ランプのいちばん上は、高いところに据え付けられた一つの電灯で照らされていた。電灯の左手に、厚く垂れこめた雲を背景にしたガーディナーの明かりが見えた。右手は、何も見えず、闇に沈んでいる。高速道へと至る連絡道路には車の影は一つもなかった。

　ぼくは車から降りた。ノーナはシートの上で腰を滑らせながらノーマン・ブランシェットにお別れの微笑みを投げた。ぼくは不安をすこしも感じなかった。ノーナの指示どおりに動けばいいのだ。

　ブランシェットは、これで厄介払いできるとほっとし、人をかっとさせるような生意気な微笑みを浮かべた。

「では、さようなら――」

「あっ、ハンドバッグを忘れたわ！　ハンドバッグを持っていかないで！」

「ぼくがとってくる」

ぼくは彼女に言い、前かがみになって車のなかにもどった。ブランシェットはぼくの手に握られているものを見た。生意気な微笑みが凍りついた。

そのとき坂道をのぼってくるヘッドライトが目に入ったが、ここまできたらもうやめることはできない。何ものもぼくをとめることはできなかったに違いない。ぼくは左手でノーナのハンドバッグをとると、右手で鉄の爪やすりをブランシェットの喉に突き刺した。ブランシェットはいちどだけ哀れな呻《うめ》き声をあげた。

車から出ると、ノーナがやって来る車に手を振っていた。暗闇と雪で、どんな車なのかわからない。見えるのはヘッドライトの二つのまぶしい光の輪だけだ。ぼくはブランシェットの車のうしろで身をかがめ、リア・ウインドウをとおして様子をうかがった。

風の音が大きくて言葉がとぎれとぎれにしか聞こえなかった。

「……どうかしたんですか?」

「父が……風……心臓発作を起こしたんです! すみませんが……」

ぼくはノーマン・ブランシェットのシヴォレー・インパラのまわりを素早く動き、かがみこんでトランクの横からのぞいた。二人が見えた。ノーナのほっそりとしたシルエットに、彼女よりも背の高い人影。ピックアップ・トラックのそばに立っているようだった。二人は振り向き、インパラの運転席側の窓に近づいた。運転席には、ノーマン・ブランシェットがノーナの爪やすりを喉に突き立てられてハンドルにうつ伏している。ピックアップ・トラックを運転してきた者はまだ子供に見える若者で、空軍用のフード付ジャケットを着ていた。彼は前かがみになって車のなかに体を突っこんだ。ぼくはすっと移動し、彼のうしろに立った。

「あれれ！」若者は言った。「血が出ているぞ！　どうして——」

ぼくは右肘を彼の喉にひっかけ、右手首を左手でしっかりとつかむと、そのまま彼を勢いよく上に引っぱりあげた。頭がドアの上の枠に激突し、ゴンという鈍い音がした。若者の体がぼくの腕のなかでぐにゃりとした。

そこでやめることもできた。彼はノーナの顔をしっかり見たわけではないし、ぼくの顔はまるで見ていない。だから、やめることもできたのだ。しかし、若者はおせっかい屋で、ぼくたちの行く手をはばみ、ぼくたちをやっつけようとするに決まっている。そういうことはもうたくさんだった。ぼくは若者の首をしめた。

事がすむと、ぼくは目を上げ、インパラとトラックのヘッドライトの光を両側から浴びているノーナを見つめた。顔には憎悪と愛と勝利と喜びがないまぜになったようなグロテスクな苦笑が浮かんでいた。ノーナは両腕を差し出し、ぼくは彼女のほうへと進み、腕のなかへ入りこんだ。ぼくたちは唇を合わせた。ノーナの唇は冷たかったが、舌は温かかった。ぼくは両手をノーナの髪の下に滑りこませて頭のくぼみにあてがった。風がぼくたちのまわりで悲鳴をあげている。

「さあ片づけておかないと」ノーナは言った。「誰かが来る前に」

ぼくは片づけた。ぞんざいな仕事だったが、それで充分であることはわかっていた。すこしだけ時間をかせげればいいのだ。あとのことはどうでもいい。危険にさらされることはもうない。

若者の体は軽かった。両手でかかえて道を横切り、ガードレールの向こうの深い側溝に投げこんだ。死体は真っ逆さまに底まで転がり落ちた。まるで毎年七月にホリス氏にトウモロコシ畑でつくらされていたかかし《ラグバッグマン》のようだった。ぼくはブランシェットを片づけに車までもどった。

ブランシェットは若者よりも重く、刺し殺された豚のように血を流していた。ぼくは持ち上げはしたが、そのままよろよろと三歩後退してしまい、ブランシェットはぼくの腕から滑り落ちて道に横たわった。ぼくは死体を転がして仰向けにした。新しい雪が顔にくっついてスキーのマスクのようになった。

ぼくはかがみこみ、腋《わき》の下に手を入れてブランシェットを引きずった。彼の脚が雪をかき、溝ができた。ぼくはガードレールの向こうにブランシェットを投げこみ、死体が両手を頭の上にかかげて側溝の土手を背中で滑っていくさまを見まもった。大きく見開かれた目が、落ちてくる雪片をうっとりと見つめているように思えた。雪が降りつづけば、除雪車が来るころには二人とも雪のほんの小さな盛り上がりにしか見えなくなってしまう。

ぼくは道を突っ切って車のところへもどった。ノーナはすでにピックアップ・トラックに乗りこんでいた。どちらの車を使うか一人で決めてしまっている。ぼくの意見など聞く必要はないのだ。ノーナの顔を見ると、すこし青みがさし、目が落ちくぼんで黒くなっていたが、ただそれだけで別に変わったところはなかった。

ぼくはブランシェットの車に乗りこむと、血が幾筋にもわかれてたまっている瘤《こぶ》だらけのビニール製のシート・カバーの上に腰を下ろし、車を路肩まで移動させた。そして、ヘッドライトを切り、ハザードランプを点滅させ、車から降りた。これで、通りかかった者は、運転手はエンジン・トラブルが起きたので修理屋を見つけに町まで歩いていったのだろうと思う。

ぼくは自分がおかした即興殺人に大いに満足していた。これまでずっと人を殺しつづけてきたような気さえした。ぼくはアイドリングしているトラックまで小走りでもどり、運転席に乗りこむと、高速道への進入ランプのほうへ車を走らせた。

横に坐っているノーナは、ぼくにふれてはいなかったが寄りそっていた。ノーナが身を動かすと、ときどき彼女の髪がぼくの項《うなじ》を軽くなでた。と、微細な電極にふれられたような感覚が肌に走った。いちど、ノーナは幽霊のような存在なのではないかと心配になって、ぼくは手を伸ばして彼女の脚にさわってみた。ノーナは静かに笑った。彼女は生身の人間だった。車のまわりで、風がヒューヒューうなりながら雪を激しい勢いで吹き飛ばしていた。

ぼくたちは南下した。

ハーロウからキャッスル・ハイツに向けて一二六号線を走っていくと、橋をわたったところで〈キャッスル・ロック青少年連盟〉という滑稽な名前がついている大きな農家を改造した娯楽センターに行きあたる。そこにあるのは、ピンセッターにガタがきていて週の最後の三日間はだいたい動かなくなるというキャンドルピンのボウリングが十二レーン、古いピンボール・マシンが二、三台、一九五七年のヒット曲が入っているジュークボックス、ブランズウィック社製の玉突き台が三つ、それに死んだホームレスの足からとってきたばかりと思えるようなボウリング・シューズの貸出も兼ねたコークとポテトチップスを売っているカウンター。

その名前が滑稽だというのは、キャッスル・ロックの青年の大部分が、昼はオックスフォード・プレインズの改造乗用車レースへ行き、夜はジェイ・ヒルのドライヴインへ行ってしまうからだ。〈キャッスル・ロック青少年連盟〉にたむろしているのは、ほとんどがグレットナやハーロウや地元キャッスル・ロックの乱暴者なのである。だいたい一晩に一回は駐車場で喧嘩がある。

ぼくは高校二年のときにそこへ通うようになった。知り合いのビル・ケネディが週に三晩そこで働いていて、玉突き台があくのを待っている者がいないと、ただで玉を突かせてくれたからだ。たいして面白くはなかったが、ホリス家へ帰るよりはましだった。

エース・メリルにはそこで会った。彼は三つの町でいちばん強い男だということになっていて、そのことを本気で疑う者はいなかった。フェンダーを取り外して車台《シャシ》を下げたシャコタンの五二年型フォードを乗りまわしていて、噂では、その気になれば時速百三十マイル出せるということだった。エース・メリルは、油でてかてかした髪を完璧なダックテール・ポンパドゥール（両側の髪を長くしてうしろでまとめ、前をふくらませた髪型）に決めて王様のような顔をして入ってくると、ツー・クッションの賭け玉突きを一点十セントで二、三ゲームやって（うまかったかって？ さあ、どうかな）、ベッツィが来たらコークを一本おごり、それから二人で出ていく。そして、二人が外へ出て、傷だらけの入口のドアがあえぎながら閉まると、居合わせた人々が無意識のうちにつく安堵の溜息をほとんど聞くことができる。エース・メリルと駐車場へ行った者は一人もいない。

つまり、ぼくをのぞいて。

ベッツィ・マレンファントはエース・メリルのガールフレンドで、キャッスル・ロックではいちばんきれいだったと思う。頭のほうはたいしてよくはなかったが、彼女を一目見れば、そんなことはどうでもよくなる。文句のつけようのない顔の色つやで、それは化粧品のせいでもなかった。はじめて見るような完璧な肌だった。髪は漆黒、目も黒く、唇はふくよか、体もむっちりしていて男の目をとらえて離さなかった――彼女には自分の体を見せびらかすようなところがあった。エースがまつわりついているのだから、ベッツィを建物の裏に引っぱりこんで、彼女のエンジンを燃え立たせようとする者は一人もいなかった。正気の者でそうしようとした者は一人もいない。

ぼくはベッツィに夢中だった。彼女は大学のガールフレンドとは違っていたし、ノーナとも違っていた。ノーナを若くしたような感じはあったが、やはり違う。しかし、ぼくはそれなりに真剣で必死だった。十代半ばで恋に身を焦がしたことのある人なら、ぼくの気持ちがわかるはずだ。ベッツィは十七歳で、ぼくより二つ年上だった。

〈キャッスル・ロック青少年連盟〉へ通う回数がどんどん増えていった。ビリーの非番の夜でも、彼女の姿を一目見たさに行くようになった。バード・ウォッチングをしているような感じだったが、ぼくにとっては必死のゲームだった。家に帰ると、ホリス夫妻に別のことをしていたと嘘をつき、二階の部屋へ上がる。そして、してあげたいことをすべて伝えようと、ベッツィにあてて長い情熱的な手紙を書くが、書きあげると破ってしまう。学校の自習室でも、結婚してメキシコへ逃げようと彼女に言っている自分を夢想したりした。

ベッツィはぼくの気持ちを察知していたに違いない。エースがいないときは、ぼくにやさしくしてくれていたので、きっとすこしは嬉しかったのだろう。ぼくのところまで歩いてきて話しかけ、コークを一本せがみ、隣のスツールに腰を下ろして脚をぼくの脚にこすりつけるようなことをする。ぼくはもう気も狂わんばかりだった。

十一月初旬のある夜、ぼくは〈キャッスル・ロック青少年連盟〉でぼんやりしたり、ビルとすこし玉を突いたりしながら、ベッツィが来るのを待っていた。まだ八時にもなっていなかったので客は一人もいず、外では風が淋しげにかすかな音を立てて冬の近いことを知らせていた。

「やめたほうがいいぞ」

ビルが言い、9番ボールをストレートショットでコーナー・ポケットに沈めた。

「やめるって、何を？」

「しらばくれるなよ」

「ほんとうにわからないんだ」

ぼくはスクラッチをしてペナルティをとられ、ビルがボールを一つ加えた。ビルが6番ボールを突き、そのままプレーを続けているあいだに、ぼくはジュークボックスのところまで行って十セント玉を入れた。

「ベッツィ・マレンファントのことだよ」

ビルは慎重に真っすぐ突き、玉をレールにそってゆっくりと動かした。

「チャーリー・ホーガンがさ、おまえが彼女の尻を追いかけまわしているさまがみっともないたらありゃしないという話をエースにしたんだよ。なにせベッツィはおまえよりも年をくってるし背も高いだろう、だからチャーリーは笑い話のつもりで言ったんだけどね、エースは笑わなかった」

「彼女のことなんて何とも思っちゃいない」ぼくは白々しい嘘をついた。

「関わらんほうがいいぞ」ビルは言った。

客が二人、姿を見せた。ビルはカウンターのなかに入り、突き玉を二人にわたした。

九時ころ、エースがやって来た。一人だった。彼はぼくのことなど気にしたことがなかったので、ぼくはビルが言ったことを忘れようとしていた。目に入らない存在なら、やられることもなかろう、というわけだった。ぼくはピンボールをやっていて、すっかり夢中になっていた。みんながボウリングや玉突きをやめて、あたりが静まりかえったが、それにも気づかなかった。

あっと思った瞬間、ぼくの体は宙を飛び、ピンボール・マシンを越えて床にどすんと落ちた。ぼくは恐怖と吐き気を感じながら立ち上がった。エースはピンボール・マシンを傾け、三回リプレーできることになっていたのをおじゃんにしてしまった。

エースはそこに立って、ぼくをにらみつけていた。髪はすこしの乱れもなく、ぴしっと決められ、革ジャンパーのチャックが半分おろされていた。「ちょっかいはやめろ」エースは穏やかな声を出した。「さもないと、顔がぐちゃぐちゃになるぞ」

そう言うと、エースは出ていった。みんなの視線を感じ、ぼくは穴があったら入りたい気分だった。だが、すぐにほとんどの者の顔に賞賛とも妬《ねた》みともとれるような表情が浮かんでいるのがわかった。そこで、ぼくは平然として体のほこりを払い、ピンボール・マシンに新しい十セント玉をほうりこんだ。〈傾き〉《ティルト》のライトが消えた。ぼくのところまでやって来た者が二人いた。彼らはぼくの背中を軽くぽんぽんと叩くと、何も言わずに出ていった。

終業時間の十一時になると、ビルが車で送っていくと言ってくれた。

「注意しないと、やっつけられるぞ」

「ぼくのことは心配しないでくれ」ぼくは言った。

ビルは黙っていた。
二、三日後の夜の七時ころ、ベッツィが一人でやってきた。客はほかに一人しかいなかった。二年前に学校をやめたヴァーン・テッシオという名の眼鏡をかけた気味の悪いチビだ。そいつのことはまるで気にならなかった。ぼくよりもさらに目立たない存在だったのだ。
ベッツィは玉突きをしているぼくのところへ真っすぐやって来て、ぐっと身を寄せた。肌に残る清潔な石鹸の匂いがして、ぼくは眩暈《めまい》を感じた。

「エースに脅かされたんだってね」ベッツィは言った。「あんたに話しかけちゃいけないようだから、もう話しかけないわよ。でもね、いい考えがあるの、なんとかしてあげるわ」

彼女はぼくにキスをし、ぼくが呆気《あっけ》にとられて舌を口蓋から下ろすこともできないうちに姿を消した。ぼくはぼうっとした状態でゲームを再開した。話を広めにいくテッシオの姿さえ目に入らなかった。ぼくの目にはベッツィの黒々とした瞳しか映っていなかったのだ。

そういうわけで、その夜遅く、ぼくはエース・メリルと駐車場へ行くはめになり、徹底的に打ちのめされた。寒い、ひどく寒い夜で、そのころにはみんなが見物していたというのに、結局ぼくは恥も外聞もなくすすり泣いてしまった。その夜の一部始終をたった一つのナトリウム灯が無慈悲に見下ろしていた。ぼくのパンチは一発もあたらなかった。

「わかったか」

エースはぼくの横にしゃがみこんで言った。息を荒らげてもいなかった。彼はポケットから飛び出しナイフをとりだすと、クローム鍍金《めっき》されたボタンを押した。七インチの刃が勢いよく飛び出し、月の光を浴びて銀色に輝いた。

「次はこいつをお見舞いするぞ。おまえの金玉におれの名前を彫りつけてやる」

こう言うと、エースは立ち上がり、最後のキックをぼくに浴びせ、立ち去った。ぼくはおそらく十分くらいは硬い土のうえに震えながら横たわっていたと思う。手を貸してくれる者も、背中を叩いてくれる者もいなかった。ビルも知らんぷりを決めこんでいた。なんとかしてあげると言ったベッツィも、とうとう姿を見せなかった。

ぼくは仕方なく一人で立ち上がり、ヒッチハイクをして家まで帰った。ホリス夫人には、酔っぱらいの車をひろってしまって、車が道から落ちてしまったんだ、と嘘をついた。その夜以来〈キャッスル・ロック青少年連盟〉にはもう二度と足を踏み入れなかった。

その後まもなくしてエースはベッツィを捨てたという。すると彼女は見る間に落ち目になり、加速度をどんどん増しながら転落していった――ブレーキのきかない木材運搬トラックのように。そして、その転落のあいだに性病をわずらった。ビルはある夜ルイストンの〈マノワール〉へ行って、男たちに酒をねだっている彼女を見かけたことがあると言っていた。歯がほとんどなく、鼻が途中でかけていたという。顔を見ても彼女だとはまず気づかない、とビルは言った。そのころには、ぼくの彼女への思いもどうにかこうにか鎮まっていた。

ピックアップ・トラックにはスノー・タイヤがついていなかった。トラックはルイストンの出口に着く前に新しく積もった粉雪にタイヤをとられて横滑りしはじめた。二十二マイル進むのに四十五分以上かかってしまった。

ルイストンの出口の料金所の職員が、通行券と六十セントを受けとって、「滑るだろう？」と言った。

ぼくもノーナも言葉を返さなかった。ぼくたちは目的地へ近づきつつあった。二人の行きたいところは、いまや同じだった。たとえあの奇妙な以心伝心がなかったとしても、ノーナがどこへ行きたいと思っているのかわかったと思う。トラックのほこりだらけのシートに坐って、ハンドバッグの上で両手をしっかり組み合わせ、恐ろしいほど鋭い眼光で道路の前方にじっと目を凝らしているノーナを見れば、それだけで彼女の気持ちは読めたに違いない。ぼくはぞっとした。自分の体が震えるのがわかった。

ぼくたちは一三六号線に入った。車の姿はあまりなかった。風が強まり、雪も一段と激しくなった。ハーロウ村の近くまで来ると、横向きになって縁石に乗り上げている大きなビュイック・リヴィエラが見えた。ハザードランプが点滅していた。その姿にノーマン・ブランシェットのインパラの像が薄気味悪く重なった。あの車はいまごろは雪に埋もれ、暗闇のなかでぼんやりした小山と化しているに違いないと思った。

ビュイックに乗っていた者が手を上げてとめようとしたが、ぼくはスピードをゆるめずに通り過ぎ、半溶けの雪を引っかけてやった。雪でワイパーの動きが悪くなったので、手を伸ばして運転席側のワイパーを叩いた。雪がすこし落ちて、多少見やすくなった。

ハーロウはゴースト・タウンだった。どの家も閉ざされ、どこもかしこも暗かった。ぼくはキャッスル・ロックへ通じる橋へ向かおうと、右のウインカーをつけ、ハンドルを切った。後輪が勝手に滑りだそうとしたが、なんとか横滑りを抑えた。前方の川向こうに〈キャッスル・ロック青少年連盟〉の建物の黒い影が見えた。閉鎖されているようで、寂しげに見える。ぼくは不意に悲しくなった。これまでに感じた大いなる痛みを、そして、これまでに起こった幾多の死を思い、悲しくなった。と、そのとき、ガーディナーの出口からずっと口を閉ざしていたノーナが言った。

「うしろに警官がいるわ」

「ぼくたちを――?」

「いえ。回転灯はついてないわ」

しかし、ぼくはびくついた。たぶん、それでまずいことになったのだろう。一三六号線は川の直前で直角にまがり、それから真っすぐ橋をわたってキャッスル・ロックへ入るが、その最初の鋭いカーブをまがりはじめたとき、キャッスル・ロック側が凍っていて、車が滑りだした。

「くそっ――」

後部が急激に回転し、何もできぬうちにトラックは橋の太い支柱に激突した。橇《そり》で遊ぶ子供たちのようにぐるっと一回転したかと思うと、次の瞬間、うしろのパトロールカーのヘッドライトが見え、目が眩《くら》んだ。警官はブレーキを踏んだ――降りしきる雪のなかに赤い反射光が見えた。だが、パトロールカーも氷にタイヤをとられ、ぼくたちのトラックにもろにぶつかった。トラックは橋桁にふたたびぶつかり、車体をひっかかれてギーギーという不快な音を立てた。ぼくはがくんと揺れてノーナの膝に倒れこみ、一瞬だが、この混乱したさなかにも彼女のなめらかな張りのある腿の感触を味わった。ついで、すべりが静止した。

警官がついに回転灯をつけた。青い光がぐるぐると回転し、トラックのボンネットや、雪をかぶった十字構造のハーロウ＝キャッスル・ロック橋の鉄柱を次々に横切りはじめた。パトロールカーのルーム・ライトがともり、警官が出てきた。

警官がうしろからついてこなければ、こんなことにはならなかったのだ。ぼくは何度も何度もそう思った。その思いは、傷のついたレコード盤の同じ溝を針が繰り返しなぞるように、頭のなかに果てしなく浮かびつづけた。ぼくは緊張し顔をこわばらせながら外の暗闇に向けて微笑みかけたが、そのあいだにも運転席の床に手をはわせて警官を殴りつけるのに適当な道具を探した。

ふたの開いた道具箱があった。ぼくはソケット・レンチを見つけ、ノーナとのあいだのシートの上においた。警官が窓から顔を入れてきた。回転灯の青い光で悪魔の顔のように見えた。

「おい、こんな状態なんだから、もう少しスピードを落とさないと駄目じゃないか」

「もうすこし車間距離をあけてくれなくちゃ困るじゃないですか」ぼくは言い返した。「こんな状態なんだからさ」

警官はカッとして顔を紅潮させたのではないかと思う。しかし、回転灯の光を浴びていたのではっきりしたことはわからなかった。

「おれに説教しようというのか？」

「パトカーについた傷をぼくのせいにしようとしているんだったら黙っちゃいない」

「免許証と車両登録証を見せてもらおうか」

ぼくは紙入れ《ウオレット》をとりだして、免許証を手わたした。

「登録証は？」

「兄のトラックなんですよ。登録証は兄が紙入れ《ウォレット》に入れて持ち歩いているんです」

「ほんとうか？」

警官はぼくの目を真っすぐ見つめ、にらみ倒そうとした。すこし時間がかかりそうだと思ったのか、警官はぼくからノーナに視線を移した。警官の目のなかに情欲の炎が見え、ぼくはその目をえぐりとりたくなった。

「あんたの名前は？」

「シェリル・クレイグです」

「こんな雪嵐の夜に彼の兄さんのトラックに乗って何をしているのかね、シェリル？」

「わたしたち、叔父さんに会いに行くんです」

「キャッスル・ロックへ？」

「ええ、そうです」

「キャッスル・ロックにはクレイグという姓の家はないよ」

「叔父さんの名はエドモンズです。ボーエン・ヒルに住んでいるんです」

「ほんとうか？」

警官はトラックのうしろへまわり、プレートに目をやった。ぼくはドアを開け、身を乗り出した。警官はプレートのナンバーをメモしていた。彼がもどってきたとき、ぼくはまだ身を乗り出したままで、パトロールカーのヘッドライトのぎらつく光を上半身にまともに浴びていた。

「では、ナンバーを調べ……おい、その体じゅうについているのは、いったい何だ？」

自分の体を見下ろすまでもなかった。ぼくは体に何がついているのか知っていた。いままでは、ついうっかりして身を乗り出してしまったと考えていたのだが、こうしてここまで書き進めてみると、実はそうではなかったのではないかと思える。あのときは、うっかりして身を乗り出したのではないのだ。そうではない。ぼくは警官に見せたかったのだ。ぼくはレンチをぎゅっと握りしめた。

「えっ、何ですか?」

警官は二歩前進した。

「おまえ、怪我している——どこか切れたんじゃないのか。手当てを——」

ぼくは警官の頭めがけてレンチを振った。衝撃で帽子が吹っ飛び、頭が剝き出しになった。ぼくは思い切りレンチを打ち下ろした。レンチは額のほんのすこし上に落ち、硬い床に一ポンドのバターが落ちたような音がした。あの音は絶対に忘れることができない。

「急いで」

ノーナが言った。彼女の手がぼくの首に穏やかにのった。手は冷えきっていて、まるで地下の野菜貯蔵室の空気のようだった。養母は野菜貯蔵室を持っていた。

あの地下室を思い出すとは面白い。冬になるとホリス夫人にそこへ野菜をとりにいかされた。そこには彼女が自分でつくった野菜の壜詰がおかれていた。とはいっても、ふたの下に密閉用のラバーがついている大きなメイソンジャーに野菜を詰めただけのものだ。

あの日も、ぼくは夕食に使うインゲンマメの壜詰をとりにいった。壜詰はみな箱に収められていて、箱の上にはホリス夫人の手できちんと収納品の名前が書かれていた。ラズベリーの綴りがいつも間違っていたことを覚えている。それでぼくは密かにホリス夫人に対して優越感を感じていた。

　ぼくはラズベリーのズがsではなくてzと間違って書かれた箱の前を通り過ぎて、インゲンマメの壜詰がおかれている隅へ行った。暗く冷えびえとしていた。壁は黒っぽい単なる土壁で、雨が降ったりすると湿気が滲《にじ》み出てきて、水が細流となって曲がりくねりながらちょろちょろと流れる。匂いは、生きものと土と貯蔵野菜の匂いが混ざりあった陰にこもった暗い秘めやかなもので、女の陰部の匂いにとてもよく似ていた。また、隅にすっかり壊れた古い印刷機が一台おかれていた。ぼくが来たときにはすでにあったもので、ぼくはときどきそれで遊び、動かすことができるようなふりをした。

　ぼくはこの地下の野菜貯蔵室が好きだった。あのころ――九歳か十歳のころ――は、そこがお気に入りの場所だった。ホリス夫人は野菜貯蔵室に足を踏み入れることを拒否していたし、彼女の夫も地下に下りて野菜をとってくるなんぞ一家の主のすることではないと考えていた。それでぼくが行き、一種独特の隠微な土の匂いをかぎ、子宮のような狭い密室を楽しんだ。そこには蜘蛛の巣のはった裸電球が一つともっていた。ホリス氏が吊るしたものだ、おそらくボーア戦争前に。ときどき、ぼくは両手をくねらせて土壁に長細い巨大な兎《うさぎ》を描いた。

　その日、豆の壜をとって帰ろうとしたとき、古い箱の下からカサカサという音が聞こえてきた。ぼくは近づいて箱を持ち上げた。

　その下には一匹の茶色い溝鼠が横向きに寝そべっていた。鼠は頭をぐるっとまわして上げ、ぼくをにらみつけると、一気に歯を剝き出した。横腹が激しく膨れ上がっていた。見たこともないような巨大な鼠だ。ぼくは顔を近づけ、よく見た。鼠はお産の最中だった。目の開いていない無毛の二匹の赤ん坊が、すでに腹に食らいついて乳を吸っている。そして、もう一匹、まさに生まれ出ようとしており、母親の腹から半分出かかっていた。

母鼠は動くこともできずに、ただぼくをにらみつけ、事あらば嚙みつこうと身構えていた。ぼくは殺してやりたかった。踏みつぶし、赤ん坊もろとも皆殺しにしてやりたかった。しかし、できなかった。ぼくはこれほど恐ろしい生きものを見たことがなかった。じっと鼠を見つめていると、小さな茶色の蜘蛛――メクラグモだったと思う――が床を足早にちょこちょこと這ってきて、鼠の前を通り過ぎようとした。と、母鼠がさっとつかまえ、食べてしまった。

ぼくは逃げ出した。が、階段の途中で転び、豆の壜を割ってしまった。ホリス夫人に棒でしたたか叩かれ、それ以来どうしても行かねばならないとき以外、野菜貯蔵室へは足を踏み入れなくなった。

ぼくは昔のことを思い出しながら、突っ立ったまま警官を見下ろしていた。

「急いで」ノーナがふたたび言った。

警官はノーマン・ブランシェットよりもずっと軽かった。ことによると、それはアドレナリンがぼくの血液に大量に流れ出たためかもしれない。ぼくは警官を両腕で抱きかかえ、橋の縁まで運んだ。下流の滝がかろうじて見え、上流のGS&WM鉄道のトレッスル橋も気味悪くぼうっと浮かび、まるで絞首台のように見えた。夜風が叫び、悲鳴をあげ、雪が顔を叩きつづける。

一瞬、警官が眠る赤子のような気がし、ぼくはぎゅっと抱きしめた。が、すぐに我に返って現実を思い出し、腕のなかの死体を欄干《らんかん》の向こうの暗闇のなかへ投げこんだ。

ぼくたちはトラックまでもどり、乗りこんだ。だが、エンジンがかからない。ぼくはクランクをまわしてエンジンをかけようとしたが、しばらくしてオーバーフロー状態になったキャブレターから甘やかなガソリンの匂いが立ちのぼってきたので、あきらめることにした。

「あれにしよう」ぼくは言った。

ぼくたちはパトロールカーまで歩いた。フロント・シートに交通違反チケットと記入用紙と二つのクリップボードが散らばっていた。ダッシュボードの下の無線機がパチパチ音を立てていた。

「四号車、応答せよ、四号車。聞こえるか？」

ぼくは下へ両手を伸ばし、無線機のトグルスイッチを探して切ったが、そのとき指の関節が何かにふれた。ポンプ・アクションのショットガンだった。たぶん警官の私有物だろう。ぼくはショットガンをラックからはずし、ノーナに手わたした。ノーナは散弾銃を膝においた。

ぼくはパトロールカーをバックさせた。車体はへこんでいたが、ほかに壊れたところはない。タイヤはスノー・タイヤで、衝突の原因となった氷から脱すると、もはや滑ることなく思いどおりに動かすことができた。

ぼくたちはキャッスル・ロックに入った。ときどきみすぼらしいトレーラーハウスがぽつんと道から離れたところにあるだけで、家は一軒も見あたらなかった。道もまだ除雪されておらず、ぼくたちがうしろに残していくものが唯一の車輪のあとだった。雪を背負って聳《そび》える樅《もみ》の巨木にとりかこまれ、ぼくは自分がちっぽけな取るに足らぬ存在であることを思い知らされ、夜という喉にほうりこまれた一口の食べ物のような気分になった。すでに十時を過ぎていた。

　大学一年のときは学生生活をたいして楽しめなかった。懸命に勉強したうえに、図書館で働き、本の整理や製本の修理に励んだり、目録づくりを学ばねばならなかったからだ。そして、春には二軍チームの野球があった。

　学年末近く、最終試験の直前、体育館でダンスパーティがあった。最初の二つの試験の準備をやりおえて、することもなく、ぼくはぶらぶらと体育館のほうへ歩いていった。一ドルの入場券を持っていたので、なかに入ってみた。

　なかは暗く、こんでいて、汗臭く、熱気でむんむんしていた。最終試験という大鉈《なた》が振るわれる直前だからこその熱狂ぶりだ。セックスの匂いが充満していた。わざわざ嗅ぐ必要もない。それは一片の濡れた重い布のようにどっかりと空気のなかに居坐り、両手を伸ばせば、つかむことができるほどだった。セックスが、あるいはセックスのようなものがあとで行われることは、誰の目にも明らかだった。それは観覧席の下で、ボイラー室のそばの人気《ひとけ》のない駐車場で、アパートメントで、寮の部屋で行われる。すぐにでも徴兵にとられる可能性のある自棄《やけ》っぱちの男になりきっていない男たちや、今年で退学し、家に帰って結婚でもしようとしているかわいらしい女子学生たちが行うセックス。それは、泣きながら、笑いながら、酔っぱらって、素面《しらふ》で、こちこちになって、あるいは淫らに行われるセックス。しかし、さまざまな形があるにせよ、ほとんどのセックスがあっという間にすんでしまう。

女を同伴しないで一人で来ている男もいたが、多くはなかった。その夜のパーティは一人で来てもけっこう楽しめるものだった。音の間近に迫ると、ぼくはふらふら歩いているうちに一段高くなった演奏台のそばまで行ってしまった。バンドの背後には五フィートのアンプが何台か半円形に並べられており、低音が響くたびに鼓膜がぶるぶる震えた。

ぼくは壁にもたれて見物していた。みんな教科書どおりに（カップルは見えない者がもう一人あいだに挟まれているかのように間隔をとり、そいつを後ろと前からやっているように身をくねらせて）踊っており、たくさんの脚がニス塗りの床にばらまかれたおが屑のなかを動いていた。知っている顔は一つも見えなかった。ぼくは淋しくなりはじめたが、それは快い淋しさだった。そのころには、ぼくは空想を勝手に羽ばたかせ、みんなに横目でちらちら見られているロマンティックな他所者《よそもの》のような気分になっていた。

一時間半後、ぼくは外に出て、ロビーでコークを一本買った。なかへもどると、誰かがサークル・ダンスをはじめていて、ぼくも輪のなかに引きずりこまれ、見たことのない二人の女の子の肩に腕をまわした。ぼくたちはぐるぐる、ぐるぐるまわった。輪に二百人はいたのではないかと思う。体育館の床を半分ほど使っていた。しばらくすると、輪の一部がこわれ、二、三十人の者が輪のなかに新しい輪をつくり、反対方向へまわりはじめた。ぼくは眩暈を感じた。ベッツィ・マレンファントそっくりの女が見えたが、幻覚だと思った。ふたたびベッツィの姿を探したが、もはや彼女も彼女に似た女も見ることはできなかった。

サークル・ダンスがやっと終わりになって、ぼくは疲れを感じ、気分がすこし悪くなった。で、観覧席にもどり、腰を下ろした。音楽がやかましく、空気がべたついていた。目の前が縦に横に揺れつづけている。ぐでんぐでんに酔っぱらったときのように、頭のなかに心臓の鼓動が響きわたっていた。

次に起こったことは、あまりぐるぐるまわりすぎて疲労し、ちょっと吐き気を感じていたがために起こったことなのだと、これまでは考えていたが、前にも言ったように、こうしてすべてを書きしるしていくと、すべてが鮮明に見えてきて、その考えが誤りであることがわかる。そんな説明ではもう自分を納得させることができない。

ぼくは顔を上げて踊る人々を見つめた。薄暗がりのなかで忙しげに体を動かしている美しい人々を見つめた。男はみんな怯えたような顔をしている。顔が長く伸びて、グロテスクな仮面と化し、表情がスローモーション映画のようにゆっくりと動いているように見える。それもそのはずである。女たち――セーターやショート・スカートやベルボトムを身につけた女子学生たち――が、みんな溝鼠に変身しつつあったからだ。最初はたいして怖くなかった。ぼくは笑みを洩らしさえした。これは幻覚の一種に違いないと思い、しばらくのあいだ目の前の光景をほとんど精神科医のように冷静に観察した。

だが、そのうち一人の女が爪先立って相手の男にキスをしようとし、ぼくはついに耐えられなくなった。ショットガンの散弾のような小さな真ん丸の黒目が光る毛むくじゃらの捩《ね》じれた顔が、すうっと上に伸び、口が広がって歯が剝き出しになったのだ……。

逃げ出した。

ぼくは気がふれたようになって、しばらくロビーに立っていた。廊下の奥にもトイレがあったが、その前を通り過ぎて階段をのぼった。

ロッカールームは三階にあり、階段の最後のところは走り上がらねばならなかった。ドアを引き開け、トイレの個室の一つに走りこんだ。打撲・捻挫《ねんざ》用の薬剤や汗まみれのユニフォームや油の滲みこんだ革の匂いのなかで、ぼくは吐いた。音楽ははるか下へ遠のき、あたりは清澄な沈黙に包まれていた。気分が楽になった。


サウスウエスト・ベンドで一時停止しなければならなくなった。ダンスパーティのことを思い出して、どういうわけか激しく興奮してしまったからだ。体が震えはじめた。

ノーナが微笑みを浮かべながら黒い瞳でぼくをじっと見つめた。

「いま？」

ぼくは答えられなかった。文字どおりがたがた震え、答えるどころではなかった。ノーナはぼくの気持ちを察し、ゆっくりとうなずいた。

ぼくは七号線の横道に車を乗り入れた。そこは夏には林道になるに違いなかった。動けなくなると困るので、あまり奥まで進まなかった。ぼくはヘッドライトを切った。雪片がフロントガラスの上で静かに重なりはじめた。

「愛してる？　したい？」

ノーナは尋ねた。やさしげな声だった。

奇妙な音がぼくの体から洩れ、長く尾を引いた。むりやり引っぱり出されたかのような音だった。罠にかかった兎が声をあげるとしたら、その音に近いものになるに違いないと思う。

「ここで」ノーナは言った。「いま」

まさにエクスタシーだった。


もうすこしで七号線にもどれなくなるところだった。除雪車が通過したばかりで、暗闇に点滅するオレンジ色の光が見え、行く手に高い雪の壁ができあがっていた。

パトロールカーのトランクを開けると、シャベルが一本あった。雪をかくのに三十分かかり、零時近くなってようやく前進できるようになった。ぼくが雪かきをしているあいだ、ノーナが無線のスイッチを入れ、警察の会話に耳を傾けた。それで、ぼくたちは知らねばならぬことを知った。ブランシェットとピックアップ・トラックを運転していた青年の死体が発見され、警察はぼくたちがパトカーを奪って逃走していると考えていた。殺した警官の名前はアシージアン。おかしな名前だ。同じ名前の大リーガーがいた——たしかドジャーズの選手だったと思う。ぼくは大リーガーの親戚を殺してしまったのかもしれない。しかし、名前を知っても、べつに何とも思わなかった。彼はぴったりついてきて、ぼくたちの行く手をはばもうとしたのだから。

ぼくたちは七号線にもどった。

ノーナの心が熱く燃え上がっているのを感じることができた。ぼくは車をとめて腕で丹念にフロントガラスをぬぐってから、ふたたび車を走らせた。

キャッスル・ロックの西部を通りぬけた。自分がどこを走っているかよくわかっていた。雪の張りついた標識に〈スタックポール・ロード〉と書かれていた。

除雪車の通った形跡はなかったが、一台の車がぼくたちの前を走っていったことは確かだった。タイヤの跡がまだ真新しく、風に吹かれて絶え間なく降りつづく雪のなかにははっきりと刻まれていた。

あと一マイル、そして半マイル弱、車は目的地へ近づいていく。ノーナの熱い心と激しい欲求をはっきりと感じ、ぼくはまた小刻みに震えはじめた。カーブをまがると、前方に電力会社のトラックがとまっているのが見えた。オレンジ色の車体で、血のように赤い警告灯が点滅していた。トラックは完全に道をふさいでいた。

そのときのノーナの憤激ぶりたるや凄まじかった――いや、このときにはすでに、いろんなことが起こって、ぼくたちは一つになっていたのだから、ぼくたちの憤激ぶりたるや凄まじかった、と言うべきだろう。さらに、ぼくたちは信じがたいほどの凄絶な猜疑心《さいぎしん》にさいなまれてもおり、いまやあらゆる人間が敵であると確信していた。

二人いた。一人は前方の暗闇にかがみこんでいて黒い影になっていた。もう一人は懐中電灯を手にしていて、ぼくたちのほうへ歩いてきた。懐中電灯がギラギラと輝く一つ目のようにひょこひょこ揺れた。ぼくたちが感じていたのは憎しみだけではない。恐れをも感じていた――それは、目的の地を目の前にして、すべてが水泡に帰するのではないかという恐れだ。

男は叫んでいた。ぼくはドアのクランクをまわして窓ガラスを下げた。

「通れねえよ！　引き返してボーエン・ロードで先に進むんだな！　電線が落ちたんだ！　通れねえ――」

ぼくは車から降りると、ショットガンを上げ、男に向かって二発ともぶっぱなした。男はうしろに吹っ飛んでオレンジ色のトラックに打ちつけられ、ぼくも発砲の反動でよろよろと後退し、パトロールカーにぶつかった。彼は信じられないという表情を顔に浮かべて、一インチずつゆっくりとずり落ち、雪のなかに転がった。

「弾丸《たま》はまだある？」ぼくはノーナに尋ねた。

「ええ」

彼女は弾薬《シェル》を手わたしてくれた。ぼくはショットガンを折り、薬莢を飛び出させ、新しい弾薬をつめた。

もう一人の男がびくっとして背を伸ばし、こちらを茫然《ぼうぜん》として見つめている。男はぼくに向かって何ごとか叫んだが、言葉は風にさらわれて聞きとれなかった。問いのようだったが、そんなことはどうでもよかった。どうせ殺すのだから。ぼくは男に向かって歩きはじめた。彼はその場に突っ立って、ぼくを見つめていた。ぼくがショットガンの銃口を上げても、男は動こうともしなかった。何が起こっているのか、さっぱりわからなかったのだろう。これは夢だと思っていたのかもしれない。

ぼくは一発ぶっぱなしたが、的をはずした。雪煙が激しく舞い上がり、男に降りかかった。その瞬間、彼は凄まじい恐怖の叫びをあげ、道に落ちている電線をひょいと大きく飛び越して駆けだした。ぼくは残りの一発をぶっぱなしたが、またそらしてしまった。男は闇のなかに姿を消し、ぼくは彼のことを忘れることができた。そいつに邪魔されることはもうない。ぼくはパトロールカーへもどった。

「歩こう」ぼくは言った。

ぼくたちは転がっている死体を通りこし、火を吐く電線をまたぎ、逃げ去った男の間隔のあいた足跡をたどって道を前進しはじめた。吹きだまった雪に膝のあたりまで埋まることもあったが、ノーナはつねにぼくよりすこし前を歩きつづけた。二人とも息を切らせていた。

丘をのぼり、狭い坂をくだった。下まで行くと、道の片側に窓ガラスのない小さな廃屋が一つ身を傾げて立っていた。ノーナは足をとめ、ぼくの腕を握りしめた。

「あそこよ」

ノーナは廃屋の反対側を指差した。彼女の指がぼくの腕に食いこみ、上着の上からでも痛かった。ノーナは顔を輝かせた。唇が勝ち誇ったように開いている。

「あそこ。あそこよ」

それは墓地だった。

ぼくたちは滑り、よろけながら土手をのぼり、雪におおわれた石の塀を乗り越えた。もちろん、その墓地には何度も行ったことがある。実の母はキャッスル・ロックの出身で、母も父もそこに住んだことはなかったが、一族の墓はキャッスル・ロックの墓地にあった。その墓は、キャッスル・ロックで暮らし、死んでいった祖父母から母がもらったものだった。ベッツィに恋していたとき、ぼくはよくここに足を運び、ジョン・キーツやパーシー・シェリーの詩を朗読した。そんなことは馬鹿げた未熟な振舞いだと思う人が多いだろうが、ぼくはそうは思わない。その気持ちはいまでも変わらない。ぼくは両親を身近に感じることができ、気持ちが落ち着いた。しかし、エース・メリルに殴られてからは、もう二度と足を踏み入れなかった。ノーナが連れてきてくれるまでは。

ぼくは足を滑らせ、灰のような粉雪のなかに転がり、踝《くるぶし》をひねってしまった。ショットガンを松葉杖のように使って立ち上がり、歩きつづけた。沈黙はどこまでも深く、信じがたいほどの静寂だった。雪は穏やかに真っすぐ落ちてきて、傾いた墓石や十字標の上に積もっていく。旗立てが先端を残してほとんど雪に埋もれている。それは戦没将兵記念日《メモリアル・デー》と復員軍人の日《ヴェテランズ・デー》にしか旗が掲げられない腐りかけた旗立てだ。底なしの沈黙は邪悪にまみれ、はじめてぼくは恐怖に飲みこまれて戦慄した。

ノーナは墓地の裏にある丘の斜面に埋めこまれた石の建物のほうへぼくを導いた。埋葬所だ。純白の死者の館。ノーナは鍵を持っていた。彼女は鍵を持っているにちがいないとぼくは思っていた。その通りだった。

ノーナは扉の縁に息を吹きかけて雪をとりのぞき、鍵穴を見つけた。差しこまれた鍵とともにタンブラーが回転する音は、暗闇をひっかくような音だった。ノーナが扉に身をあずけると、扉が奥にしりぞいて開いた。

ぼくたちに襲いかかってきた匂いは、秋のように暗く沈んだ冷涼な匂い、ホリス家の野菜貯蔵室の空気のようなひんやりと湿った匂いだった。なかのようすはすこししか見えなかった。石の床に枯葉が散らばっていた。ノーナはなかに入ったが、すぐ立ちどまり、首をまわして肩ごしにぼくを見た。

「いやだ」ぼくは言った。

「愛してる？」ノーナは言い、ぼくに笑いかけた。

すべてが――過去、現在、未来が――融け合いはじめたような感覚をおぼえながら、ぼくは暗闇に突っ立っていた。ぼくは逃げだしたかった、悲鳴をあげながら駆けだしたかった。猛然と走って、ぼくがしてしまったことをすべて元どおりになおしたかった。

ノーナも立って、ぼくをじっと見つめていた。世界でいちばん美しい女、ぼくのものになった唯一のもの。ノーナは両手で自分の体をなぞった。それがどのような仕種だったか細かく説明しようとは思わない。あの仕種は、実際に目で見ないかぎりわかりはしない。言葉で伝えられるものではないのだ。

ぼくはなかに入った。ノーナは扉を閉めた。

暗かったが、何もかもはっきり見えた。なかでは緑色の火が一つ、ゆっくりと走りまわっていたのだ。それは壁を走りまわり、ちろちろと燃えながら枯葉の散乱した床を身をくねらせながら動きまわっていた。中央に棺台があったが、棺のなかは空っぽだった。なかには枯れた薔薇の花びらが古《いにしえ》の花嫁への贈りもののように散らばっているだけだ。ノーナが手まねきし、うしろの小さな扉を指差した。目立たない小さな扉。ぼくはその扉がとてつもなく怖かった。そのときにはもうわかっていたんだと思う。ノーナはぼくを利用し、あざ笑っていたのだ。そして、いま、ぼくを破滅させようとしている。

しかし、ぼくは途中でやめることはできなかった。その小さな扉まで歩いた。そうしなければならなかったからだ。彼女との無言の交信はまだつづいていて、ぼくは彼女の歓喜――恐ろしい狂的な歓喜――と勝利感を受信していた。ぼくの手がふるえながら扉へ伸びた。扉は緑色の火におおわれていた。

ぼくは扉を開けて、なかにあるものを見た。

女だった。ぼくの女。死んでいた。彼女の目が十月の埋葬所のなかを、ぼくの目のなかを虚ろに見つめている。彼女は薔薇の花束《ストールン・キスイーズ》のような匂いがした。真っ裸で、喉から股まで真一文字に切り裂かれ、体そのものが子宮と化していた。そして、その子宮のなかに何かが住んでいた。溝鼠どもだ。姿は見えなかったが、やつらが彼女のなかで立てる乾いた音は聞こえた。ぼくは知っていた、すぐに彼女が干涸《ひか》らびた口を開き、《愛している？》と尋ねることを。

ぼくはあとじさりした。全身がしびれ、脳が暗い雲の上をただよっているような感覚をおぼえた。ぼくはノーナのほうを向いた。ノーナは笑いながら、ぼくに両腕を差し出した。と、そのとき、突如として理解できた。ぼくは知った。わかった、わかったのだ。これが最後のテストだということを。最後の究極の試験だということを。ぼくは合格し、自由になったのだ！

ぼくは振り返って小さな扉のほうを見た。もちろん、そこは床に枯葉の散らばる空っぽの石の小部屋でしかなかった。

ぼくはノーナに近づいた。ぼくの命に近づいた。

ノーナの両腕がぼくの首にからみつき、ぼくは彼女を一気に引き寄せた。そのときだ、ノーナが変身しはじめたのは。彼女の肌が柔らかい蜜蠟のように波打ち、大きな黒い目が縮んでビーズのような玉になった。髪は強《こわ》くなって茶色に変わり、鼻が萎んで鼻孔が広がった。彼女は背を丸めて体をあずけてきた。

ぼくは鼠に抱かれているのだ。

「愛してる？」彼女は鳴いた。「愛してる？　愛してる？」

唇のない口が、ぼくの口を求めて、すうっと上がってきた。

ぼくは悲鳴をあげなかった。もはや悲鳴をあげる気力もなかった。悲鳴の源が涸れ果ててしまったのだ。この先もずっと悲鳴などあげられないのではないかと思う。


ひどく暑い。

暑いだけならかまわない。たいして気にならない。シャワーを浴びられるなら、汗をかくのは好きだ。汗は男性的でなかなかいいものだと昔から思っている。しかし、暑いと、ときどき刺す虫が出てきたりする——たとえば、蜘蛛とか。蜘蛛のなかには、メスがオスを刺して食べてしまうというものがいるけど、知っている？　交尾したあとすぐに食べてしまうのだ。

それに、何かが壁のなかを走りまわっている音が聞こえる。こいつは好きになれない。


字を書きすぎて手が震えはじめ、フェルトペンの先もふにゃふにゃになってつぶれてしまった。でも、もう書くことはない。これで、いままでのことが違うふうに見えてきた。前とまったく同じということはもはやないと思う。

気づいてくれただろうか？——しばらくのあいだ、ぼくは誤魔化されそうになっていたのだ。こうした恐ろしいことは自分一人でやったことなのだと信じこまされそうになっていた。〈ジョーズ・グッド・イーツ〉の運転手たちも、逃げた電力会社の男も、ぼくは一人だったと言っていたからだ。そして、墓場で発見されたときも、ぼくは一人だったという。

ぼくは両親と兄のドレークの墓のそばで凍死しそうになっていたそうだ。しかし、それはノーナが逃げたというだけのことなのだ。そうだろう？　どんな馬鹿にもわかることではないか。彼女が逃げおおせることができて、ぼくは嬉しい。心の底から嬉しい。ノーナは最初から最後まで、ずっとぼくといっしょだったのだ。そのことだけはわかってもらいたい。

これから自殺するつもりだ。死んだほうがずっといい。罪や苦悩や悪夢はもううんざりだ。それに壁のなかから聞こえてくる音が我慢ならない。なかに誰かいるのかもしれない。それとも何かが。

ぼくの頭はイカれてはいない。そのことは自分でもわかっているし、誰にでもわかることだと思う。頭がおかしい者に限って自分はまともだと言うものだそうだが、そういう言葉遊びはぼくには通用しない。真実の愛は絶対に滅びない。ノーナはぼくといっしょにいたのだ。彼女は実在したのだ。ぼくは彼女を愛している。ぼくはベッツィへの手紙の最後にいつもそう書いた。書いては破ったあのたくさんの手紙の最後に。

しかし、ノーナこそ、ぼくがほんとうに愛したただ一人の女だ。

ひどく暑い。壁のなかの音が我慢ならない。

《愛してる？》

ああ、愛してる。

真実の愛は絶対に滅びない。

（田村源二訳）

カインの末裔

ギャリッシュは五月の明るい陽光の中から、寄宿舎の涼気の中に歩み入った。一瞬目が慣れるまで、ビーバーことハリーの姿は見えずに、声だけが聞こえた。

「えらい難物だっただろ、え？」ビーバーはいった。「とんでもない難物だっただろう？」

「ああ」ギャリッシュは答えた。「とても難しかった」

もうビーバーの姿は見える。彼は額のにきびを片手でこすっている。目の下に汗を浮かべていた。彼はサンダルを履き、69とプリントされたTシャツを着、胸にはふざけた文句の入ったバッジを付けていた。ビーバーの出っ歯が薄暗闇で目立った。

「一月にもう少しでこの学課を取りこぼしそうになったんだ」ビーバーはいった。「時間があるうちにやらなくちゃと自分にいい聞かせてさ。そしたら何とか持ち直したんだが。さて、うまくいったか、いかないか。なるようになれだ。おれは多分落っこちるな、正直なとこ」

寮母が郵便受けの横の角に立っていた。彼女はとても大柄で、どことなくルドルフ・バレンチノに似ていた。彼女は外出許可票を貼り替えているあいだ、しきりにスリップの紐を汗まみれのドレスの肩に押し込もうとしていた。

「難しかった」ギャリッシュは繰り返した。

「おまえの答案をのぞきたかったんだけど、できなかったよ。まったく、あの試験官、ほんとうに鷲みたいな目をしてたもんな。おまえはAとったこと間違いなしだろう?」

「いや、ひょっとして落っこちるな」

ビーバーは口をあんぐり開けた。「ひょっとして落っこちるって? ええっ、落っこちるってえ?」

「シャワーを浴びたいんだ。もう行くよ」

「わかった、カート。ところで、おまえあれが最後のテストだったよな」

「そう」ギャリッシュは答えた。「あれが最後のテストだ」

ギャリッシュはロビーを横切ってドアを開け、階段を昇った。階段の吹き抜けはアスレチック・サポーターのような臭いがした。お馴染みの階段だ。彼の部屋は五階だった。

阿呆のクィンと、例のすね毛の濃い仲間が、三階で彼の側を、ソフトボールを投げ合いながら騒々しく通り過ぎた。四階と五階のあいだで、黒縁眼鏡でぼさぼさの山羊髭《やぎひげ》の小男とすれ違った。彼は微積分の参考書を聖書のように胸に抱え、対数をぶつぶつと唱《とな》えていた。彼の目は黒板のようにうつろだった。

ギャリッシュは立ち止まって小男を振り返った。奴は死んでも差しつかえないのではないだろうか? しかし小男はもう見えず、階段を降りる影だけが見え、やがて影も消えた。ギャリッシュは五階に着くと、ホールを通って部屋へ向かった。同室のピギーは二日前にすでに寮を出ていた。三日間で四教科の期末試験をさっさとすまして、おさらばだ。ピギーはそのへんの要領はいい。彼が残していったのは、ヌード・ピンナップと、左右不揃いの靴下と、便器に座った『考える人』の陶器製の模造品だけだった。

ギャリッシュはドアの鍵を差し込んで回した。

「カート、おい、カート」

ロリンズだ。融通の利かないフロア・カウンセラーで、ジミー・ブロディを飲酒のかどで学部長のところに送り込んだ男だ。彼はホールを横切りながらギャリッシュに手を振った。彼は背が高く、肉づきがよく、クルーカットで、均整のとれた身体つきをしている。絵に画いたような偽善者。

「全部終わったかい？」

「ああ」

「部屋の床を掃くこと。それと損傷報告書に記入すること。忘れないでくれよ」

「ああ」

「先週の木曜日にドアの下から損傷報告書を入れといたんだけど、気がついただろ？」

「ああ」

「もしおれが部屋にいなかったら、報告書と鍵をドアの下に入れといてくれ」

「わかった」

ロリンズは彼の手を握ると二回ほど早く振った。ロリンズの手は乾いてざらざらしていた。ロリンズと握手するのは塩の塊と握手するようなものだ。

「いい夏を過ごすんだぜ、ん？」

「そうね」

「頑張り過ぎるなよ」

「うん」

「身体を使うのはいいけど、壊しちゃったら元も子もないからな」

「ああ、使うけど壊さない」

ロリンズは一瞬、え？　といった表情を浮かべたが、すぐに笑った。「じゃ、気をつけてな」彼はギャリッシュの肩を叩くとホールを歩いて戻った。途中で立ち止まって、ロン・フレインにステレオの音を落とすように注意した。ギャリッシュはロリンズがどぶに横たわって死んでいる場面が想像できた。ひるが彼の目蓋の上でうごめいている。ロリンズのほうもひるのほうも、お互いがお互いに対してもう無関心だ。彼等は世界を食ったのか、あるいは食われたのか。どちらでもよいことだ。

ギャリッシュはじっと立ったまま、ロリンズが見えなくなるのを見送り、部屋に入った。

ピギーは凄まじいまでに乱雑だったが、いざ彼が去ってしまうと、部屋はがらんとして味気なかった。ピギーのベッドの上に散らかり放題に積み重ねられていたがらくたは、すっかりなくなり、裸のマットレス（その表面には精液の跡くらいは残っていようが）が、むき出しになっていた。二枚の『プレイボーイ』のピンナップが、静止した二次元の誘惑を彼に投げかけていた。

部屋の半分、ギャリッシュの側はつねに兵舎並みに整頓されていたので、ほとんど変化はなかった。ギャリッシュのベッドの毛布の上に硬貨を落としても、弾むほどである。ギャリッシュのこの整頓ぶりに、ピギーは苛立《いらだ》ったものである。彼は英文科を専攻していて言葉のいい回しに独特の才能があった。彼はギャリッシュのことを〝鳩小屋の整理魔〟と呼んだ。ギャリッシュのベッドの上の壁には、大学内の書店で買った巨大なハンフリー・ボガートのポスターだけが貼ってある。ボギーは両手にオートマチック拳銃を持ち、サスペンダーを身につけていた。ピギーにいわせると拳銃とズボン吊りはインポの象徴だそうだ。ギャリッシュはボギーについては何も読んだことはなかったが、彼がインポであるとは思えなかった。

彼は押し入れに歩みよると、扉の鍵を外して、大型のウォールナットの銃床の〇・三五二マグナムを取り出した。メソジスト派の牧師の父がクリスマスに買ってくれたものだ。望遠の照準器は去年の三月に自分で買った。

部屋への銃の持ち込みは、たとえ猟銃であっても禁止されていたのだが、さほど苦労はしなかった。彼は偽造の受け出し票を使って、一昨日大学の銃の保管室から、耐水性の革のケースとともに持ち出して、フットボール競技場の裏の林の中に隠しておいた。そして今朝の午前三時頃に起きると、皆が寝ている廊下を通って五階まで運んできたのだ。

彼はベッドに座り、銃を膝の上に置いて、しばらくのあいだすすり泣いた。便器の上の『考える人』が彼を見ていた。ギャリッシュは銃をベッドの上に置き、部屋を横切ってピギーのテーブルの上の『考える人』を床に叩きつけた。像はこなごなに砕けた。誰かがドアをノックした。

彼は銃をベッドの下に入れた。「どうぞ」

ベイリーだった。Tシャツとショートパンツ姿で、へそには糸屑がまとわりついていた。ベイリーに未来はない。彼は馬鹿な娘と結婚し、馬鹿な子供たちをもうけて、いずれは癌か腎臓病で死ぬだろう。

「化学のテストどうだった、カート」

「まあまあだ」

「よかったらノートを貸してもらえないかと思ってさ。おれ明日なんだよ」

「けさ、ゴミといっしょに燃やしちゃったよ」

「あらま、何だよ。これ、ピギーがやったのか？」彼は『考える人』の破片を指差した。

「だと思うけど」

「何でこんなことしたんだろう。気に入ってたのに。金出して譲ってもらおうと思ってたんだ」

ベイリーの容貌は、ずるくて小さい鼠のようだ。彼のTシャツの糸はほぐれて、しわでよれよれだ。ギャリッシュにはベイリーが癌か何かで酸素テントの中で死にゆくさまが眼に浮かぶようだ。何て黄色い顔をして。おれならおまえを助けてやれるんだが、ギャリッシュは思った。

「ピンナップをいただいちゃったら、ピギーは怒るかな？」

「そんなことないだろ」

「じゃ、いただきだ」ベイリーは陶器の破片を踏まないように用心して、素足で部屋を横切ると、プレイメイトの写真をはがし始めた。

「あのボガートの写真もなかなか渋いなあ。おっぱいはないけどさ。ははは。えっ？」

ベイリーはギャリッシュの顔をのぞき込んだ。

ギャリッシュが笑ってないのを見て、彼はいった。

「あのポスター捨てちゃおうってつもりはないんだろうね？」

「うん。これからシャワーを浴びようとしてたんだ」

「わかった。多分これで会わないだろうから、よい夏休みを、カート」

「ああ、ありがとう」

　ベイリーは部屋を出ようとした。彼のTシャツのしわが揺れた。ベイリーはドアのところで立ち止まった。「今学期でまた四単位追加だろ、カート」

「少なくともな」

「さすが。じゃ、来年な」

　ベイリーは出て行き、ドアを閉めた。ギャリッシュはしばらくベッドに座っていたが、やがて銃を取り出し、分解し、掃除を始めた。銃口を眼の高さに持ってきて、反対側から洩れる丸い光をのぞき込んだ。銃身の内部はきれいだった。再び銃を組み立てた。

　タンスの三番目の引出しにはウィンチェスターの弾丸の重い箱が三箱入っていた。彼はそれを窓の敷居に置いた。そして部屋のドアを閉めて、再び窓に戻ると、ブラインドを上げた。

　道路は陽光と木々の緑に輝き、散歩する学生であふれていた。クィンとうすのろの友人はでたらめなソフトボール遊びをしていた。彼らはよたよたと走り回っていた。つぶされた穴から逃げ出す負傷したアリみたいだ。

「いい話を聞かせてやろう」ギャリッシュはボギーに語りかけた。「神様のことを菜食主義者だなんてカインが勘違いしたので、神様はカインに対して頭に来たわけだ。弟のほうがその点、かしこかった。世界が神様のイメージで創られた以上、人間は世界を食うか、世界に食われるかだ。カインは弟にこういった。〝なぜ、おれに教えなかったんだ〟それに対して弟は答えた。

〝どうして、聞いてなかったんだよ〟カインはいった。〝じゃ、聞いてやろうじゃないか〟そして弟をやっつけちまったわけさ。カインは神様に向かって〝おい、神様。あんた、肉が好きなのか。じゃ、ほれ、あるぞ。ローストだろうが、リブだろうが、アベルバーガーだろうが、好きにしろ〟で、神様はカインを追放したというわけだ……、この話どう思う?」

ボギーは何も答えない。

ギャリッシュは窓を押し上げると、窓枠の棚に肘を置いて、〇・三五二の銃身を日光にさらさないようにした。彼は照準をのぞいた。

彼は道路の向こうのカールトン・メモリアル女子寮に照準を向けた。カールトンはしばしば犬小屋と呼ばれる。彼は照準を大きなフォードワゴンに移した。ジーンズに青いシェルトップを着たブロンドの女子高生が母親に話しかけている。赤い顔の、頭の禿げかかった、少女の父親はスーツケースをトランクにつもうとしていた。

誰かがドアをノックした。

ギャリッシュは答えなかった。

再びノック。

「カート、ボギーのポスター五十セントで譲らないか?」

ベイリーだ。

ギャリッシュは何も答えなかった。少女と母親は笑っていた。彼女たちの腸の中では細菌が成長し、細胞分裂し、繁殖しているのも知らずに。少女の父親もやって来て、親子三人陽光の中に立った。照準の中の家族の記念写真。

「ちえっ、いねえのかよ」とベイリー。彼の足音がホールを去って行った。

ギャリッシュは引き金を引き絞った。

銃の反動が激しく彼の肩に当たった。銃床を正しい位置に構えた場合に感じる心地よい反動。笑顔の少女のブロンドの頭部が弾《はじ》け飛んだ。

母親はしばらく笑顔を浮かべたままだったが、すぐに片手を口に当てた。口を手で覆ったまま悲鳴をあげた。ギャリッシュはその手を狙って撃った。手と頭は赤い霧となって消えた。スーツケースをつめ込んでいた男はぎこちなく走り始めた。

ギャリッシュは彼を追い、背中を撃った。彼は照準から顔を上げて、しばらくその周辺を眺めた。クィンはソフトボールを握ったまま、駐車禁止の文字の上に飛び散ったブロンドの少女の脳を見ていた。そのそばには少女の死体がうつむきに横たわっている。クィンは動かなかった。道路の誰ひとりとして動かなかった。まるで子供達が彫像ごっこでもしているかのように。

誰かがドアを強く叩いた。ノブをガシャガシャと回した。またベイリーだ。「カート？　おい、大丈夫か。銃の音が……」

「うまい飲物に、うまい肉だ。神様、食おうぜ！」ギャリッシュは大声で叫ぶと、クィンを撃った。引き金を強く引いたため弾がそれた。クィンは走り始めた。もう遅い。二弾目がクィンの首に当たり、彼の身体は二十フィートもふっ飛んだ。

「カート・ギャリッシュが自殺したぞ！」ベイリーが叫んでいる。「ロリンズ、おおい、ロリンズ！　早く来てくれ」

彼の足音が遠ざかる。

今や皆が走り始めていた。ギャリッシュには彼らの悲鳴が聞こえた。あわてて走り回る足音も聞こえた。

彼はボギーを見上げた。ボギーは二丁拳銃をかまえて、部屋の反対側を見ていた。ギャリッシュはピギーの『考える人』の破片を見つめると、いまピギーは何をしているだろうかと思った。寝ているのか、テレビを見ているのか。それとも豪勢な食事でもしているのか。世界を食いな、ピギー。食われる前に食っちまえ。「ギャリッシュ！」今度はロリンズだ。「ドアを開けろ、ギャリッシュ」

「鍵が掛かってる」ベイリーが息を切らせながらいう。「奴はさっき落ち込んでた。きっと自殺したんだよ」

ギャリッシュは銃口を再び窓の外に出した。木綿のTシャツの少年が茂みの背後にかがみこんでいた。少年は寄宿舎の窓を必死できょろきょろと見回している。逃げたくとも足がすくんで逃げられないのが、ギャリッシュにはわかった。

「神様、食おうぜ」ギャリッシュは呟くと、再び引き金を引き始めた。


（松村光生訳）

霧

1　嵐がくる

それはこうしてはじまった。七月十九日のその夜は、北部ニューイングランド地方をおそった史上最悪の熱波がようやくおさまり、メイン州西部の全域が、未曾有《みぞう》のはげしい雷雨にみまわれた。

わたしたちはロング・レイクの湖畔に住んでいる。夜がおとずれる直前、嵐の先触れが湖面を打ちながらこちらへ向かってくるのを、わたしたちは見た。一時間前までは、大気はそよともしなかったのだ。一九三六年に父がボート小屋の上に立てた米国旗は、力なく旗竿にたれさがっていた。旗は微動だにしていなかった。熱気はまるで凝り固まったかのようで、鏡のように陰気に凪《な》ぎわたった湖水とおなじく、深くよどんでいた。午後、わたしたち家族三人は泳ぎにいったが、深みまで出て行かないかぎり、水も暑さしのぎにならなかった。ビリーが泳げないので、妻のステフもわたしも、深いほうへ行く気はなかった。ビリーは五歳である。

五時半に冷たい夕食をとった。湖がわに面した平らな陸屋根の上に出て、ハムサンドとかポテトサラダを気が進まぬままにつまんだのだが、三人とも、角氷を入れたバスケットにつっこんであるペプシコーラ以外のものは欲しくないようだった。

食後ビリーは、また外へ出て、しばらくジャングルジムで遊んだ。ステフとわたしはあまり口もきかず、たばこをふかしながら、なめらかな鏡面のように鎮まりかえった湖の向こう岸にあたる、ハリスンのほうを眺めていた。モーターボートが二、三艘《そう》、ものうげな音をひびかせて行ったり来たりしている。向こう岸の常緑樹は、ほこりっぽく、うち萎《しお》れているように見えた。西のほうで、巨大な紫色の積乱雲が、軍隊のように集結しながら、ゆっくりと起《た》ちあがっていた。雲のなかで稲妻がひらめいた。隣家のブレント・ノートンのラジオは、ニューイングランドの最高峰ワシントン山の頂上から送られてくるクラシック音楽の放送局に合わせていたが、稲妻が光るたびに耳ざわりな雑音がまじった。ノートンはニュージャージーの弁護士で、ここのロング・レイクの家は避暑期の別荘にすぎず、したがって暖房炉もなければ断熱材も使っていない。二年前、わたしたちは境界線のことで争いをおこし、最終的には郡裁判所で決着をつけた。わたしのほうが勝訴した。ノートンにいわせれば、わたしが勝ったのは、彼が他所者《よそもの》だからだそうだ。わたしたちの仲には、もともと、失うべき好意などなかった。

ステフが溜め息をついて、ホールターの縁で胸のあたりをあおいだ。それで涼しくなるとも思えなかったが、見た目には、だいぶましな感じになった。

「おどかすわけじゃないが、ひどい嵐になりそうだぞ」と、わたしはいった。

疑わしげな目をわたしに向けて、「昨晩も、おとといの晩も、雷雲が出ていたわ。でも、消えてしまったわよ」

「今夜はそうはいかない」

「そうかしら」

「あんまり烈しくなるようだと、一階におりなきゃ」

「どのくらい烈しくなると思うの？」

湖のこちら岸に、一年を通して住まう家を最初に建てたのは、わたしの父だった。父がまだ子どもだったころ、兄弟たちみんなで、いまの家が建っている場所に夏の家を作ったのだが、一九三八年に、夏の嵐で石壁もなにもかも、つぶされてしまった。無事だったのはボート小屋だけだった。一年後、父は大きな家の建築にかかった。暴風のときに被害をあたえたのは、立木なのだ。樹木が老いると、風が根こそぎ倒してしまう。それが母なる自然の、定期的な大掃除のやり方なのである。

「よくはわからんけどね」正直なところをいった。三八年の大嵐については、いろんな話を聞いていたにすぎない。「湖から突風が、急行列車みたいに吹きつけてくるかもな」

すこしして、ビリーがもどってきた。ジャングルジムは〝汗だく〟になるだけで面白くない、とこぼした。わたしはビリーの髪をくしゃくしゃにしてやってから、もう一本ペプシをあたえた。また歯医者の厄介になりそうだ。

積乱雲は青空を押しのけながら近づいてきていた。嵐がくるのはもう間違いない。ノートンはラジオを切っていた。ビリーは母親とわたしとのあいだに座って、魅入られたように空を見つめていた。雷鳴がゆるやかに湖面をわたってきて、ふたたび反響《こだま》となってかえってゆく。雲は渦巻き乱れ、黒から紫にかわり、さらに縞模様になって、また黒にもどった。湖の上にしだいにひろがったとみると、こまやかな網帽子のように雨が落ちてくるのが見えた。まだだいぶ遠い。見たところでは、ボルスターズ・ミルズか、たぶんノーウェイあたりで降っているようだった。

　大気が動きはじめた。はじめは、さっと一吹き。旗がひるがえって、またたれさがった。それがしだいに強い、間断のない風にかわって、からだに流れる汗を冷やす程度から、汗を凍らせるかと思うほどの冷たさになった。

　銀色のベールが湖上にひろがるのを見たのは、このときだった。それはたちまちハリスン一帯をおおいかくし、まっすぐこちらに向かってきた。モーターボートはすでに視界から消えていた。

　ビリーが椅子から立ちあがった。映画監督用のディレクターズ・チェアのミニチュア版で、背もたれには彼の名前がちゃんとプリントしてある。

「パパ！　見て！」

「なかにはいろう」わたしは立ちあがると、ビリーの肩を抱いた。

「ほら、あれ。あれ、なあに？」

「竜巻だ。さあ、はいろう」

　ステフが驚いたような目をちらとわたしに向けて、「いらっしゃい、ビリー。パパのいうとおりにするのよ」

　ガラスの引き戸を開けて、わたしたちは居間にはいった。わたしは引き戸をしめると、立ちどまって、もういちど外を眺めた。銀色のベールは湖の四分の三をおおっていた。荒れもようの黒い空と、ホワイト・クロムで縞をつけた鉛の色の水面とにはさまれて、さながら狂ったように回転するティーカップのように見えた。湖はぶきみな大海の様相を呈しはじめ、桟橋や防波堤に高い波を打ち寄せては、飛沫をほとばしらせた。湖のまんなかあたりでは、大きな白波が波頭を前後にゆすっている。

竜巻を見ていると、催眠術にかかったような気分になった。それがほぼ真上にきたとき、すさまじい稲光りがして、そのあと三十秒ぐらい、あらゆるものが陰画となって目に焼きついていた。だしぬけに電話が、チリンとなった。ふり向くと、北西の端まで湖の全景を見晴らす、大きな一枚ガラスのピクチャー・ウィンドーのすぐ前に、妻と息子が立っているのが目にはいった。

おそろしい幻想が脳裏をかすめた。世の亭主や父親にだけ特有の幻想、とでもいおうか。はげしく咳込むような低い音を立ててピクチャー・ウィンドーが割れ、ぎざぎざのガラスの破片が、妻のはだかの腹部や、息子の顔と首に、矢のように降りかかる光景。愛するものたちに襲いかかる運命を想像するおそろしさにくらべたら、異端審問の恐怖なぞ、なにほどのこともない。

ふたりを荒々しくつかんで、窓から引きはなした。「なにやってるんだ。そこから離れていろ！」

ステフはびっくりしてわたしを見た。ビリーのほうは、深い夢からまだ醒《さ》めやらぬという表情で、こちらに目を向けただけだった。ふたりを台所に引っぱっていって、電灯のスイッチを入れた。電話がまた鳴った。

そのとき強風がおそってきた。家が747ジャンボ旅客機となって離陸したかと思われた。息たえだえの甲高い風の音が、ときおり低音の咆哮にかわったかと思うと、つぎには高音の悲鳴へとたかまった。

「一階《した》へ行くんだ」わたしはステフにいった。彼女の耳に届かせるためには、怒鳴らねばならなかった。家の真上で、巨大な厚板を打ち合わせたような雷鳴がおこり、ビリーはわたしの脚にしがみついた。

「あなたもきて！」ステフが叫びかえした。

わたしはうなずいて、追いたてる仕草をした。ビリーを脚から引きはなして、「ママといっしょに行くんだ。停電したら困るから、パパはローソクを取ってくる」

ビリーは母親についていった。わたしは戸棚を端から開けはじめた。ローソクとは妙なものだ。春になるたびに、夏の嵐で停電になることを考えて、ローソクを貯えておくのだが、肝心なときになると、姿が見えなくなる。

すでに四つめの戸棚を引っかきまわしていた。ステフとわたしが四年前に買って、まだたいして吸ってもいない半オンスのマリファナ。オーバーン市のびっくり玩具店でビリーのために買った、ゼンマイ仕掛けでカタカタ鳴る歯の玩具。ステフがアルバムに貼り忘れてたまった写真。シアーズ・ローバックのカタログの下や、台湾製のキューピー人形のうしろも捜してみた。このキューピー人形は、フライバーグ市のお祭りで、木製のミルク容器をテニスボールで倒してとった賞品だった。

生気のない死人の目をしたキューピー人形のうしろに、ローソクはあった。まだセロファン紙につつまれたままだ。手がローソクをつかんだとたんに、電灯が消えた。いまや電気は、空で光っているものだけになった。立てつづけに光る白と紫のシャッター・フラッシュが、食堂を照らしだした。一階でビリーが泣き出した声、それをなだめるステフの低いつぶやきが聞こえた。

もういちど、嵐を眺めずにはいられなかった。

竜巻は通りすぎてしまったか、あるいは湖岸に達したとき消滅したか、どちらからしかったが、湖はまだ二十ヤード先も見通せなかった。湖水はまったくの狂乱状態だった。だれかの桟橋（たぶんジャッサー家のものだろう）が、土台ごと空中に浮きあがったり、渦巻く水中に沈んだりを、せわしなくくりかえしていた。

一階におりていった。ビリーが走ってきて、脚にしがみついた。かかえて抱きしめてやる。それからローソクをともした。わたしの小さなアトリエから廊下つづきになっている客用の寝室に座って、わたしたちはゆらめく黄色の光のなかで顔を見合わせ、嵐が吠えながら家に体当りしてくる音に耳を傾けていた。二十分ほどしたころ、引き裂くようなすさまじい音を立てて、すぐ近くの松の大木が倒れた。それから静かになった。

「終わったの？」と、ステフが聞いた。

「たぶん。たぶん、しばらくのあいだだけだろう」

わたしたちは夕べの祈りに向かう修道僧のように、一本ずつローソクを手にして、二階にあがっていった。ビリーは誇らしげに、慎重にローソクを握りしめている。ローソクを、つまり火を持ちはこぶというのは、彼にとっては大変なことなのだ。おかげで怖い思いを、忘れていられた。

家のまわりの被害状況をしらべるには、暗すぎて無理だった。ビリーの就寝時間はすぎていたが、わたしも妻も彼を寝かせようとはいい出さなかった。わたしたちは居間に腰をおろして、風の音を聞き、稲妻を眺めていた。

一時間ほどすると、ふたたび嵐がぶりかえしてきた。この三週間、気温はずっと華氏九十度を越えていた。その二十一日間のうち六日は、ポートランドのジェット機専用空港にある気象観測所の報告によると、百度を越したという。異常気象だった。寒さの厳しかった冬と、春の到来の遅かったことを考え合わせて、いい古された例の話を持ちだす人たちもいた。五〇年代の原爆実験の長期にわたる影響の結果だ、というやつだ。それと、もちろん、この世の終末がきたのだという話。こちらのほうは、いい古された話としては最古のものだろう。

二度目の突風はさほど強くもなかったが、最初の襲撃で弱っていた立木の何本かが倒れる大きな音が聞こえた。風がふたたびおさまりかけたとき、棺桶の蓋をこぶしで叩いたような音がして、屋根の上に木が倒れかかった。ビリーはとびあがって、心配そうに上を見あげた。

「大丈夫だよ」と、わたしはいった。

ビリーは臆病そうな笑いをうかべた。

十時ごろ、最後の突風がきた。これがひどかった。最初のやつとおなじくらい、風は轟々《ごう》とうなり、稲妻はそこいらじゅうで光っているように思われた。さらに木が何本か倒れ、湖岸のほうで何かが砕けてつぶれる音がして、ステフに低い叫び声をあげさせた。ビリーは彼女のひざで寝入っていた。

「デヴィッド、あれは何？」

「ボート小屋だろう」

「ああ、神さま」

「もういちど一階《した》へおりたほうがよさそうだな」

わたしはビリーを抱えあげて、立ちあがった。ステフは怯えた目を大きく見開いた。

「ねえ、大丈夫かしら」

「大丈夫」

「ほんとに？」

「大丈夫だよ」

一階へおりていった。それから十分後、最後の突風が最高頂に達したころ、二階でガラスの割れる音がした。ピクチャー・ウィンドーだ。さっきのわたしの幻想は、さほど的はずれでもなかったわけだ。まどろみかけていたステフが、小さな悲鳴をあげて目をさました。ビリーは客用のベッドで、もぞもぞとからだを動かした。

「雨が吹きこんでくるわ」ステフがいった。「家具がだめになってしまう」

「それならそれでいいさ。保険がかけてあるんだから」

「保険なんて、なんにもならないわよ」うわずった声で咎めるようにいう。「お義母《かあ》さまの化粧台に……新しいソファー……カラーテレビ……」

「黙って、眠るんだよ」

「眠れるわけないわ」そういいながらも、五分後に寝入ってしまった。

わたしはさらに半時間、ローソク一本を相手に、外で雷が動きまわったり喉を鳴らしたりしている音に聞き入っていた。朝になったら、湖岸地域の人たちが大勢、保険会社に電話をかけるに違いない。あちこちのコテージの持主が、屋根の上に倒れかかったり、窓をつき破った木を切りはじめ、そこいらじゅうで鎖のこぎり《チェーンソー》がひびきわたり、道路を電力会社のオレンジ色のトラックが、いく台も走りまわることになるだろう。

嵐はいまや衰えはじめ、あらたに突風がおこる気配はなかった。ステフとビリーをベッドにのこして、二階にあがり、居間をのぞいてみた。ガラスの引き戸は無事だった。しかしピクチャー・ウィンドーにはぎざぎざの穴があき、そこを樺の木の葉叢がふさいでいた。外から地下室へおりる入口のそばに、わたしの記憶するかぎり久しい昔から立っていた老木の梢だった。居間に闖入《ちんにゅう》してきたこの梢を見ながら、保険なんてなんにもならないとステフがいった意味を理解した。わたしはこの木が好きだった。いく冬をも耐えぬいてきた逞《たくま》しい老木であり、家の湖がわの木のうち、これだけは切り倒さないでおいたのだ。絨毯に散乱した大きなガラス片がいくつも、わたしが持っているローソクの光を映しかえした。ステフとビリーに注意しておかなければ、と思った。ここではスリッパを履かせないと。ふたりとも、朝、素足で歩きまわるのが好きなのだ。

また二階におりていった。ビリーをなかにはさんで、客用のベッドで眠った。夢を見た。湖の向こう岸のハリスン側を、神が歩いていた。神の巨大な姿は、その上半身が晴れあがった青空に没して見えないほどだった。夢のなかで聞こえる樹木の裂ける音は、神がその巨大な足で森を踏みしだいている音だった。神は湖を迂回して、こちらのブリッジトン側へ向かってくる。

神が通りすぎたあとには、緑色だったものがことごとく灰色に変じ、家もコテージも夏の別荘も、紫がかった白色の稲妻に似た炎をあげて燃えあがり、やがてそのすべてが煙につつまれた。煙はあたかも霧のように、あらゆるものをおおいかくした。

2　嵐のあと。ノートン。町へ行く

「すごーい」と、ビリーがいった。

隣のノートンの地所との境にある柵のそばに立って、私道を見つめていた。私道は四分の一マイルほどのびて、その先がキャンプ道につづいている。キャンプ道をさらに四分の三マイル行くと、カンザス街道と呼ばれる二車線のアスファルト道路である。カンザス街道からは、ブリッジトン内であればどこへでも行ける。

わたしはビリーが見ているものに目をやって、心臓が凍りつくかと思った。

「それ以上近よるんじゃないぞ。そこでも近すぎるくらいだ」

ビリーは口答えしなかった。

けさはすっかり晴れあがっていた。熱波におおわれていたあいだ、どんよりと濁った色をしていた空は、まるで秋めいてきたかのような、すがすがしい青さを取りもどしていた。そよ風がわたり、私道には心地よい木洩れ日がゆれている。ビリーの立っている位置からそう離れていないあたりで、ジッジッという音がしていた。草叢に、一見、蛇の集団が体をくねらせているかと思えた。が、それは蛇ではなかった。家までのびていた送電線が、二十フィートほど手前でたれさがってもつれ、とぐろを巻いて、あたりの草を焦がしていたのだ。電線はゆっくりくねりながら、ジッジッと音を立てていた。豪雨で草木がすっかり湿りきっていなかったら、家まで焼いていたかもしれない。だが現実には、電線がじかに触れた部分だけを、黒く焦がしただけだった。

「あいつ、カンデンするの、パパ？」

「ああ。そうだ」

「あいつ、どうする？」

「どうもしない。電力会社の人がくるまで待つんだ」

「いつくるの？」

「さあ、いつかな」五歳の子どもというのは、やたらと質問をしたがる。「けさはとても忙しいんだろう。パパといっしょに、私道の向こう端まで歩いていってみるかい？」

ビリーはこちらへ来かけて、立ちすくみ、気味悪そうに電線を見た。なかの一本が手招きでもするように、盛りあがって、ゆっくりのたくった。

「パパ、デンキは地面のなかも通ってくる？」

もっともな質問だ。「ああ。だけど心配いらない。電気はビリーよりも地面のほうが好きなんだから。電線から離れていれば大丈夫だ」

「地面が好きなのか」そうつぶやいて、わたしのそばへ来た。二人で手をつないで、私道を歩いていった。

想像していた以上にひどかった。私道の四ヵ所に倒木が横たわっていた。一本は小さい木で、二本は中ぐらい、あとの一本は直径が五フィートもあろうかという老木だった。苔が黴びたコルセットのようにまとわりついている。

　木の枝——なかには葉がなかば落ちてしまった枝もあった——が、いたるところに、山くず《ジャックストロー》し遊びの木片のように、おびただしく散乱していた。ビリーと私は、小さな枝を左右の森のなかに放り投げながら、キャンプ道まで歩いていった。それが二十五年ほど前のある夏の記憶をよみがえらせた。当時のわたしは、いまのビリーとたいして歳が違わなかったはずだ。伯父たちもみんないた。全員が森のなかで、斧やまさかりをふるって藪を切りひらいていた。午後おそくなって、わたしの両親が使っていた台架式のピクニック・テーブルをみんなで囲み、ホットドッグとハンバーガーとポテトサラダを山ほど食べた。ガンセット・ビールをがぶ飲みし、ルーベン伯父などは、服を着たまま、デッキシューズまではいて、湖にとびこんだ。あのころはまだ、森には鹿がいた。

「パパ、湖のほうへ行ってもいい？」

　木の枝を放り投げるのに飽きたのだ。子どもが飽きたときには、何かほかのことをやらせるにかぎる。

「いいとも」

　いっしょに家まで引きかえしてから、ビリーは地面に横たわっている電線を大きく迂回して、家の右手のほうへまわっていった。わたしはマッカラクの鎖のこ《チェーンソー》を取りに、左手にあるガレージへ行った。予想したとおり、すでに湖のあちこちから、快いとはいえないチェーンソーの唄が聞こえていた。

タンクをいっぱいにして、シャツを脱ぎ、また私道をもどりかけたとき、ステフが出てきた。私道をふさいでいる倒木を、気づかわしげに見やって、

「相当ひどいの？」

「切ってしまえばいいさ。家のなかは？」

「ガラスは片づいたけど、あの木を何とかしてくださらなくちゃ、居間に木があるのは困るわ」

「うん。そりゃ困るだろうな」

わたしたちは朝の光を浴びて顔を見合わせ、くすくす笑った。わたしはマッカラクをセメントの地面におろして、彼女の尻をきつく抱いてキスした。

「だめよ」彼女はささやいた。「ビリーが――」

ちょうどそこへ、ビリーが家の横手をまわって走ってきた。「パパ！　パパ！　ねえ、見て――」

ステフが電線に目をとめ、鋭い声をあげて注意した。ビリーは電線まで充分距離はあったのだが、急に足をとめて、母親の顔を気でも違ったかという目で見つめた。

「大丈夫だよ、ママ」耄碌《もうろく》した老人を宥《なだ》めるような慎重な口調でいう。いかにも大丈夫だというところを見せながら、こちらへ歩いてくる。ステフはわたしの腕に抱かれたまま震えだした。

「大丈夫」わたしは彼女の耳もとにささやいた。「ビリーは電線のことはよくわかっているよ」

「ええ、でも死ぬ人だってあるのよ」彼女はいった。「テレビでもしょっちゅう、電線に注意するようにいってるわ――ビリー、いますぐ家にはいりなさい」

「だって、ママ！　パパにボート小屋を見せたいんだよ」目が興奮と失望でまんまるになって

いる。嵐のあとの惨状にふれて、その感動を伝えたがっているのだ。

「いますぐはいるのよ。電線はとっても危険だから――」

「電線はぼくより地面が好きなんだって、パパがいったよ――」

「ビリー、口答えはやめなさい！」

「パパも見に行くから。さきに行ってろ」ステフのからだが強《こわ》ばるのがわかった。「反対側をまわって行くんだぞ」

「うん、オーケイ！」

わたしたちのそばを走りぬけて、家の西側へまわる石段を、いちどに二段ずつおりていった。シャツの裾をひらつかせた後ろ姿が見えなくなったすぐあと、「うわっ！」という声が聞こえた。なにかあたらしい破壊のあとを見つけたのだろう。

「あの子は電線のことはわかっているよ」彼女の両肩をそっとつかんだ。「電線を怖がっているんだ。いいことだよ。だから安全だ」

彼女の頰を一筋の涙がつたった。「デヴィッド、あたし怖いの」

「なにをいう。もう終ったんだよ」

「ほんとうに？　この前の冬……それに遅い春……町ではみんな、黒い春だっていってたわ……なんでも一八八八年以来のことだって――」

〝みんな〟というのは、ミセス・カーモディのことに違いない。彼女の開いているブリッジトン骨董店に、ステフはときおり品物をあさりに行く。ビリーもいっしょに行くのを楽しみにしていた。薄暗い埃っぽい奥の部屋には、目のまわりに金の輪のある剝製のフクロウが、ニス塗りの丸太をしっかりつかんで、永遠に羽をひろげていたり、三匹一組の剝製のアライグマが、埃をかぶった細長い鏡の〝小川〟のほとりに立っていたり、虫喰いの狼が鼻面のまわりに、涎ならぬオガクズの泡をふいて、不気味に牙をむいていたりする。ミセス・カーモディの話によると、その狼は一九〇一年のある九月の午後、スティーヴンズ川に水を飲みにやってきたのを、彼女の父が射止めたのだという。

ミセス・カーモディの骨董店行きは、妻にも息子にも並々ならぬ興味の対象だった。妻にとってはは虹彩色のカーニバルグラス、息子にとっては剝製術という名の死の世界である。思うに、あの老女は、ほかのことではすべてに実利的なステフの心を、いささか不快な形で捉えているらしい。ステフの弱点というか、精神上のアキレス腱をつかんでいるのだ。もっともこの町で、ミセス・カーモディのゴシック趣味のご託宣や民間療法（つねに神の名で処方されるのだ）に魅せられているのは、ステフひとりではなかった。

もしも亭主が酒を三杯も飲むとすぐ暴力をふるうタイプならば、殴られた傷を治すには切株の水が効く、だとか、六月に芋虫の体の節の数をかぞえるか、あるいは八月の蜜蜂の巣の厚さを計れば、どんな冬がやってくるか予測できる、といった類である。そしていまは、もっぱら〈一八八八年の黒い春〉の再来の話である。わたしもその話は聞いたことがある。この辺の人たちが好んでする噂話――春の寒さがひどくなると、ついには湖の氷が虫歯のように黒変する、というのだ。それは百年に一度あるかないかの珍しい現象だそうだ。みんな好んでその話をしたがるが、ミセス・カーモディのように本気で信じこんでいる人がどれだけいるか、疑わしい。

「冬は厳しかったし、春がくるのは遅かった」わたしはいった。「しかも夏は暑くなりそうだ。嵐もやってきたが、通りすぎてしまったじゃないか。ステフ、いつものきみらしくないぞ」

「あれはふつうの嵐じゃなかったわ」さっきとおなじ嗄れ声でいった。

「うん、それは確かにそうだ」

　わたしは〈黒い春〉の話を、ビル・ジョースティから聞いたことがある。ビルはカスコー・ヴィレッジでガソリン・スタンド〈ジョースティズ・モービル〉を、どうにかこうにか経営していた。三人の飲んだくれの息子といっしょにやっていたが、たまには四人の飲んだくれの孫息子たちが、雪上車やダートバイクをいじくりまわす合い間に、店を手伝っていた。ビルは七十歳だったが、見たところ八十歳に見え、気分がのると二十三歳なみの飲みっぷりを見せた。わたしがビリーを乗せて、スカウトをガソリン補給のために乗りつけたのは、五月半ばに突然の豪雪があって、この辺一帯の若草や花々を、一フィートもの湿り気の多い重い雪がおおいつくした日のあくる日のことだった。ジョースティはすっかり酔っぱらっていて、勝手な創作をまじえながら〈黒い春〉の話をご機嫌でしゃべりたてた。しかし五月に雪が降ることは、ときたまあるのだ。降っても、二日後には消えてしまう。たいした量ではない。

　ステフはまた、地面の電線を心配そうに見ていた。「電力会社はいつくるのかしら」

「すぐにくるさ。そんなに手間どらないだろう。ビリーのことは心配しないでほしいんだ。あの子の頭はちゃんとしている。服を片づけることは忘れても、電線のそばに寄って踏んづけるようなことはしない。あの子だって適度の健全な利己主義を身につけているんだよ」彼女の口の端にかるく触わると、それに応えて口許が微笑の形を取りはじめた。「すこしは気分がよくなった?」

「あなたにかかると、いつでもよくなったような気にさせられてしまうわ」と、彼女はいった。

それでわたしも安心した。

家の湖がわのほうから、ビリーが声をはりあげて、早くきてと呼んでいるのが聞こえた。

「さあ、被害のようすを見に行ってみよう」

彼女は憂うつそうに鼻を鳴らした。「被害のようすを見たければ、うちの居間に座っていれば充分だわ」

「だったら、チビを喜ばせてやれよ」

わたしたちは手をつないで石段をおりていった。最初の曲り角にきたとき、反対のほうから走ってきたビリーが、わたしたちをつき転ばすほどの勢いでぶつかってきた。

「落ち着きなさい」ステフはほんのすこし眉をひそめた。おそらく心中では、ビリーがわたしたち二人に衝突しないで、例のとぐろを巻いている電線に足を滑らせる光景を想い描いていたのだろう。

「きてみて!」ビリーは息をはずませて、「ボート小屋がめちゃめちゃだよ! 桟橋が壊れかかってて……入江には木が倒れてるし……もう、すげえんだから!」

「ビリー・ドレイトン!」ステフが叱りつけた。

「ごめん、ママ——だって——わーっ!」また走り去った。

「破滅を告げしもの去りぬ」わたしがそういうと、ステフはまたくすっと笑った。「いいかい、私道に倒れている木を切り終わったら、ポートランド街道にある中部メイン電力会社の営業所に行ってくるよ。こっちの状態を伝えてくる。いいね？」

「いいわ」と、感謝する口調でいった。「いつごろ行けそう？」

苔を黴びたコルセットのようにまとっていた大木さえなければ、作業は一時間で終わる。あの大木を勘定にいれるとしたら、十一時ごろまでに終わるとは思えなかった。

「それじゃ、お昼食《ひる》は家でとるのね。でも、マーケットに買物に行ってもらわなくちゃ……ミルクとバターがなくなりかけているの。それから……とにかく、リストを作るわね」

女は災害にあうと、リスに変貌するらしい。わたしは彼女を抱きしめて、うなずいた。それから、家の裏手へまわった。ひと目見ただけで、ビリーがあんなに興奮していたわけがわかった。

「まあ」ステフは消え入りそうな声をもらした。

わたしたちの立っている高い位置から、汀線がほぼ四分の一マイルにわたって見渡せた。左手のほうにビバーの土地、それからわたしたちの土地、そして右手のほうにブレント・ノートンの土地が見える。

わが家の入江を守っていた老松の大木が、上半分を削ぎとられていた。のこった部分は乱暴に削った鉛筆のようになっていて、木の内部は痛々しい白色にかがやき、外の部分の歳月と風雨でくろずんだ樹皮とは対照的だった。その百フィートの老松の上半分は、浅い入江になかば沈んで横たわっていた。小型のスター・クルーザーが木の下敷きにならなくてよかった、と思った。先週エンジンが故障して、いまだにネイプルズのヨット港《マリーナ》で順番を待っているところだったからだ。

さほど広くないわが家の湖岸の反対側に、父の建てたボート小屋がある。ドレイトン家が現在よりも裕福だった時代には、六十フィートのクリス・クラフトを収容していたこともあるボート小屋だが、それがやはり、べつの大木の下敷きになっていた。境界線のノートン側に立っていた木だ。そうとわかると、かっと怒りがこみあげてきた。その木は五年前から枯れていたのだから、ノートンはとっくに切り倒しておくべきだったのだ。いまそれが四分の三ほど傾き、こちらのボート小屋がそれをささえる格好になっていた。屋根は大きくへこんで、あぶなっかしい形をとっている。木があけた穴から吹きこんだ風が、ボート小屋の建っているあたり一面に、屋根板を散乱させていた。ビリーのいった「めちゃめちゃだよ」という表現が、ぴったりだった。

「ノートンのうちの木だわ」

そういったステフの口調が、いかにも憤然としていたので、わたしは自分の胸の痛みも忘れて、おもわず微笑した。旗竿は水中に横たわり、そのそばにもつれた綱と星条旗が浮かんでいた。おそらくノートンはこう答えるだろう——「告訴したらいいだろう」

ビリーは防波堤の岩の上に立って、石の上に打ちあげられた桟橋を見ていた。明るい青と黄色の縞模様にぬられた桟橋だった。ビリーは肩越しにふりかえって、はしゃいだ声をあげた。

「マーティンズさんちのだね？」

「ああそうだ」と、わたし。「水にはいって、旗をとってきてくれないか、ビル」

「いいよ」

防波堤の右手に、小さな砂浜がある。一九四一年、真珠湾が大恐慌の借りを血で清算する前のことだが、父は人を雇って、ダンプトラック六台分のこまかい砂を運ばせ、それをわたしの胸までの高さ、つまり五フィートほどの高さにひろげさせた。それで職人の手間賃は六十ドル。砂浜はそれ以後ずっとそこにある。当時だからできたことで、近頃では自分の土地に砂浜をつくることはできなくなった。コテージ建造ブームで、下水から流れこむ汚物が魚のほとんどを死滅させ、のこった魚も食べるには危険になった現在、ＥＰＡ（環境保護局）は砂浜の設置を禁止したのだ。それが湖の生態系を破壊するおそれがあるからで、土地開発業者以外のものが砂浜をつくるのは法律違反になる。

ビリーは旗を取りに行きかけて、はたと足をとめた。同時に、ステフのからだが強ばるのが感じられ、わたし自身もそれを見た。湖のハリスン側の岸が消え失せていた。あたかも好天気のときの白雲が地上におりてきたかのように、一筋のかがやく白色の霧が、岸をすっかりおおいつくしていた。

昨夜の夢がよみがえってきた。ステフが、あれはなんなの、とたずねたとき、とっさに口をついて出そうになったのは〝神〟という言葉だった。

「ねえ？」

向こう岸はその影すらも見えなかったが、ロング・レイクを永年見なれているわたしには、湖岸線の隠れた部分がさほど広範囲ではないことが確信できた。霧の先端は定規で引いたように、ほぼ直線をなしている。

「あれ、なあに、パパ」ビリーが声をあげた。膝まで水にはいって、濡れた旗を手さぐりしているところだった。

「霧峰だよ」

「湖で?」ステフが疑わしそうに聞いた。その目の色に、ミセス・カーモディの影響がうかがえる。あの女め。わたし自身の不安は消えかけていた。しょせん夢なぞは、霧とおなじくたわいもないいものにすぎない。

「そうだ。湖に霧がかかるのは、前にも見たことがあるだろう」

「あんなのは見たことないわ。まるで雲みたい」

「日光が反射しているんだ。飛行機から雲を見おろしたときのようすとおなじさ」

「なんで霧が出たの? ふつうは湿気の多い天候のときだけでしょう」

「いや、現にいま出てるじゃないか。ハリスンの側だけだけどね。嵐のわずかな名残りだよ。二つの前線が出会って、その線上におきたなにかの現象だろう」

「確信があるの?」

わたしは笑い出して、彼女の首に腕をまきつけた。「いいや。ほんとうをいうと、口から出まかせだ。確信があったら、六時のニュースでぼくが天気予報をやってやるよ。さあ、買物のリストをつくってきなさい」

もういちど疑わしげな視線をわたしに向けてから、目の上に小手をかざして、ちょっとのあいだ霧峰を眺めた。それから首をふりふり「気味が悪いわ」そういうと、歩き去った。

ビリーはすでに霧に興味をうしなっていた。彼は水中から、旗ともつれた綱を拾いあげてきた。二人して、乾かすために芝生の上にひろげた。

「旗を地面に置いてはいけないいんだってよ、パパ」と、仕事の指図でもするような口調でいう。

「そうかい？」

「そうだよ。そんなことしたら死刑になるんだって、ヴィクター・マカリスターがいったよ」

「だったら、こんどヴィクターに、きみの頭は草を肥やすものでいっぱいだね、といってやるんだな」

「それ、馬の糞（嘘っ八の意味）のことだね」

ビリーは利発な子だが、不思議なほどユーモアのセンスがない。なんでもかでも真面目にとってしまうのだ。いまに大きくなって、世の中ではそういう態度がいかに危険であるかを悟るようになって欲しいと思う。

「そうだ。だけど、ママにそんなことというんじゃないぞ。旗が乾いたら、片づけよう。たたんで三角帽にしたっていい。だったら安心だろう」

「パパ、ボート小屋の屋根をなおして、新しい旗竿を立てるの？」はじめて心配そうな顔を見せた。破壊の状況を見飽きてしまったのだろう。

わたしはビリーの肩をたたいて、「そう急《せ》かすなよ」

「ビバーさんちのほうへ行って、どうなってるか見てきていい？」

「二、三分だけだぞ。向こうも片づけの最中だろうし、そんなときはだれだって気が立ってるからな」それはつまり、ノートンにたいするわたしのいまの感情だった。

「オーケイ。じゃね！」ビリーは走り出した。

「邪魔にならないようにするんだぞ。それから、ビリー」

ビリーはちらりとふりかえった。

「電線のことを忘れるな。またべつのを見かけたら、よけて通るんだぞ」

「うん、パパ」

わたしはしばらくそこに佇んで、被害の状況を眺めてから、ふたたび霧のほうに目をやった。さっきより近づいてきているように見えたが、正確なところはわからない。もし近づいているのだとしたら、自然の法則に反していることになる。おだやかな微風ではあったが、ともかく風は逆の方向に吹いていたからだ。そんなことはありえないことだ。霧はまっ白だった。その白さを喩えるなら、紺碧の冬空とまぶしいほどのコントラストをなしている、降ったばかりの積雪しかない。しかし雪は陽光をうけて無数のダイヤモンド粒のきらめきを見せるが、あの奇妙な霧峰は明るい純白だったにもかかわらず、きらめいてはいなかった。ステフはああいったが、晴れた日の霧は珍しいわけではない。ただ霧が濃いときは、たいていの場合、大気中の水蒸気が虹を生じさせるものである。しかし、虹は出ていなかった。

またもや、不安が胸をしめつけた。だが、その不安が強まる前に、タッタッタッと、たたみかけるような低い機械音が聞こえ、つづいてやっと聞きとれるほどの「畜生！」という声がした。機械音はまたおこったが、こんどは悪態をつく声はしなかった。三度目に発動機の音がしたあと、またもさっきとおなじ、独りで腹を立てている調子の「こん畜生！」という声がした。

タッタッタッタッ——。

そして、沈黙。

つづいて、「このクソったれ」

わたしはニヤニヤしだした。ここでは音がよく通る。それにチェーンソーのうなる音は、いずれもかなり遠くでひびいていた。そのおかげで、わが隣人の、つまり高名な弁護士にして湖の土地の所有者であるブレント・ノートンの、あまり品のよくない罵声を聞くことができたのだ。

防波堤にのりあげた桟橋のほうへ行くふりをして、水辺近くへぶらりと歩いていってみた。こんどはノートンの姿が見えた。網戸を取りつけたポーチのそばの、樹木のない空地にいた。ペンキのしみのついたジーンズに、白のだぶだぶのTシャツという格好で、絨毯のように散り敷いた松葉を踏んでいた。散髪代四十ドルという頭髪はくしゃくしゃに乱れ、顔には汗がしたたっている。片膝をついて、懸命にチェーンソーと格闘しているところだった。わたしの七十九ドル九十五セントのヴァリュー・ハウス製のものより、ずっと大型の高級品だった。事実、スターター・ボタン以外なら、なんでもついているという感じである。彼は紐をぐいと引いた。タッタッタッと、なんとも気乗りのしない音をだすだけで、それ以上なにごともおこらない。わたしは倒れたキハダカンバの木がノートンのピクニック・テーブルを真っぷたつにしているのを目にして、内心喝采を叫んだ。

ノートンがものすごい勢いで、スターター・コードを引っぱった。

タッタッタッダッダッ……ダッ……ダッ。おあいにくさま。

またもや力いっぱい引っぱる。

ダッタッタッで、おしまい。

「このオンボロめが」ノートンはいまいましげに呟いて、高級品のチェーンソーに歯を剝いてみせた。

わたしは家をまわってもどりながら、朝起きて以来はじめて、晴れ晴れした気分を味わった。わたしののこぎりは一発で始動し、わたしは仕事にとりかかった。

　十時頃、だれかがわたしの肩をたたいた。見ると、ビリーで、片手に罐《かん》ビール、もう片方にステフのリストを持っている。わたしはリストをジーンズの尻ポケットに押しこんで、ビールを受け取った。凍るほど冷たいとはいえないが、すくなくとも冷えてはいた。ほぼ半分を一息に飲んだ。これほどうまいビールはめったにない。乾杯するように、罐をビリーのほうにあげて、「ありがとう」

「ちょっと飲んでもいい？」

一口だけ飲ませてやった。ビリーは顔をしかめて、罐をかえしてよこした。のこりを飲み干し、罐のまんなかを握りつぶしそうになって、はたと思いとどまった。飲料容器回収法《デポジット・ロー》が実施されて三年以上になるが、昔の習慣はなかなか消えない。

「ママがリストの下のところになにか書いたけど、ぼくには読めない」と、ビリーがいった。

　わたしはリストをもう一度取りだして見た。〈ラジオのＷＯＸＯがはいりません。嵐で切れたのかしら？〉

　ＷＯＸＯというのはＦＭローカル局のロック音楽の自動放送のことである。二十マイルほど北のノーウェイから放送しており、わが家の古くて弱いＦＭ受信機がなんとか捉えることができるのは、これだけだった。

　質問事項をビリーに読んできかせてから、わたしはいった。「ＡＭバンドでポートランド局がはいるかどうか、ママに聞いてごらん」

「オーケイ。パパ、ぼくも町へいっしょに行っていい？」

「いいとも。なんなら、ビリーとママもいっしょに行くさ」

「オーケイ」空罐をもって家へ駆けもどっていった。

すでに例の大木のところまで進んでいた。まず手始めにチェーンソーを入れて挽き切ってから、しばらく止めてチェーンソーを冷やした――このチェーンソーには大木すぎたが、急がなければなんとかなるだろう。カンザス街道へ出る舗装されていない道路に倒木はないだろうか……そんなことを考えていたとき、電力会社のオレンジ色のトラックが、地響きを立てて通っていった。私道のはずれあたりへ向かっているらしい。すると、道路は大丈夫ということだ。道が塞がれていないなら、電力会社の連中は昼までにはやってきて、電線の始末をしてくれるだろう。

大木から切り離した部分を私道の端へ引きずっていって、転がして落とした。木片は斜面を転がって、藪のなかに落ちていった。藪は、ずっと昔、父と伯父たち――全員が画家だった。ドレイトン家は、代々芸術一家なのだ――がきれいに切り拓いたのだが、いつのまにかまた元通りに茂っていた。

わたしは顔の汗を腕でぬぐって、もう一本ビールが欲しいと思った。一本だけでは、口をしめらす程度にすぎない。チェーンソーを取りあげ、ＷＯＸＯが途絶えていることに思いを馳せる。放送局があるのは、あの妙な霧峰がやってきた方角にあたる。シェイモア（地元ではシャモアと発音する）もまた、その方角だった。シェイモアというのはアローヘッド計画の所在地だ。

アローヘッド計画とは、いわゆる黒い春に関するビル・ジョースティの持論だった。シェイモアの西部の、ストーナムとの町の境界線の近くに、鉄条網でかこわれた小さな政府保有地がある。そこには歩哨が立っていて、有線のテレビ・カメラや、そのほか得体のしれないものがある。というか、あるらしい、という話を聞いた。旧シェイモア街道が一マイルほど、政府保有地の東側沿いに走っているが、わたしは実際に見たことはない。

アローヘッド計画《プロジェクト》という名称が何に由来するのか、たしかに知っているものはいなかった。それが本当に計画の名称であるのかどうか(そんな計画が実在するとしたら、だが)百パーセント自信をもっているものも、ひとりもいなかった。ビル・ジョースティは、実在するといっているが、いつ、どこで、どうやって知ったのかという点になると、どうもはっきりしない。彼の話では、姪がコンチネンタル電話会社に勤めていて、彼女が聞いてきたのだという。その程度のことだった。

「原子なんだ」ビルはあの日、スカウトの窓から上体を乗り入れるようにして、わたしの顔にパブスト臭い息を吐きかけながらいった。「あそこでいじくり回しているのが、それさ。原子を空に打ちあげたりやなんかやってるんだ」

「ジョースティさん、原子は空気中にいっぱいあるんだよ」とビリーがいった。「ニアリー先生がそういったよ。何にだって原子がいっぱいつまってるって」

ビル・ジョースティが血ばしった目で睨みつけたので、ビリーはひるんだ。「いま話してるのは別の原子のことだよ、坊や」

「ああ、そうか」ビリーはしょげた。

保険会社のディック・ミューラーにいわせると、アローヘッド計画というのは、政府が行っている農事試験場にすぎないそうである。「よりいっそう栽培期間の長い、大きいトマトを作り出す、というようなことです」ディックはわけ識り顔にそういってから、またわたしが若死すればどんなに家族の助けになるかという話にもどった。郵便局のジャニン・ローリスによると、アローヘッド計画は、シェール油に関する地質調査だという。亭主の兄弟の勤め先の関係から知ったのだ、ということだった。

ところで、ミセス・カーモディは、おそらくビル・ジョースティに近いほうの意見だろう。ただの原子ではなく、別の原子――。

さらに大木から大きな木片をふたつ切りとって、道の端から転がし落としたとき、ビリーが片手に冷えたビール、もう片方にステフのメモを持ってまたあらわれた。ビリーには、使い走り以上に楽しいことはこの世に存在しないかのようだった。

「ありがとう」そういってわたしは受け取った。

「ひと口飲んでいい？」

「ひと口だけだぞ。さっきはふた口飲んだろう。朝の十時から酔っぱらって駆けまわらせるわけにはいかんからな」

「十五分すぎだよ」そういうと、罐越しにはにかんだような微笑を向けた。わたしも微笑をかえした。べつだん大したジョークでもないが、ビリーがそういうことをいうのは珍しい。それから、メモを読んだ。

〈ラジオにＪＢＱがはいりました〉と、ステフは書いていた。〈町へ行く前に酔わないでね。あと一本までいいけど、それは昼食のとき。道はちゃんとできそう？〉

メモをビリーにかえして、ビールを取りあげた。「電力会社のトラックがさっき通ったから、道はオーケイだって、ママにいってくれ。もうすぐこっちへくるだろうって」

「オーケイ」

「おい」

「なに、パパ？」

「なにも心配いらないって、ママにそういうんだぞ」

まず口の中で復唱しているらしく、またにっこりして、「オーケイ」

そして、走っていった。日本製のぞうりの裏を見せながら両足を跳ねあげるようにしていく後ろ姿を、わたしは見送った。わたしは息子を愛している。彼の顔つきや、こちらの目を見あげるときの彼の目つきを見ていると、なんの心配もいらないという気がしてくる。むろんそれは嘘だ。なんの心配もないわけではない。しかし、息子がわたしにその嘘を信じさせてくれるのだ。

ビールを少し飲んで、罐を用心深く岩の上に置き、ふたたびチェーンソーを動かした。二十分ほどして、だれかに肩をたたかれ、またビリーだろうと思ってふり向いた。ところが、それはブレント・ノートンだった。わたしはチェーンソーを止めた。

いつものノートンとはようすが違っていた。汗をかき、疲れはてたようすで、なんだかぐあいが悪そうにしている。

「やあ、ブレント」わたしたちが最後に交した言葉は友好的なものではなかったので、どう言葉をついだものか、いささか戸惑った。もしかしたら、五分ほど前から、チェーンソーのけたたましい音にかき消されるほどの行儀のいい咳払いをしながら、ずっとわたしの背後に立っていたのではないか。ふと、そんな気がした。この夏は、あまり顔を合わせたこともなかった。彼は前より痩せていたが、調子がよさそうには見えなかった。二十ポンドほども余分な肉がついていたのだから、当然すっきりしていていいはずなのに、そうは見えなかった。彼の細君は昨年の十一月に死んだ。癌だった。アギー・ビバーがステフにそう教えたのだ。アギーはこの辺の死亡ニュースをふれまわるのを生き甲斐にしている。どこにも、そういうのが一人はいるものだ。ノートンがしょっちゅう細君を虐待していたことから考えて（それはベテラン闘牛士が、ぶざまな老牛に、いかにも馬鹿にしたようにバンディリエーラをつき刺すようすを思わせた）、細君が死んでさぞ喜んでいるだろうという気がしていた。あるいはノートンがこの夏、二十も年下の女を腕にすがらせて、〝おかげで精力を使いはたした〟とでもいいたげな、愚かしいニタニタ笑いを浮かべて現れるのではないか、という気さえしていた。ところが彼の顔は、愚かしいニタニタどころか、皺があらたにふえていただけだった。体重は減るべからざる箇所で減ったと見え、あとにのこったたるみやひだや喉もとのしわが、如実にそのことを物語っていた。ほんの一瞬だが、わたしはノートンを日溜まりにつれていって倒木のそばに座らせ、罐ビールを手に持たせて、木炭でスケッチしてみたい、という気持ちにかられた。

「こんにちは、デイヴ」間の悪い沈黙がつづいたあとで、彼は口をきいた。その沈黙は、チェーンソーの騒音が消えたため、いっそう重苦しく感じられた。ちょっと間をおいてから、唐突に、「あの木。あの木のやつ。すまない。あんたのいったとおりだ」

わたしは肩をすくめた。

彼はつづけて、「わたしの車にも木が倒れかかってね」

「それはまた気の毒な――」といいかけて、ハッと思った。「まさかあのTバードじゃないだろうね」

「そのまさかなんだ」

ノートンはまだ三万マイルしか走っていない、真新しい一九六〇年型サンダーバードを持っていた。外も内装も濃いミッドナイトブルーの車で、彼は夏だけ、それもごくまれにしか乗らなかったのだ。ある種の人たちが電気機関車とかモデル・シップとか射的ピストルとかを愛好するのと同じように、あのバードを大事にしていたのである。

「それはひどい」わたしは本心からそういった。

ノートンはゆっくり首をふった。「あれに乗ってくるのは、よそうかと思ってたんだ。ステーション・ワゴンにしようか、と考えた。でも、まあいいやと思ってね。それで乗ってきたら、大きな松の枯木の下敷きになってしまった。屋根をすっかりつぶされたよ。で、切ろうと思って……つまり、木をだが……ところが、チェーンソーが役立たずでね……二百ドルもしたのに……それで……つまり……」

喉の奥からしゃくりあげるような音を出しはじめる。歯のない口でナツメヤシをかんでいるように、口をもぐもぐ動かす。そこにつっ立ったまま、空地で泣いている子どものように、いまにも泣き出すのではないかという気がして、わたしは一瞬まごついた。ようやく、いくらか気を取りなおして肩をすくめると、わたしが切った木を眺めるかのようにそちらへ顔を向けた。「とにかく、チェーンソーを見てあげるよ」わたしはいった。「Tバードには保険をかけてあるのかな」

「ああ。おたくのボート小屋とおなじだ」

何をいいたいのかはわかった。そして、保険についてのステフの科白を思い出した。

「じつは、デイヴ、おたくのサーブを借りて、町まで行ってきたいのだがね。パンとコールドカットとビールを買ってきたいんだ。ビールはどっさりね」

「ビリーを乗せて、スカウトで行く予定なんだ。よかったら、いっしょにどうぞ。この切りのこしの木を脇にどけるのに、手を貸してくれれば、出かけられるんだが」

「よろこんで」

彼は一方の端を持ったが、たいして持ちあげられなかった。作業はほとんどわたしがやらねばならなかった。二人で転がしていって、藪のなかへ落とした。ノートンは息を切らし、頬を紫に近い色にして、喘いでいた。チェーンソーのコードをさんざん引っぱったあとだけに、彼の心臓が少々心配だった。

「大丈夫?」とたずねると、まだ息をはずませながらうなずいた。「じゃあ家にはいろう。ビールでも飲めば気分がよくなるかもしれない」

「ありがとう」彼はいった。「ステファニーは元気かね」わたしの嫌いな例のもったいぶった調子を取りもどしつつあった。

「おかげさまで」

「坊やは？」

「元気ですよ」

「それはよかった」

ステフが出てきた。わたしといっしょにいる相手を見たとたん、顔にちらりと驚きの表情がよぎった。ノートンは微笑した。その視線がぴったりした彼女のＴシャツの上を這いまわった。その点は彼もたいして変わってはいない。

「こんにちは、ブレントさん」彼女はおずおずといった。ビリーが彼女の腕の下から首をつき出した。

「こんにちは、ステファニー。やあ、ビリー」

「ブレントさんのＴバードが嵐でひどいことになったんだよ」わたしは彼女に伝えた。「屋根がつぶされてしまったそうだ」

「まあ、まさか！」

ノートンはビールを飲みながら、もういちどその話をした。わたしは三本目を飲んだが、すこしも酔いを感じなかった。飲んだはしから汗になって出ていったらしい。

「ビリーやわたしといっしょに、ブレントさんも町へ行くんだ」

「でも、ずいぶん時間がかかるかもしれないわよ。ノーウェイの〈ショップ・アンド・セイヴ〉まで行かなきゃならないかもしれないから」

「え？　なぜ？」

「だって、ブリッジトンが停電中だとしたら——」

「キャッシュ・レジスターやなんかぜんぶ電気で動いてるからって、ママはいうんだよ」ビリーが補足した。

なるほど、それもそうだ。

「リストは持ってるの？」

わたしは尻のポケットをたたいて見せた。

彼女は視線をノートンに移した。「カーラのこと、お気の毒に思ってますわ、ブレントさん。わたしたちみんな」

「どうも」彼はいった。「どうもありがとう」

またもやぎこちない沈黙が流れたが、それをビリーが破った。「もう出かけるの、パパ？」

すでにジーンズとスニーカーに着替えていた。

「ああ、出かけようか。いいかね、ブレント？」

「車内で飲む分のビールを一本いただければね」

ステフが眉をひそめた。彼女は〝車内で一杯〟式の考え方をけっして是認しなかったし、バドワイザーの罐を股のあいだに置いて運転する男が大嫌いだった。わたしがわざとうなずいて見せると、彼女は肩をすくめた。ここでまたノートンと面倒をおこしたくはなかった。彼女はビールを渡した。

「ありがとう」とステフにいった彼の口調は、本当に感謝しているというより、ただその言葉を口にしたというだけだった。レストランでウェートレスに礼をいうのとおなじ口調だ。わたしのほうを見て、「さあかかれ、マクダフ（『マクベス』第五幕第八場より）」

「すぐ行く」わたしはいって、居間にはいっていった。

ノートンがあとからついてきて、樺の木を見ると驚きの声をあげた。だがわたしの関心の的は、樺の木でも、窓を修理する費用のことでもなかった。わたしは陸屋根へと出られる引き戸のガラスから、湖のほうを見ていた。風はいくぶん強まり、わたしが木を切っていたあいだに気温は五度ほどあがっていた。けさ見られた異様な霧は、もう消え去っているだろうと思っていたが、消えてはいなかった。むしろさらに近づいてきていた。いまは湖のなかほどまで達している。

「わたしもさっき気がついたよ」ノートンがもったいぶっていった。「一種の気温の逆転現象だと思うがね」

どうも気に入らない。はっきりいって、あのような霧は、いままで見たことがなかった。ひとつには、その先端が驚くほど直線的だということだ。自然界にはあれほどすっぽり裁ち切ったような線は存在しない。直線は人為の産物なのだ。もうひとつは、濃淡も水蒸気のきらめきも見られない、目もくらむばかりの純白の色である。わずか半マイルほどの距離に迫っているいま、湖や空の青さとのコントラストはいっそう強烈になっていた。

「パパ、早く行こうよ」ビリーがわたしのズボンを引っぱった。

わたしたちは台所にもどった。ブレント・ノートンは居間に倒れこんでいる木に最後の一瞥を投げた。

「りんごの木だったらよかったのにな」ビリーが陽気にいった。「ママがそういったんだよ。面白いでしょう?」

「ママは本当に面白い人だね」

ノートンはお義理にビリーの髪をなでて、またもやステフのTシャツの胸元に目を当てた。やっぱり彼は、とうてい好きになれそうにもない。

「ステフ、おまえもいっしょに行かないか?」と、わたしはいった。とくにこれといった理由があるわけではなく、急にいっしょに連れて行きたくなった。

「いいえ、あたしはうちにいて、庭の草むしりをするわ」彼女の目がちらりとノートンを見て、またわたしにもどった。「けさは、この辺で電気がなくても動くものは、あたしだけみたいだから」

ノートンがオーバーな笑い声を立てた。

彼女のいいたい意味は察したが、もういちど押してみた。「どうしても?」

「ええ」と、きっぱり。「草むしりはいい運動になるわ」

「じゃあ、あんまり日に当たりすぎないように」

「麦わら帽子をかぶるわ。帰ってきたら、サンドイッチを食べましょう」

「よし」

彼女はキスを受けるために顔をあげた。「気をつけてね。カンザス街道にも吹き倒れがあるかもしれないわ」

「気をつけるよ」

「あなたも気をつけるのよ」ビリーにもそういって、彼の頰にキスをした。

「わかってるよ、ママ」ビリーは勢いよくドアをあけてとび出し、網戸が彼の背後でバタンと閉まった。

そのあとからノートンとわたしが出ていった。「お宅へ行って、バードに倒れかかっている木を切ったほうがいいのじゃないかな」わたしはいってみた。なんとかして町へ行くのを遅らせたくなっていた。

「昼食ともう二、三本こいつをやるまでは、見たくもないんだよ」ノートンはビールの罐を持ちあげてみせた。「もう取りかえしがつかないことだからね、きみ」

いやに馴れなれしいいい方が気にくわない。

わたしたちは三人とも、スカウトの前の座席に乗りこんだ。ガレージの隅で、フィッシャー製の除雪機の傷のついた刃が、まだ来ぬクリスマスの亡霊のように黄色い光を放っている。わたしは車をバックさせ、嵐で一面に散らばされた小枝を踏みしだきながら外に出た。わが家の土地の西端にある野菜畑へとつづくセメント道に、ステフが立っていた。手袋をはめた片方の手に植木ばさみ、もう片方に除草くま手を持っている。縁がひらひらする古い日よけ帽をかぶり、そのために顔の上半分が影になっている。わたしが警笛を軽く二度鳴らすと、それにこたえて、植木ばさみを持っているほうの手をあげた。わたしたちは出発した。それが妻の姿を見た最後になった。

カンザス街道へ出る途中で一度停車しなければならなかった。電力会社のトラックが通ったあとで、かなり大きな松が倒れて道をふさいでいたのだ。ノートンとわたしは車をおりて、スカウトが徐行でそばをすりぬけられる程度に木を移動させた。その作業で手がすっかり松ヤニだらけになった。ビリーも手伝いたがったが、わたしは手をふって止めさせた。木の枝で目をつっつくと大変だと思ったからだ。老木はいつも、トールキンのすぐれた『指輪物語』に出てくる、悪意をもった木の化物エントを想起させる。老木は人を傷つけようと機会をねらっているのだ。雪靴をはいていようと、クロス・カントリー・スキーをしていようと、ただ森を散歩しているだけであろうと、変わりはない。老木は人を傷つけ、その気になれば殺しかねない。

カンザス街道には妨害物はなかったが、数ヵ所で電線がたれているのを見かけた。ヴィッキー＝リン・キャンプ場を四分の一マイルほどすぎたあたりでは、電柱が溝のなかに倒れ、その先端に電線が乱れた髪のようにからまっていた。

「たいした嵐の力だ」ノートンが法廷で鍛えた、流暢な声音でいったが、それはもったいぶっているわけではなく、実感をこめているせいのようだった。

「まったくだ」

「見てよ、パパ」

ビリーがエリッチ家の納屋の残骸を指さしていた。その納屋は十二年間というもの、屋根の隅棟《すみむね》のあたりまでヒマワリやアキノキリンソウに埋もれて、トミー・エリッチ家の裏の野原に、くたびれたようにたわんで建っていたのだ。秋になるたびに、わたしはもうひと冬持ちこたえるのは無理だろうと思ったが、春には相変わらずそこに建っていた。それがついに失くなった。のこっていたのは、つぶれた残骸と、屋根板をほとんどはぎとられた屋根だけだった。命数が尽きたのだ。なぜかそのことがわたしには、ひどく不吉なことのように思えた。嵐が納屋をつぶしてしまった……。

ノートンはビールを飲み干すと、片手で罐をつぶして、無造作に車の床に捨てた。ビリーがなにかいおうとしかけて、また口をつぐんだ――いい子だ。ノートンは、飲料容器回収法《デポジット・ロー》のないニュージャージーの人間である。わたしでさえ忘れかけたくらいだから、彼が空罐代をつぶしてしまったことで文句はいえまい。

　ビリーがラジオをいじりはじめたので、ＷＯＸＯの放送がもどったかどうか、合わせてみるようにいってみた。ダイヤルＦＭ92に合わせたが、ぶーんという雑音がはいるだけだった。ビリーはこちらを見て肩をすくめた。わたしは考えてみた。あの奇怪な霧の向こう側には、ほかにどんな放送局があったか。

「ＷＢＬＭにやってみてくれ」わたしはいった。

　ダイヤルを反対端へ動かす途中、ＷＪＢＱ-ＦＭとＷＩＧＹ-ＦＭはいずれも、正常どおり放送を流していた……だが、メイン州第一のプログレッシブ・ロックの放送局であるＷＢＬＭは、はいらなかった。

「おかしいな」と、わたし。

「なにがだね？」ノートンがたずねた。

「べつに。ちょっと考えごとを口に出しただけだ」

　ビリーがＷＪＢＱの音楽放送にダイヤルをもどした。まもなく町についた。

　ショッピング・センター内のセルフサービスのクリーニング屋ノルゲ・ウォッシャテリアは閉まっていた。停電ではコイン・ランドリーも動くわけがない。ブリッジトン薬局《ファーマシー》とフェデラル・フーズ・スーパーマーケットは両方とも開いていた。駐車場はほぼいっぱいだった。真夏はいつもそうだが、州外のナンバープレートの車が多かった。そこここの日向に人がかたまって、女は女どうし男は男どうしで、嵐のことを話題にしていた。

　ミセス・カーモディの姿が目にとまった。例の動物の剝製と切り株の水の話の女である。けばけばしいカナリヤ色のパンツスーツという扮装《いでたち》でさっそうとスーパーマーケットにはいっていく。サムソナイトの小型スーツケースほどもありそうなハンドバッグを腕にぶらさげていた。ヤマハ・オートバイに乗ったどこかの馬鹿が、轟音をひびかせて、こちらのフロント・バンパーすれすれのところをかすめて通った。デニムのジャケットにミラー・サングラスという格好で、ヘルメットはかぶっていなかった。

「あの馬鹿が」ノートンがののしる。

　適当な空きをさがして駐車場を一巡した。空きはない。諦めて駐車場のはずれの、かなりの距離を歩かねばならないあたりに停めようとしかけたとき、幸運に恵まれた。小型のキャビン・クルーザーほどもある灰緑色のキャデラックが、マーケットの出入り口に近接した列のあいだから、ゆっくり出ていくところだった。キャデラックが行ってしまうとすぐ、こちらはその空きにすべりこんだ。

　わたしはビリーにステフの買物リストをわたした。「買物カートをさがして、はじめていてくれ。パパはママに電話をしたいんだ。ノートンさんに手伝ってもらって。パパもすぐ行くから」

　車をおりるとすぐ、ビリーがノートンの手をつかんだ。駐車場を通るときは大人と手をつなぐようにと小さいときに教えられ、その習慣をいまだに守っている。ノートンは一瞬びっくりした顔をして、かすかに微笑んだ。さっき目でステフのからだを撫でまわしたことは、許してやってもよいような気がした。ふたりはマーケットにはいっていった。

わたしは薬屋《ドラッグストア》とクリーニング屋のあいだの壁についている公衆電話へ歩いていった。暑さでげんなりした、紫のサンスーツの女が、送受器のフックをしきりにあげさげしている。わたしは両手をポケットにつっこんで女のうしろに立ち、どうしてステフのことがこんなに気になるのだろうと考えていた。この不安はどうやら、あの輝きのない白い霧や、放送のはいらないラジオ局、それにアローヘッド計画などに原因があるらしいのだが……。

紫のサンスーツの女の肉づきのいい肩は、日焼けして、そばかすだらけだった。汗まみれの歳をとりすぎた赤ん坊という感じだった。彼女は送受器を叩きつけるようにもどすと、薬屋のほうに向いて、そこにいるわたしを見た。

「十セント損するだけよ。ジャージャーいう音だけ」そういうと、不機嫌そうに歩き去った。

おもわず額をたたきそうになった。むろん電話線がどこかで切れているのだ。一部地下を通っているところもあるが、この辺一帯はすべて地上に架かっている。とにかく試してみた。このあたりの公衆電話は、ステフの表現によると〝狂った公衆電話〟である。さきに十セント貨を入れるかわりに、まずダイヤルをまわして相手を呼び出す。相手が出ると自動的に切れるようになっているので、向こうが受話器をもどす前に、十セント貨を入れなければならない。神経の苛立《いらだ》つことこのうえないが、この日ばかりは、おかげで十セントを損せずにすんだ。発信音がしないのだ。あの女のいったとおり、ジャージャーというだけだった。

送受器を置いて、ゆっくりとマーケットへ歩いて行き、ちょうどそこで面白い出来事を目にした。年輩のカップルがおしゃべりしながら〈入口〉のドアに向っていた。なおもしゃべりつづけながら、ふたりはまともにドアにぶつかってしまった。大きな音がして会話が途切れ、女のほうがびっくりした声をあげた。二人はおかしそうに顔を見合わせ、声をあげて笑い出した。そして男のほうが、細君のために力を入れてドアを押しあけてやり（こういう自動式のドアは概して重たい）それから二人はなかにはいっていった。電気が停まると、いろんな思いがけないことがおこる。

わたしもドアを押しあけ、まず冷房がきいていないことに気づいた。夏はだいたい冷房のきかせすぎで、マーケット内に一時間以上もいると、凍傷にやられそうになる。

最近のマーケットはだいたいそうだが、〈フェデラル〉は動物実験のスキナー箱風の構造になっている。現代のマーケティング技術は、客を二十日鼠に見立てているらしい。客がほんとうに必要とする物、つまりパンとか、ミルク、肉、ビール、冷凍食といった必需品は、すべて店のいっとう奥に置いてある。そこへ行くまでに、現代人におなじみの衝動買い商品――使い捨てライターから愛犬用のゴム製の骨にいたるまで――のそばを通りすぎなければならない。〈入口〉のドアをはいってすぐに、果物と野菜の並んだ通路がある。そこをさがしてみたが、ノートンと息子の姿はなかった。ドアにぶつかったさっきの老婦人がグレープフルーツを品定めしていた。亭主のほうは、買った品を入れる網袋をさしだしていた。

わたしは通路を通りぬけて、左にまがった。三列目の通路に二人はいた。ビリーがジェロのパックやインスタント・プディングの前で考えこんでいる。ノートンはすぐうしろに立って、ステフのリストを覗きこんでいた。その途方に暮れたような表情に、わたしはおもわず微笑した。

半ばいっぱいになったショッピング・カート（リスのように食物貯蔵の衝動にかられているのはステフだけではないらしい）や、品物を眺めている買物客のあいだを縫うようにして、ふたりのそばへ近づいていった。ノートンがパイの詰め物を最上段の棚から二罐取って、カートに入れた。

「どう？」と、声をかけると、ノートンの顔に、ありありと安堵の色がうかんだ。

「大丈夫だよな、ビリー」

「うん」と返事をしたものの、ちょっと気取った調子でさらにつけくわえた。「だけど、ノートンさんにも読めないのがたくさんあるんだよ、パパ」

「どらどら」わたしはリストを受け取った。ノートンはビリーとふたりで取りこんだ品物のそばに、いちいちきちんと法律家らしいチェックを書きこんでいた。ミルクやコーラの半ダース・パックなど五、六品目にチェックがついている。ステフの求める品は、あと十品目ほどあった。

「果物と野菜のところへもどらなきゃ」わたしはいった。「トマトとキュウリが欲しいそうだ」

ビリーがカートの向きを変えはじめると、ノートンがいった。「ちょっと精算所を見てきたほうがいいぞ、デイヴ」

見に行った。たいしたニュースのない日の新聞に、ときどきユーモラスな解説つきで出る写真そっくりの光景が見られた。精算所は二ヵ所しかあいておらず、買物の精算を待って二列に並んだ人の列が、ほぼ空になったパンの棚を通り越して、そこで右に折れ、冷凍食品の冷却棚《クーラー》にそって見えないところまでつづいている。コンピュータ内蔵の新型NCRレジスターはぜんぶ覆いがかけられていた。あいている二ヵ所の精算所には、それぞれひとりずつ迷惑そうな顔つきの女の子がいて、電池式のポケット計算機で品物の値段を叩いていた。それぞれの女の子のそばに、フェデラルのふたりの支配人バッド・ブラウンとオリー・ウィークスが立っている。オリーはいい奴だが、バッド・ブラウンはわたしは好きではなかった。バッドはスーパーマーケット界のシャルル・ドゴールを気取っているらしい。

女の子が品物を計算し終わるたびに、バッドかオリーが客の出す現金や小切手に伝票をクリップで止め、それを、現金入れに使っている箱に放りこむ。四人とも見るからに暑そうで、疲れきっていた。

「面白い本でも持ってくればよかったな」ノートンがそばにきていった。「長いこと待たされそうだ」

またも、家に独りいるステフのことが念頭にうかんで、ちらりと不安がかすめた。「あなたの買物をしてきたらどうです」わたしはいった。「あとはビリーとわたしでできるから」

「もう少しビールを取ってきてあげようか？」

わたしもそれを考えたのだが、いくら和解したとはいえ、ブレント・ノートンとビールを飲んで午後をすごす気にはなれなかった。家の内外がひどい状態になっているときは、なおさらだ。

「結構」わたしはいった。「そいつは後日に延ばすよ」

彼の顔がちょっと強ばったように見えた。「わかった」ぶっきらぼうにいって、歩き去った。

その後ろ姿を見ていたら、ビリーがわたしのシャツを引っぱった。

「ママと話したの？」

「いや。電話が通じなかったんだ。電話線も切れてるんだろう」

「ママのことが心配なの？」

「いいや」わたしは嘘をついた。たしかに心配だったが、なぜ心配する必要があるのかはわからなかった。「もちろん心配なんかしてないさ。おまえは心配なのか？」

「ううん……」本当は心配なのだ。顔が引きつっているようだった。わたしたちはその時点で、家へ引きかえすべきだったのだ。だが、そのときですら、すでに遅すぎたのかもしれない。

3　霧がくる

鮭が必死に川をさかのぼる感じで、果物と野菜のあるところへもどっていった。いく人かの知っている顔を見かけた。都市行政委員の一人であるマイク・ハットレン、中学校《グラマー・スクール》教師のミセス・レプラー（三年生の生徒たちを恐れさせていた彼女はいま、ロック・メロンを小馬鹿にしたような目つきで眺めている）、ステフとわたしが外出する折にときどきビリーの子守をしてくれるミセス・ターマン。しかし大部分は避暑族で、料理の必要のない食品を仕入れにきて、おたがいの〝不自由な生活〟をからかい半分に喋りあっている。コールドカットは慈善市《バザー》での十セント本並みにごっそりなくなっていた。のこっているのは、ボローニャ・ソーセージが二、三パックと、少しのマカロニ・ローフ、それに男根に似たキルバーサ・ソーセージが一本だけ、というありさまだった。

わたしはトマトとキュウリ、それにマヨネーズをひと壜取った。ステフが欲しがっているベーコンは売り切れていた。かわりにボローニャ・ソーセージを取ったが、どのパックにも微量の虫の汚物がはいっているというＦＤＡ（食品医薬品局）の報告があって以来、わたしはこのソーセージを味わって食べることができなくなっていた。

「ほら」四列目の通路へまがりかけたところでビリーがいった。「兵隊さんがいるよ」

兵隊は二名いた。灰褐色の軍服が、明るい色彩の夏服やスポーツウェアを背景にして、いちだんと際立って見える。アローヘッド計画がわずか三十マイルしか離れていないせいか、ときおり軍人を見かけることは珍しくなかった。ふたりはまだ髭を剃る年齢にも達していないようだった。

ステフのリストに視線をもどして、全部すんだのをたしかめた……いや、まだのこっていた。いっとう下に、あとから思いついたらしく〈ランサーズを一本？〉と走り書きがあった。いい考えだ。今夜ビリーが寝入ってから、ワインを二、三杯傾け、それから眠りにつく前に、ゆっくり愛し合うのもいい。

カートを置いたままワイン売場へ行って、一本取った。引きかえす途中、商品倉庫へ通じる大きな両開きのドアの前を通ると、大型の発電機のうなる音が聞こえた。おそらく冷凍ケースを冷やしておくのには充分だが、ドアやレジスターやその他の電動設備を動かすだけの大きさはないのだろう。まるでオートバイのエンジンのような音を出している。

列に並んだところへ、ノートンがやってきた。シュリッツ・ライトの半ダース・パックを二個とパン、それにさっき見たキルバーサ・ソーセージを、両腕にかかえている。彼はわたしたちといっしょに並んだ。冷房が切れているので、マーケット内はひどく蒸すようだった。店員のだれかが、せめてドアを開けてくさびを支《か》うぐらいのことを、なぜしないのだろう、と思った。さっき赤いエプロン姿のバディー・イーグルトンが、二列向こうの通路で、所在なげに品物をただ積みあげているのを見かけたのだ。発電機は単調にうなっていた。わたしは頭痛を感じはじめた。

「なにか落とさないうちに、品物をここへ入れたら」わたしはいった。

「ありがとう」

行列はいまや冷凍食品の向こうまで延びていた。欲しい物を取るには行列を押しわけなければならず、ちょっと失礼、とか、ごめんなさい、という声がそこらじゅうで聞こえた。「ひでえざまだな」ノートンが不機嫌そうにいった。わたしは顔をしかめた。そういう言葉遣いは、ビリーには聞かせたくなかった。

行列がのろのろと進むにつれて、発電機のうなる音が小さくなる。ノートンとわたしはとりとめのない話をした。地方裁判所にまで持ちこまれた例の醜い土地争いには触れないようにして、あくまでもレッド・ソックスの勝率とか天候の話に終始した。ふたりとも黙ってしまった。ビリーがそばでそわそわしている。行列は這うように進んだ。わたしたちは、右手に冷凍ディナー、左手に高級ワインとシャンパンの並んでいるあたりまできていた。安いワインのところまで進んだとき、わたしは、わが輝ける青春のワイン〈リップル〉を一本買ってみようかと考えたが、やめた。どのみちわたしの若さがあれほど燃え立つことは決してないのだ。

「あーあ、どうして早くできないの、パパ?」とビリーが聞いた。

その顔にはまだあの引きつった表情がのこっている。ふいに、ほんのつかの間だが、わたしを包んでいた不安の霧が裂けて、向こう側から恐ろしいものがこっちをのぞいたような気がした——純粋な恐怖のぎらぎらする金属的な顔。が、すぐにそれは消えた。

「おとなしくしてなさい」と、わたしはいった。

いまはパンの棚、つまりふたつの行列が左に折れている箇所までできていた。ここから精算所——開いている二ヵ所と、無人の四ヵ所——が見える。無人の四ヵ所にはそれぞれ、静止したコンベヤー・ベルトの上に〈他のレジを御利用ください。ウィンストン〉と書かれた小さな案内板が置いてある。精算所の向こうにはいくつかに仕切られた大きなガラス窓があって、そこから駐車場と、さらにその先の一一七号道路と三〇二号道路の交差点が見えている。その眺めはところどころ、目下の特価品やサービス品を宣伝した広告の白い裏面でさえぎられている。広告にはたまたま『大自然百科』というセット本が出ていた。わたしたちの行列は、バッド・ブラウンの立っている精算所へつづいていた。前にはまだ三十人ほどが並んでいる。すぐ目につくのは、派手な黄色のパンツスーツ姿のミセス・カーモディだった。まるで黄熱病の宣伝みたいだ。

突如、遠くで甲高い音がおこった。その音は急速に高まってきて、けたたましいパトカーのサイレンに変わった。交差点で警笛が鳴りひびき、ブレーキが軋《きし》んでタイヤが路面を擦る音がした。角度のかげんでわたしには見えなかったが、サイレンのひびきはマーケットに近づくにつれ最高潮に達し、パトカーが通りすぎると、しだいに弱まっていった。数人が列からはずれて見にいったが、その数は多くはなかった。さんざん待ちつづけたあとなので、自分の場所を失うのを恐れたのだ。

ノートンは品物をわたしのカートに押しこんで、見にいった。しばらくするとまた列にもどってきて、「地方警察だよ」といった。

そのとき、町の火災警報のサイレンが鳴りはじめた。徐々に悲鳴に似た甲高い音に高まってから下がり、また高くなった。ビリーがわたしの手をつかんで、ぎゅっと握りしめた。「なんなの、パパ？」そして、すぐに「ママは大丈夫？」

「カンザス街道で火災があったんだろう」とノートンがいう。「嵐で落ちた電線のせいだ。すぐに消防車が行くさ」

その言葉がわたしの不安を実体のあるものにした。うちの庭にも電線が落ちている。

バッド・ブラウンが、自分の監督しているレジの女の子になにかいった。彼女はなにがおこったのかを見ようと、首を伸ばしてきょろきょろしていたのだが、顔を赤らめて、ふたたび計算器にもどった。

わたしは行列に並んでいるのがいやになった。急に、ひどくいやになった。しかしまた前進し出したので、いま離れるのは馬鹿げているようにも思えた。わたしたちはたばこのカートンの山のそばまできていた。

だれかが入口のドアを押してはいってきた。ティーンエイジの若者だった。たぶんついたときにぶつかりそうになった、あのノー・ヘルメットでヤマハに乗っていた若者らしい。「霧だぞ！」彼はわめいた。「みんな見てみろ！　カンザス街道をこっちにやってくるんだ！」みんな彼のほうを見た。遠くから走ってきたかのように、あえいでいる。だれもなにもいわなかった。

「みんな、見てみろよ」とくりかえすが、こんどは防衛的な声音に変わっている。みんなが彼を凝視し、なかには足を動かしかけるものもいたが、だれしも自分の場所を失いたくないようすだった。まだ並んでいなかった二、三人がカートを離れ、若者の言葉をたしかめようと、無人の精算所を通りぬけていった。ペイズリー織の帯のついたサマーハット——裏庭でのバーベキューを背景にしたビールのコマーシャルでしかお目にかかれないような帽子である——をかぶった一人の大男が〈出口〉のドアをぐいと引きあけ、十人か十二、三人がそのあとにつづいて出ていった。若者もそれにつづいた。

「冷房を外に逃がさないでくれ」と若い兵隊がいうと、何人かがくすくす笑った。わたしは笑わなかった。霧が湖を渡ってくるのを、わたしは見たのだ。

「ビリー、行って見てきたらどうだい？」ノートンがいった。

「だめだ」わたしは即座にいった。とくに理由があったわけではない。

行列がまた前進した。人々は首をのばして若者がいった霧をさがしたが、目にはいるのは晴れあがった青空だけだった。若者が冗談をいっていたのだろう、とだれかのいう声が聞こえた。それに答えて、またべつのだれかが、一時間たらず前にロング・レイクに妙な霧が出ているのを見た、といっている。火災警報サイレンが耳をつんざくような音を鳴りひびかせた。いやな音だ。まるで最後の審判のラッパのように聞こえる。

さらに何人かが出ていった。列を離れるものもいて、おかげで進み方が少し早くなった。そのときテキサコのガソリン・スタンドで技術者として働いている、半白の髪のジョン・リー・フロヴィンが駆け込んできて、叫んだ、「おい！　だれかカメラ持ってないか？」ぐるりと見渡してから、またとび出していった。

それをきっかけに、あわただしいざわめきがおこった。写真を撮る価値があるのなら、見る価値もあるはずだろう。

と、出しぬけに、ミセス・カーモディがしわがれた力強い声で叫んだ。「外に出てはだめよ！」

みんなが彼女のほうをふり向いた。霧を見にいってしまう者。ミセス・カーモディのそばから離れようとする者。連れを捜してうろうろする者。きちんとしていた行列は崩れはじめていた。ツルコケモモ色のスエットシャツに濃いグリーンのスラックスをはいた、若いきれいな女が、なにやら考え深げにミセス・カーモディを見つめている。いく人かのちゃっかりした連中は、この状況を利用して、二つ三つ先へ進む。バッド・ブラウンのそばのレジスター係がふたたび肩越しによそ見をしたので、ブラウンが長い茶色の指で肩をたたいた。「仕事に専念しなさい、サリー」

「外に出てはだめよ！」ミセス・カーモディが叫ぶ。「死ぬわ！　わたしにはわかる、外に出たら死ぬのよ！」

バッドとオリー・ウィークスは彼女を知っているので、腹立たしげな表情をしただけだったが、彼女のまわりにいた避暑族は、列の順番にはおかまいなく、さっと遠のいた。大都市の女浮浪者にたいするとき、たぶん人びとはこれと同じ反応を見せる。まるで彼女らが、伝染病を有《も》っているかのように。もしかしたら、本当に有っているかもしれない、と思うのだ。

事態は急速度に、混乱の様相を呈しはじめた。男が〈入口〉のドアを乱暴に押しあけて、よろめきながらマーケットにはいってきた。鼻から血が流れている。「霧のなかに何かいるぞ！」男が叫ぶと、ビリーが竦《すく》みあがってわたしに寄り添ってきた。男の血まみれの鼻のせいか、彼のいったことのせいなのか、どちらかはわからない。「霧のなかに何かいるぞ！　霧のなかの何かがジョン・リーをさらっていった！　何かが――」男はうしろによろめいて、窓ぎわに積みあげてある芝生用肥料にぶつかり、そこに座りこんだ、「霧のなかの何かがジョン・リーをさらっていった。おれは悲鳴を聞いたんだ！」

状況は一変した。嵐につづいて、パトカーのサイレンと火災警報。ちょっとした停電によってもアメリカ人の精神に生じる微妙な混乱。そしてさらに、事態がどういうふうにか……とにかく変わっていくにつれて（こういう言葉でしか表現できない）着実に不安をつのらせる雰囲気。こうしたことの積みかさねで神経過敏になっていた人びとは、いまや一団となって動きはじめた。

みんながいっせいに駆け出したというわけではない。そういういい方では誤った印象をあたえることになる。けっしてパニック状態ではなかったということだ。駆け出したりはしなかった――少なくとも大部分の人は。しかし、いっせいに動きだした。あるものは、精算所の向こうにある大きなショーウィンドーへ行って、外を眺めた。あるものは〈入口〉から出て行ったが、なかには買う予定の品物を持ったままのものもいた。バッド・ブラウンが苛立ってわめきだした。

「もしもし！　まだ勘定がすんでいないよ！　ほら、あなた！　そのホットドッグ・ロールをかえしなさい！」

それにたいしてだれかが嘲笑うような声をあげた。けたたましいヨーデルのようなその声が、ほかの連中の微笑を誘ったが、たとえ笑みを浮かべても、みんなの表情には当惑と混乱と苛立ちが見えていた。またべつのだれかが笑い声をあげ、ブラウンは顔を赤らめた。窓から外を見ようと押し合いながらそばを通り過ぎようとした婦人の手から、彼はマッシュルームの箱をひったくった——窓ガラスにたかった人だかりは、覗き穴から建築現場を覗く人たちの群れに似ていた——婦人が金切り声で叫ぶ、「あたしのマッシュルームをかえしてよ！」この突拍子もないラブ・コールに、近くにいた二人の男がけたたましく笑いだした。この場全体がいかにも正気ではない雰囲気をかもしだしていた。ミセス・カーモディがまたもや、外へ出るなと高らかに叫ぶ。息たえだえに鳴りつづける火災警報は、こそ泥を見つけた逞しい老女の叫びのようだった。ビリーが泣き出した。

「パパ、あの血を出してる人はなに？　どうして血を出してるの？」

「大丈夫だよ、ビリー。あれは鼻血だ。鼻血を出してるだけだから大丈夫」

「どういうことなんだ、霧のなかに何かいるとは？」ノートンが問いかける。重々しく眉をひそめているが、これはたぶんノートン流の当惑の表情なのだろう。

「パパ、こわいよ」ビリーが泣きながらいう。「おうちに帰ろうよ」

だれかが通りすがりにわたしにぶつかり、わたしはよろめいた。わたしはビリーを抱きあげた。わたし自身も恐怖を感じはじめていた。混乱はますますつのりつつあった。バッド・ブラウンのそばにいたレジスター係のサリーが走り出そうとしたので、バッドが赤いスモックの襟をつかんで引きもどした。スモックが破れた。彼女は顔をゆがめて、彼の顔を引っかき、「そのいやらしい手を離してよ！」とわめいた。

「黙れ、この小娘」とブラウンはいったが、すっかり動転している。

ふたたび彼女に手を伸ばしたところで、オリー・ウィークスがたしなめた。「バッド！　落ち着け！」

だれかが悲鳴をあげた。それまではパニックはなかった。――パニックというのとは違っていた――しかしいま、徐々にその状態に近づきつつあった。人々は両方のドアから押し合いながら出て行った。ガラス壜の割れる音がして、床にコーラの泡立つ音がひろがった。

「いったいこれはどういうことだ？」ノートンが叫ぶ。

あたりが暗くなりはじめていた……いや、正確にいうとそうではない。そのときわたしは、暗くなってきたというより、マーケット内の灯が全部消えたというふうに感じた。わたしは反射的に蛍光灯を見あげた。そうしたのは、わたしだけではなかった。最初、もともと停電していたことを思い出すまでは、停電になったのだと思い、それが暗くなった原因だと思ったのである。そのつぎに、最初からずっと停電していたということと、それまでは少しも暗く感じなかったことに思い当たった。そして、窓ぎわにいる人たちが叫んだり指さしたりしはじめる前に、わたしは悟った。

霧がやってきたのだ。

それはカンザス街道の入口から駐車場へと向かってきた。これほど近くなっても、湖の向こう岸にはじめて見つけたときと少しも違わなかった。明るい白色なのだが、まるで輝きがない。早い速度で動き、たちまち太陽をほとんどおおいつくした。太陽のあった場所には一枚の銀貨がかかっていて、あたかも、薄い飛雲をすかして見る冬の満月のようだった。

ものうげに動く霧を見ていると、なんとはなしに昨夜の竜巻が思い出された。自然界には人がめったに遭遇しない巨大な力が存在する。地震とか、ハリケーン、大旋風《トルネード》といったもので、わたしはそれをすべて経験したわけではないが、概して、ああいうものうげで、眠気を誘うような動き方をするのだろうということは察しがつく。昨晩ビリーとステフがピクチャー・ウィンドーの前に釘づけになっていたように、人を呪縛する力があるのだ。

霧が二車線のアスファルト道路を包みこむようにしてうねってくると、道路はたちまち視界から消えた。マッキオン家のみごとに復元されたオランダ植民地時代風の建物は、すっかり呑みこまれてしまった。いまにも倒れそうな隣のアパートの二階は、しばらく白い霧からつき出ていたが、それもやがて見えなくなった。フェデラルの駐車場の出入り口にある〈右側通行〉の看板は、汚れた白地の部分が見えなくなったあと、一瞬黒い文字だけが忘れられたように浮かびあがってから、消え去った。つづいて駐車場の車が消えはじめた。

「いったいこれはどういうことだ？」ノートンがくりかえしたが、怯えた消え入るような声だった。

霧は青空も塗りたての黒いアスファルトも、おなじように食い尽くしてゆく。その境界線が二十フィート先にくっきりと鮮明に見えている。まるで視覚効果をねらったウィリス・オブライアンかダグラス・トランブルのよくできた作品を見ているような、妙な気分だった。それもあっという間だった。青空は幅ひろい帯状になり、つづいて筋になり、鉛筆で描いた線になった。そして消えてしまった。ただの白一色だけが、ひろいショーウィンドーのガラスにぺったり貼りついた。四フィートほど向こうにあると思われる屑罐までは見えるが、その先はほとんど見えない。わたしのスカウトのフロント・バンパーが見えるだけだった。

女が悲鳴をあげた。悲鳴はけたたましく、長々とつづいた。ビリーがいっそう体を押しつけてきた。ゆるく束ねた電線に高圧の電流を通したように、小刻みに震えている。

男が叫び声をあげ、無人の精算所を通りぬけてドアに突進した。これがついに雪崩現象を起こす引き金になったのだろう。人びとは闇雲に霧のなかへ駆けだしていった。

「おい！」ブラウンが吼《ほ》えた。怒っているのか怯えているのか、あるいはその両方なのか。顔は紫に近い色になっている。首にバッテリー・ケーブルの太さほどもあろうかと見える青筋が立っていた。「おい、あんたたち、品物を持って行くんじゃない！　そいつをこっちにかえせ。万引きだぞ！」

かれらは止まらなかったが、なかには品物をわきへ捨てていくものもいた。興奮して笑っているものもいたが、それは少数だった。どっと霧のなかへくりだして行った。マーケット内にとどまったわたしたちは、出て行ったものたちの姿を二度と見ることはなかった。開いたドアから、幽かな鼻を刺すような匂いが流れこんできた。そこに人だかりができて、押し合いへし合いがはじまった。こちらはビリーを抱いていたため、肩が痛くなってきた。結構いい体格をしている。ステフはビリーを戯れに、仔牛くんと呼ぶことがある。ノートンがふらふらと歩きだした。うわの空の放心したような表情。ドアのほうへ歩きかけた。

私はビリーを抱いている腕を替えて、ノートンが遠くへ行ってしまわないうちに、その腕をつかんだ。「やめろ、行かないほうがいい」

彼はふりかえった。「なにっ?」

「もう少し待ってようすを見るんだよ」

「なにを見るんだね?」

「それはわからんが」

「あんたは、まさか――」といいかけたとき、霧のなかから悲鳴があがった。

ノートンは絶句した。〈出口〉のドアにかたまって押し合っていた人たちが静かになり、こんどは逆流してきた。興奮した話し声やどなり声や呼び声もしずまり、ドアのそばにいる人たちの顔が突如、平べったく青ざめ、二次元的に見えた。

悲鳴は火災警報と競い合うように、いつまでもつづいた。あれほどの悲鳴をあげる大量の空気が人間の肺にはいりきれるとは、とても信じがたいことだった。ノートンが「ああ、なんてことだ」とつぶやいて、髪をかきむしった。

ふいに悲鳴がやんだ。しだいに弱まったのではなく、いきなり断ち切られた。男がもうひとり出ていった。チノクロスの作業ズボンをはいた、筋骨逞しい男である。悲鳴の主を助けにいったのだろう。ちょっとのあいだ、ガラスと霧を通して、彼が外に立っている姿が見えていた。

コップに浮いたミルクの薄皮をすかして人影を見ているような感じだった。そのとき（わたしの知る限り、それを見たのはわたし一人だけだ）なにかが男の向こうで動いたようだった。一面の白色のなかに灰色の影が見えた。そして、チノクロスのズボンをはいた禿頭の男は、霧のなかに走りこんだというより、不意をつかれたように両手を上下に動かしながら、霧のなかに引っぱりこまれたように、わたしには見えた。

マーケット内はしばらく、水を打ったような静けさに包まれた。

外でいくつもの月が一時に輝きだした。駐車場のナトリウム灯が点いたのだ。地下のケーブルから電気が送られてきているのに相違ない。

「外に出てはだめよ」ミセス・カーモディがお得意のカラスのような嗄《かす》れ声でいう。「外に出ると死ぬわ」

だれひとり、それに反論するものも、笑うものもいなかった。

また悲鳴が外から聞こえたが、こんどは押し殺したように、やや遠くのほうで聞こえた。ビリーがまた身を硬くしてしがみついてきた。

「デヴィッド、なにがおこってるんだ？」オリー・ウィークスが話しかけてきた。彼は持ち場を離れていた。丸いすべすべした顔に玉のような汗を浮かべている。「どういうことなんだ？」

「まるで見当もつかんよ」わたしは答えた。オリーはひどく怯えているようだった。彼は独身で、ハイランド・レイクのそばの瀟洒《しようしや》な家に住んでいる。プレザント・マウンテンのバーで飲むのが好きだった。左手のずんぐりした小指に、スター・サファイアの指輪をはめている。昨年の二月、州主催の宝くじに当たり、その賞金で指輪を買ったのだ。わたしはいつも、彼は女性恐怖症のきらいがあるのではないか、という気がしていた。

「さっぱりわからん」彼はいった。

「まったくだ。ビリー、お前をおろすぞ。手を握っていてやる。抱いてると腕が折れそうだ、いいね？」

「ママ」ビリーがささやくようにいった。

「ママは大丈夫だ」そういうしかなかった。

ジョンズ・レストランの近くの古道具屋を営んでいる、風変わりな老人がそばを通りすぎた。

学生が着るような文字のはいった古いセーターを一年中着ている。彼が大声でいった。「例の汚染雲のせいだ。ラムフォードとサウス・パリスの工場さ。化学薬品のせいだ」それだけいうと、売薬とトイレットペーパーの売り場をすぎて、四番通路に逃げこむように姿を消した。

「ここを出よう、デヴィッド」ノートンが何の確信もなくいった。「どうだろう、ここ――」

ずしんという大きな衝撃音がした。奇妙によじれるような衝撃を、わたしは主として足で感じた。建物全体が突如三フィートも落ちこんだような感じだった。何人かが恐怖と驚きの叫びをあげた。壜類が棚から落ちてタイルの床で割れる音が、音楽のようにひびきわたった。くさび型のパイの形をしたガラス片が、正面のひろいウィンドーの仕切りひとつから落ち、いくつかに仕切った重いガラスを支えている木の枠が、何ヵ所かで反りかえって裂けたりしているのが見えた。

火災警報のサイレンがぱったりと途絶えた。

あとには静寂がつづいた。それはつぎにおこるものを待ち受ける人たちの、不安をたたえた沈黙であった。わたしはショックで呆然となっていた。そのわたしの心中で、過去の記憶と現在とが奇妙な形でつなぎあわされていった。ブリッジトンがただの十字路にすぎなかったころ、父はわたしを連れて行った店のカウンターで立ち話をしていた。わたしはそのあいだガラス越しに一セント・キャンディーや二セントのチューインガムを眺めていた。それは一月の雪解けのころだった。雪解け水がトタンの雨樋をつたって、店の両側に置かれた雨水受けの樽にしたたり落ちる音以外、なんの物音もしなかった。わたしは飴玉やボタンやおもちゃの風車を見ていた。頭上にぶらさがった神秘的な感じのする黄色い電灯のグローブは、前年の夏に迷いこんだたくさんの蠅の死骸の影を、奇怪な形に映しだしている。デヴィッド・ドレイトンという名の小さな男の子と、有名な画家であるその父親。アンドルー・ドレイトンの描いた『ひとり立つクリスティーン』は、ホワイト・ハウスの壁に掛けられていた。デヴィッド・ドレイトンという名の小さな男の子は、キャンディーやデイヴィー・クロケット風船ガムのカードに見入りながら、おしっこがしたいとぼんやり思っている。そして外には、一月の雪解け時の黄色い霧が渦巻いていた。

その記憶は、ゆっくりと少しずつ消え去っていった。

「みなさん！」ノートンがどなった。「みなさん、聴いてください！」

みんながふり向いた。ノートンは選挙の立候補者が賞賛を受けるときのように、指をひろげた両手を上にあげた。

「外に出るのは危険かもしれない！」と、叫ぶ。

「どうしてよ?」と、女が叫びかえす。「子どもたちが家にいるのよ！　子どもたちのとこに帰らなきゃならないのよ！」

「外に出ると死ぬわ！」ミセス・カーモディがすかさず口を出した。彼女はウィンドーの下に積まれた二十五ポンドの肥料袋のそばに立っていた。その顔がむくんでいるかのように、なんとなく脹らんで見える。

ティーンエイジの男がいきなり彼女をつきとばしたので、彼女はびっくりした声をあげて袋の上に尻餅をついた。「黙れ、この婆ァ！　くだらんたわ言を吐くな！」

「さあ、みんな！」ノートンが声を張りあげる。「霧が通りすぎるまでしばらく待っていれば、きっと――」

これにたいして異議を唱えるざわめきがおこった。

「彼のいうとおりだ」わたしがざわめきをしのぐ大声をあげた。「みんな冷静になろう」

「あれは地震だと思うね」眼鏡をかけた男がいった。その声は畏怖か恐怖のために、ひどく穏やかだった。片手にハンバーガーの包みとパンの袋をかかえ、もう一方の手で、ビリーより一歳年下ぐらいに見える女の子の手を引いている。「ぜったいあれは地震だと思う」

「四年前にネイプルズで一度あったよ」ふとった土地の男がいう。

「あれはカスコーだわよ」細君がすかさず反駁する。なんでも反対しなければ気がすまないタイプの女房らしい。

「ネイプルズだよ」ふとった男はいったが、さほど自信はないらしい。

「カスコーよ」細君がきっぱりいい、亭主は引きさがった。

実際に何であったのかはともかくとして、さっきの衝撃だか地震だかで棚の際まで押しやられていた罐がどこかで落ち、一呼吸遅れて、音をたてて転がった。ビリーがわっと泣き出した。

「家に帰りたいよ！　ママに会いたいよう！」

「子どもを黙らせてくれんか」バッド・ブラウンがいった。焦点の合わない目でせわしなくあちこちを見まわしている。

「偉そうな口をきくじゃないか、え？」わたしはやりかえした。

「たのむよ、デイヴ、喧嘩はやめてくれ」ノートンは困りきった顔つきをしている。

「すみません」さっき悲鳴をあげた女が口をはさんだ。「すみませんが、わたしはここにいられないんです。家に帰って子どもたちを見なくてはならないんです」

彼女はわたしたちを見まわした。疲れてはいるが、きれいな顔立ちのブロンドの女である。

「ワンダが弟のヴィクターをみているんです。ワンダはまだ八歳だから、ときどき忘れるんですよ……ええ、弟をみるのを忘れるんです。それにヴィクターは……あの子はストーブのバーナーをつけて、赤い小さな火がつくのを見るのが好きなんです……あの炎が好きなんです……それにときどきプラグを引きぬくし……ヴィクターがぬくんです……それにワンダは……しばらくすると弟をみるのに飽きてしまって……まだ八歳ですから……」彼女は話しやめて、ただわたしたちを見つめた。彼女にとって、そのときのわたしたちは無情な目の集まりにしか見えなかっただろう。人間ではなく、ただの目。「どなたか、わたしを助けてくださらないの？」彼女は叫んだ。唇が震えだした。「どなたか……ここにいるどなたか、家まで送ってくださいませんか」

だれも答えなかった。みんな足をもぞもぞ動かすだけだった。彼女は疲れきった表情で、みんなの顔を順に見ていった。例のふとった土地の男が、ためらいがちに半歩ほど進み出ると、細君があっという間に彼を引きもどした。彼女の手は亭主の手首を手錠のようにがっちりつかまえている。

「あなたは？」ブロンドの女がオリーにたずねた。彼は首を横にふった。「あなたは？」と、バッドにいう。彼はカウンターの上のテキサス・インストゥルメンツの計算器に手を掛けたままで、返事をしない。「あなたは？」ノートンにいうと、ノートンは弁護士らしい大きな声でなにかいいはじめた。早まったことをしてはいけないとか、そういう意味のことだが、彼女がそっぽを向いたので、ノートンはしかたなく黙りこんだ。

「あなたは？」女がわたしにいった。わたしはもういちどビリーをかかえあげて、彼女の打ちひしがれたような顔を避ける楯のように、彼を腕に抱いてみせた。

「みんな地獄に堕ちるがいいわ」と彼女はいった。大声で叫んだのではない。彼女の声は疲れきっていた。彼女は〈出口〉へ行くと、両手を使ってドアを引きあけた。わたしはなにかいいたかった。呼びもどしたかった。だが、口はからからに乾いていた。

「ねえ、奥さん、ちょっと――」ミセス・カーモディをどなりつけたティーンエイジの若者が、彼女の腕をつかんだ。彼女がその手を見おろすと、若者はおずおずと放してしまった。彼女は滑るように霧のなかへ出て行った。私たちはその姿を見守っていた。だれひとり口をきかなかった。霧が彼女を包みこみ、その姿を非現実的なもの――もはや人間ではなく、ペンとインクでこの上なく白い紙に描かれた人物のスケッチ画――と化してしまうのを見守っていたが、だれもなにもいわなかった。ほんの一瞬、それは空間に浮かんで見えたあの〈右側通行〉の看板の文字のようだった。彼女の腕や脚や淡いブロンドの髪はすべて消え、赤いサマードレスのぼんやりかすんだ名残りだけが、白い忘却のなかで踊っているかのように見えていた。やがてそのドレスも消えてしまった。だれもが無言だった。

4　倉庫。発電機の故障。店員の身に起こったこと

ビリーがヒステリックに癇癪《かんしゃく》をおこしはじめた。にわかに二歳に逆もどりして、涙をぽろぽろ流しながら、なにがなんでも母親に会いたいと、声をからして泣き叫ぶのだった。上唇は鼻水だらけになった。わたしはビリーをみんなから離れたほうへ連れていった。肩を抱いて中央の通路を歩いていきながら、なんとか宥《なだ》めようとした。奥に、店の横幅いっぱいに延びている、肉用の白い陳列棚のそばまできた。肉屋のミスター・マクヴィーはまだそこにいた。わたしたちはうなずきあった。いまのような状況では、それが精一杯だった。

　わたしは床に座ってビリーをひざに乗せ、胸に顔をつけさせて揺すりながら、話しかけた。世の親たちが困ったときのためにとっておく嘘、子どもにはもっともらしく聞こえる嘘を、わたしはありったけビリーに聞かせてやった。それも、いかにも確信ありげに話した。

「あれはふつうの霧じゃないよ」ビリーはいって、わたしを見あげた。目の縁が黒く汚れて、涙が筋をつくっていた。「ふつうじゃないよね、パパ？」

「うん、パパもそう思う」そのことでは嘘をつきたくなかった。

　子どもは大人のようにはショックと闘わない。子どもはショックに順応する。おそらく十三

歳くらいになるまでは、絶えずショックを受けつづける状態にあるからだろう。ビリーはうとうとし始めた。急に目を醒ますかもしれないと思って、抱いたままでいたが、微睡は本格的な眠りへと深まっていった。たぶん昨夜はあまり眠れなかったのだろう。ビリーが赤ん坊のとき以来久しぶりに、三人いっしょのベッドで眠ったのだ。そしておそらく――わたしは胸中を冷たい渦巻きが通りぬけていくような気がした――おそらくビリーは、なにかがやってくる気配を感じとっていたのかもしれない。

ビリーがすっかり寝入ったのをたしかめると、彼を床におろして、なにか被《き》せるものを捜しにいった。ほとんどの人はまだ正面のほうにいて、外の一面の濃霧を眺めていた。ノートンは少人数の聴衆を前にして、さかんにまくしたてている。バッド・ブラウンは頑として自分の持ち場を守っていたが、オリーは持ち場を離れていた。

通路では数人が幽霊のように歩きまわっていたが、その顔にはショックが脂のように浮いている。わたしは肉の陳列棚とビール冷却器のあいだにある大きな両開きのドアをあけて、倉庫にはいっていった。

ベニヤ板の仕切りの向こうで、発電機がうなりをあげていたが、どこかに故障があるようだった。ディーゼルの排気ガスの匂いがひどすぎる。わたしは息を浅くしながら、仕切りのほうへ近寄ってみた。しまいには、シャツのボタンをはずして、そのシャツで口と鼻をおおった。

倉庫は横幅がせまくて奥行きがあり、二組の非常灯が弱々しい光を投げかけている。段ボール箱がいたるところに積みあげられていた。片側には漂白剤。仕切りの向こう端にはソフト・ドリンクのケース。そしてビーファアロニとケチャップのケースが山と積まれている。なかのひとつがひっくりかえって、段ボール箱が血を流しているように見えた。

　発電機の仕切りについているドアの掛け金をはずし、足を踏み入れた。機械は、油っぽい青い煙に包まれて、よく見えないほどだった。排気管が壁の穴から外に出ている。その排気管の出口がふさがっているのに違いない。簡単な〈オン〉と〈オフ〉のスイッチがあったので、それを指で押した。発電機はガタガタ揺れ、その唸りはおくびか咳のような音に変わって、やんだ。そのあと、はじけるような音がしだいに弱まりながらつづいて、停止したが、その音がノートンの厄介なチェーンソーを思い出させた。

　非常灯が薄れながら消えて、あたりは暗闇になった。わたしは急におそろしくなり、方角を見失ってしまった。自分の息遣いが、ストローのなかを通ってくる弱い風の音のように聞こえる。外に出ようとして薄いベニヤ板のドアに鼻をぶつけ、心臓が飛び出すような思いをした。両開きのドアには窓があったが、どういうわけか黒く塗りつぶされていたので、ほぼ真っ暗闇に近かった。おかげでまっすぐ歩けず、漂白剤〈スノーイー・ブリーチ〉の箱の山にぶつかった。箱が落ちてきた。そのひとつが頭のすぐそばに落ちてきて、うしろへさがったとたん、そこにあった別の箱につまずいて転倒し、いやというほど頭を打った。暗闇のなかに光る星が見えたほどだった。なんというざまだ。

　倒れたまま、悪態をつき、頭をなでた。そして自分にいい聞かせた――あせるな。立ちあがって、ここを出るんだ。ビリーのところへもどるんだ。柔らかいぬるぬるしたものが足首にまつわりついているような気がするのも、この手でそいつをつかんだように思うのも、すべて気のせいだ。そんなものはどこにもない。冷静さを失うな。さもないと、また狼狽《うろた》えて箱をひっくりかえし、自分で自分の障害物コースを作ることになるのがおちだ。

用心しながら立ちあがって、両開きのドアの隙間の、鉛筆の線のように細い光を捜した。見えた。ほんのかすり傷程度の光が闇に浮かんでいる。そちらへ歩きはじめ、そこではたと足をとめた。

音がしたのだ。幽かな不確かな音。ちょっと途切れ、やがてまた、そっと叩くような小さな音がはじまる。神経がばらばらになるような気がした。魔術にでもかかったように、四歳の子どもに逆もどりするのを感じた。音はマーケットのほうからではなく、背後から、外から聞こえてくる。霧のなかからだ。なにかがシンダーブロックの上を滑り、這いまわり、擦っている。おそらくは、なかにはいろうとしているのだ。

ひょっとしたら、もうはいってきていて、わたしを捜しているのかもしれない。いまにも、あの音を出しているものが、わたしの靴やあるいは首に触わるかもしれない。

また音がした。こんどは外だということがはっきりした。だが恐怖は薄らがない。脚に、さあ歩け、と命じても、脚がいうことをきかない。そのとき音が変わった。暗闇でなにかがきしんだ。心臓が停まる思いで、細い垂直の光めがけて突進した。腕をつき出してドアを開け、マーケット内にとびこんだ。
三、四人が両開きのドアのすぐ外にいた。オリー・ウィークスもまじっている。全員がびっくりしてとびのいた。オリーは自分の胸もとをおさえて、「デヴィッド！」と、喉がつまったような声をだした。「びっくりするじゃないか。寿命が十年も縮みかけ――」そこでわたしの顔色に気づいて、「なにかあったのかね？」

「あれを聞いたか?」わたしはたずねた。われながら甲高いうわずった声になっている。「だれかあれを聞いたのか?」

　むろんかれらは、なにも聞いてはいなかった。なぜ発電機が止まったのか、見にきたところだった。オリーがそう話しているところへ、店員の一人が、懐中電灯を何本もかかえて駆けつけてきた。彼は物問いたげにオリーとわたしの顔を見くらべた。

「わたしが発電機を消したんだ」わたしはそのわけを説明した。

「なんの音だった?」別の男がきいた。町の道路建設局で働いているジムなんとかという男である。

「わからんな。擦るような音だった。ずるずる滑るような。二度と聞きたくないよ」

「気のせいだよ」オリーといっしょにいた別の男がいう。

「いや。気のせいじゃない」

「灯が消える前に聞いたのかね?」

「いや、消えてからだ。だけど……」口をつぐんだ。かれらがわたしを見ている目つきに気がついたからだ。これ以上の悪いニュース、あらたな恐ろしいことや異常なことは、聞きたくないのだろう。これまでのことでもうたくさんだったのだ。オリーだけがわたしの話を信じているようだった。

「なかにはいって、発電機を動かしてみましょう」店員が懐中電灯を配りながらいった。オリーはためらいがちに受け取った。店員は目にかすかな軽蔑の色を浮かべて、わたしにもさしだした。年齢は十八ぐらいだろう。一瞬考えてから、わたしは懐中電灯を受け取った。やはりビリーに被せるものを取ってきたかった。

　オリーがドアをあけて、明かりを入れておくために止め木を支った。スノーイー・ブリーチの段ボール箱が、ベニヤの仕切りの半開きになったドアのあたりに散乱している。

「ジムなんとかいう男が、鼻をくんくんさせて、「たしかに、かなりひどい匂いだな。あんたが切ったのも当然だ」

　懐中電灯の光が、踊るように動きまわって、鑵詰やトイレットペーパーやドッグフードなどの段ボール箱を照らしだした。ふさがれた排気口から倉庫に逆流してきた排気ガスのせいで、光が煙って見える。店員が右端にあるひろい搬入口のシャッターに光を向けた。

　男ふたりとオリーが発電機のある仕切りの内側に入った。ちらちら動きまわる懐中電灯の光が、わたしに少年冒険小説を思い出させた——まだ大学にいたころに、わたしは冒険小説シリーズのイラストを描いたことがある。海賊が真夜中に金塊を埋めるところとか、気の狂った医者と助手が死体を盗みだす場面などだ。いくつもの懐中電灯の光で、奇怪な形に映しだされた影が、壁の上にゆれている。発電機は冷えていくにつれて、不規則なカチカチという音を出していた。

　店員が前方を照らしながら、搬入口のシャッターのほうへ進んでいった。

「わたしだったら、そっちへは行かないね」と、わたしはいった。

「そう、あんただったら、ね」

「スイッチを入れてみてくれ、オリー」男のひとりがいった。発電機が喘ぐような音を出し、つづいて唸りをあげた。

「うわっ！　とめろ！　すげえ匂いだ」

　発電機はまた静かになった。

　三人が出てきたところへ、店員が搬入口のほうから引きかえしてきた。「排気口がふさがっているんだ、きっと」と男のひとりがいう。

「いい考えがありますよ」といったのは店員だった。懐中電灯の光で目がきらきら輝き、その顔には、わたしが少年冒険シリーズの口絵に何回となく描いた、あの向こう見ずな表情が浮かんでいる。

「ぼくがあそこの搬入口のシャッターをあけるあいだ、機械を動かしてください。外へまわって、詰まってるものを取り除くから」

「ノーム、それはあんまりいい考えではないんじゃないか」オリーがためらいがちにいった。

「シャッターは電動式なのかい？」ジムという男がたずねる。

「そう」と、オリー。「だけど、あんまり感心したことだとは思わないがね——」

「大丈夫だ」と、もうひとりの男。野球帽をあみだに押しあげて、「おれがやる」

「だめだ、あんたたちはわかってない」ふたたびオリーが、「本当にそんなことしたら——」

「心配ないって」男は宥《なだ》めすかすようにオリーの言葉をさえぎった。

　店員のノームが憤然として、「ねえ、これはぼくの考えですよ」

　たちまちかれらは、やるべきかどうかの問題ではなく、だれがやるかという問題でいい争いをはじめた。むろんかれらは、あの不快な音を聞いていないのだ。

「やめろ！」わたしはどなった。

みんなわたしのほうを見た。

「わかっていないようだな。でなければ、わかるまいとしているだけなんだ。これはふつうの霧とは違う。霧がやってきてからは、マーケットにはいってきた人はひとりもいないじゃないか。あの搬入口のシャッターをあけたら、なにかがはいってきて――」

「なにかって、どんな？」ノームがいかにも向こう見ずな十八歳の男らしく、小馬鹿にしたようにいう。

「どんなものか知らんが、わたしは音を聞いたんだよ」

「ドレイトンさん」とジムがいう。「悪いけど、あんたが音を聞いたというのが、信じられないんだよ。あんたがニューヨークやらハリウッドやらにコネのある、たいした画家だってことは知ってるけど、だからって、ほかのものとは別格だってことにはならないんだよ。おれの考えじゃ、暗がりのなかであんたは……ちょっと気が動転しただけなんだ」

「そうかもしれん」わたしはいった。「もしどうしても外に出ていきたいというのなら、まず最初に、あの婦人が無事子どものところに帰れたかどうか、たしかめてきたらどうかね」彼の態度――それに彼の仲間と店員のノームの態度もそうだが――に、わたしは腹立たしさと同時に恐ろしさを感じた。かれらの目には、町のごみ集積場にネズミを撃ちに行く男たちの目と、おなじ光が宿っていたのだ。

「あのな」ジムの連れの男がいった。「あんたのアドバイスを聞きたいときは、こっちからそういうよ」

オリーがおずおずと、「発電機なんか、本当はどうでもいいんだよ。冷凍ケースの食料品は、十二時間以上はもつんだから、電気が切れていても――」

「オーケイ、若いの、おまえがやれ」ジムがぶっきらぼうにいった。「おれがモーターを動かすから、おまえはシャッターをくぐれるくらいまであげるんだ。そしたら、ここの悪臭がひどくならないように止めるから。おれとマイロンが排気口のそばに立ってる。終わったら大声で知らせてくれ」

「わかった」ノームは張り切って駆けだしていった。

「馬鹿げている」わたしはいった。「あの婦人をひとりで行かせておきながら――」

「あんただって、送っていきたがっているようには見えなかったがね」ジムの仲間のマイロンがいった。襟元から上が、くすんだレンガ色に紅潮している。

「それなのに、たかが発電機ぐらいのことで、あの若者に命を賭けさせようというのか?」

「うるさい、黙ってろ!」ノームがどなった。

「ねえ、ドレイトンさん」ジムが冷やかな微笑をわたしに向けた。「いいかい。まだほかにもいうことがあるんなら、歯をへし折られないように用心したほうがいいよ。あんたのたわごとを聞くのは、うんざりなんだ」

　オリーがあからさまな恐怖の目でわたしを見た。わたしは肩をすくめた。かれらは頭がおかしくなっている、それだけのことだ。一時的に精神の均衡を失っている。あちらの店内にいたときは混乱し、怯えていたが、ここにあるのは単純明快な機械の問題、つまり発電機の故障のことでしかない。この問題を解決することは可能である。問題を解決すれば、混乱や無力感がすこしは薄らぐかもしれない。だから問題を解決しようとしているのだ。

ジムと仲間のマイロンは、わたしが引きさがったと判断して、発電機室へもどっていった。

「用意はいいかい、ノーム？」とジムが聞いた。

ノームはうなずいてから、ふたりには見えないことに気づいて、「いいよ」と声を出した。

「ノーム」わたしはいった。「馬鹿なまねはよせ」

「間違ってるよ」オリーも加勢した。

ノームがわたしたちのほうを見た。ふいにその顔が十八歳よりもずっと若く見えた。少年の顔であった。彼の喉ぼとけがぴくぴく動き、わたしは彼が怯えで蒼ざめているのに気づいた。なにかいおうとして口を開きかけた。――やめようといいかけたのにちがいない――が、そのとき発電機がふたたびうなりだし、回転がスムースになってきたときは、ノームはすでにシャッターの右にあるボタンにとびついていた。シャッターは二本のスチールの溝のあいだを、ガタガタ音を立てながらあがりはじめた。非常灯は発電機が動きはじめたとたん光を取りもどしたが、シャッターを持ちあげるモーターに電力を食われるにつれて、仄暗くなっていく。

影がうしろに長くのびて消えうせた。倉庫は一面に曇った晩冬の日のような、柔らかい白い光に満たされはじめた。わたしはまた、あの鼻を刺すような匂いを感じた。

搬入口のシャッターが二フィートあがり、さらに四フィートあがった。向こうに、まわりを黄色い縞で縁取りされた、四角いセメントのプラットホームが見えてきた。黄色い部分は、わずか三フィートあたりでも、かすんでぼけている。霧は信じられないほど濃かった。

「はい、ストップ！」とノームが叫ぶ。

浮游するレースのように白い霧が、巻きひげ状に渦巻きながらはいってきた。空気は冷たかった。ここ三週間のべとつくような暑さのあとだけに、けさはずいぶん涼しく感じたが、それは夏の涼しさだった。が、いまは寒いほどだ。まるで三月のようだった。私は身震いした。そしてステフのことを思った。

発電機がとまった。ノームがシャッターの下に身をかがめたとき、ジムが出てきた。そして彼は見た。わたしも見た。オリーも見た。

一本の触手が、コンクリートの搬入口のプラットホーム越しに伸びてきて、ノームのふくらはぎに巻きついた。わたしは口をあんぐり開けた。オリーは喉の奥から出たような短い驚きの声を発した。触手は先端が細くなっていて、ノームの脚に巻きついているあたりは一フィートぐらいの、グラススネークほどの太さになり、それがしだいに太くなっていって、霧に隠れているあたりでは、おそらく四、五フィートはあろうかと思われた。上のほうはスレートのようなねずみ色なのが、下にいくにしたがって肉色に似たピンクに変わっている。その下面に吸盤がびっしり並んでいた。その吸盤が、何百もの窄《すぼ》めた口のようにうごめいている。

ノームは下を見た。彼をつかんでいるものを見た。両眼がとび出さんばかりになる。「こいつを離してくれ！　おい、離してくれ！　畜生、こいつをぼくから離してくれよお！」

「なんてことだ」ジムが泣きそうな声を出した。

ノームは搬入口のシャッターの下端をつかんで、体を内側に引き入れた。触手がふくらんだように見えた、腕をまげたときに筋肉が盛りあがるようなぐあいに。ノームはまた波形のスチール製シャッターへ引きもどされ、頭がぶつかって大きな音を立てた。触手はさらに膨張して、ノームの脚と胴が外に引きずり出されていった。シャッターの下端で擦れて、シャツの裾がズボンからとび出した。彼は必死に抵抗した。それはまるで懸垂をしているように見えた。「助けてくれ」すすり泣いていた。「助けてくれ、みんな頼むよ、お願いだ」「ああ、神様」といったのはマイロンである。発電機室から出てきて、なにがおこっているかを見たのだ。

いっとう近くにいたわたしは、ノームの腰を抱え、かかとに重心を置いて体ごとうしろに倒しながら、あらんかぎりの力で引っぱった。わずかにうしろへ動いたが、それも束の間にすぎなかった。ゴムバンドを引き伸ばすとか、タフィー飴を引っぱっているような按配だった。触手は引っぱられはするが、けっして放れはしなかった。つづいてさらに三本の触手が、霧のなかからこちらに向ってきた。一本はノームが着けているフェデラルのひらひらした赤いエプロンに巻きついて、むしりとった。触手は赤い布をぐるぐる巻きつけて霧のなかへ消えていった。わたしはふと、母のことばを思い出した。わたしたち兄弟が母のいうことをきかず、キャンディーやマンガ本や玩具をねだると、母はよくこういった——「旗をふると鶏がひょこひょこついてくるみたいに、なんでもすぐ欲しがるんだから」その言葉を思い出し、ノームの赤いエプロンをふっているあの触手と考え合わせて、急に笑いがこみあげてきた。わたしは笑い声を立てたが、それはノームの悲鳴とおなじように響いた。おそらくわたしが笑っていることを知っていたものは、わたし自身以外にだれもいなかったはずだ。

ほかの二本の触手は、搬入口のプラットホームの上を当てどもなく前後に撫でまわし、わたしが前に聞いた低い摩擦音を出していた。やがて一本がノームの尻の左側をぴしゃりと打ち、腰に巻きついてきた。わたしの腕にも触わった。なま温く、脈打っていて、すべすべしていた。

いまから思うと、もしあいつの吸盤がわたしを捉えていたら、わたしもまた霧のなかへ引きずり出されただろう。しかし、そうはならず、そいつはノームをつかまえた。そして三本目の触手が、ノームのもう一方の足首に巻きついた。

ノームの体はわたしの手からもぎ取られそうになった。「手を貸してくれ！」わたしは叫んだ。

「オーリー！　だれか！　ここにきて手を貸してくれ！」

だが、だれもこなかった。なにをしていたのかは知らないが、とにかくこなかった。

わたしは下を見おろし、ノームの腰にからみついた触手が、彼の皮膚に食いこんでいるのを見た。吸盤はシャツがズボンからずり出た箇所を食っているのだ。剝ぎとられたエプロンと同じように赤い血が、脈打つ触手が食い破ったあたりからにじみ出てきた。

途中まであがったシャッターの下端に、わたしは頭をぶつけた。

ノームの脚がまた外に出た。スポーツ靴の片方が脱げ落ちている。またあらたな触手が霧のなかからあらわれて、その先端をがっちり靴に巻きつけると、持ち去ってしまった。ノームの指はシャッターの下端をつかんでいる。必死に握りしめた指が鉛色に変わっていた。彼はもう叫んではいなかった。そんな余裕はなかったのだ。彼の頭ははてしない抵抗をつづけて前後にはげしく動き、長い黒髪は乱れに乱れている。

ノームの肩越しに、さらにいくつもの触手が伸びてくるのが見えた。何十もの触手。触手の林だった。小さいものもあったが、二、三本はおそろしくでかくて、けさ私道に倒れていた、苔のコルセットをつけた大木ほどの太さがあった。でかいのはマンホールの蓋ほどもあるピンクの吸盤を有《も》っていた。その一本がコンクリートの搬入口のプラットホームを、轟くようなバシッという音をさせて叩き、巨大な目のないミミズのようにのろのろとこちらへ動いてくる。わたしが最後の力をふりしぼって引っぱると、ノームの右ふくらはぎに巻きついていた触手が少し滑ったが、それだけだった。触手がふたたびつかみなおす前に、すでにそれがノームをかなり食い進んでいたことを、わたしは見てとった。

触手のひとつがわたしの頰を軽くかすってから、まるで演説でもしているかのように空中でゆれ動いた。そのときわたしはビリーのことを思い出した。ビリーはマーケット内の、ミスター・マクヴィーの長くて白い肉用冷却棚のそばに眠っている。わたしがここにはいったのも、ビリーに被せるものを捜すためだった。もしもこいつにつかまったら、ビリーを見てくれる人はいなくなる――たぶんノートン以外は。

そこでわたしはノームの体を放し、四つん這いの格好になった。

わたしはあがっているシャッターの真下にいて、半分外に出て、半分はなかにいるという形だった。一本の触手がわたしの左側を通りすぎた。吸盤を使って歩いているように見える。ノームのふくらんだ二の腕に触れると、ちょっと動きをとめ、つづいてそこに巻きついていった。ノームはいまや、狂人が見ている蛇使いの夢のようなありさまになっていた。触手は彼の体中いたるところに蛇のようにからみつき、それがわたしのまわりでもうごめいている。わたしはぶざまな蛙跳びをして内側にはいり、肩からひっくりかえって一回転した。ジムとオリーとマイロンは、まだそこにいた。あたかもマダム・タッソー蠟人形館にある一場面さながら、まっさおな顔をして佇立し、目だけが異様に輝いている。ジムとマイロンは、発電機室のドアにぴったりくっついていた。

「発電機を動かすんだ！」わたしはふたりにどなった。

ふたりとも動かない。麻薬に酔って死の本能にとり憑かれたかのように、搬入口のほうを食い入るように凝視している。

わたしは床を手探りして、そこにあったスノーイー・ブリーチの箱をつかむと、ジムに投げつけた。箱は腹部のベルトのバックルのすぐ上に当った。彼はなにやら呟いて、やっと我に返った。目がどうやら正常らしき光を取りもどした。

「早く発電機を動かせ！」わたしはのどが痛くなるほどの大声でどなった。

彼は動かなかった。それどころか、霧のなかから出てきたおそろしい物にノームが生きたまま食われる光景を目にしたいまになって、弁解をはじめたのである。

「すまん」と、泣くような声でいった。「知らなかったんだ。わかるはずがないだろう？ あんたはなにか音を聞いたといったけど、なんのことをいってるのかわからなかった。もっとよく説明してくれれば。おれはたぶん、よくわからんけど鳥かなにかだろうと――」

そこでようやくオリーが、厚みのある肩でジムを押しのけ、発電機室へつまずきながらはいっていった。ジムは暗闇のなかのさっきのわたしのように、漂白剤の箱につまずいて、転倒した。

「すまん」とまたいった。赤髪が額にからまり、頬は蒼白になっている。その目は怯えた小さな子どもの目のようだった。まもなく発電機が咳こむような音を出し、がたがたと動きだした。

わたしは搬入口のシャッターのところへ引きかえした。ノームの体はほとんど外に出てしまっていたが、それでもまだ片手でしがみついていた。もう一本の手はすでに放れていた。彼の体は群がる触手でまるで煮え立っているように見え、十セント貨大の血のしずくがコンクリートにぽたりぽたりと、のどかに滴っている。頭は前後にはげしく動き、霧のなかを凝視する目が、恐怖でいまにもとび出さんばかりだった。

ほかのいくつもの触手がなかにはいりこんできて、床の上を這いずっている。搬入口のシャッターを操作するボタンの近くにも、おびただしい触手がうごめいていて、近寄ることなど思いもおよばない状態だった。なかの一本が半リットルのペプシコーラの壜をつかんで持ち去った。べつの一本は、段ボール箱に巻きついて強く締めつけた。箱が裂けて、セロハンに包まれたデルシーのトイレットペーパー二パック分のロールが、間欠泉のようにとび出して、そこいらじゅうに転がった。触手がそれに烈しくからみつく。

でかいやつの一本が、滑るようにはいってきた。先端が床から起きあがり、空気の匂いを嗅ぐような格好をする。それがマイロンのほうに進んでくると、彼は目を眼窩のなかで狂ったようにぎょろつかせながら、こきざみに後退さった。甲高い小さな呻吟が、だらしなく開いた口からもれる。

わたしはあたりを見まわした。何でもいいから、這いまわる触手の上から差しのばして、壁の〈閉〉のボタンを押すだけの長さのものが欲しかった。積みあげられたビールのケースに、守衛の使う長柄の箒《ほうき》が立てかけてあるのが目についた。わたしはそれをつかんだ。

ノームのこっていたほうの手が放れた。彼はコンクリートのプラットホームにどさっと落ち、放した手を動かして、死物狂いでつかまるものを捜した。彼の目が瞬間わたしの目と合った。その目はゾッとするほどの明瞭な意識に輝いていた。彼は自分の身におこっていることをはっきり悟っていた。やがて彼は、ぶつかったりころがったりしながら霧のなかへ引きこまれていった。悲鳴があがり、すぐに途絶えた。ノームは死んだ。

わたしは箒の柄の先でボタンを押し、モーターが悲しげな音を立てた。シャッターがおりはじめた。まず最初に触手のなかでもいっとう太いやつに当たった。マイロンのほうに進んでいたやつだ。シャッターがその皮——あるいは皮膚かなにか知らないが——をへこませ、食いこんでいった。黒い粘液状のものがほとばしった。触手は烈しくのたうちまわり、倉庫のコンクリート床を牛追い鞭のように叩いた。そして、平べったく潰れたように見えた。やがてそれは動かなくなった。ほかの触手が退却しはじめた。

一本がゲインズのドッグフードの五ポンドの袋を抱えたまま、放そうとしなかった。おりてくるシャッターが、敷居の溝におさまる直前に、その触手を切断した。切断された部分は、痙攣的にきつく引き締まって抱えていた袋を裂いた。ドッグフードの茶色のかたまりがそこらじゅうにとびちった。触手は水から出た魚のように、床の上でのたうちまわったが、その動きもしだいにゆるやかになり、ついには動かなくなった。私は箒の先でつついてみた。三フィートほどの長さの触手の断片は、一瞬むしゃぶりつくように箒にからみついてから、力なくゆるみ、乱雑にちらかったトイレットペーパーやドッグフードや漂白剤の箱のあいだに、ぐったりとのびてしまった。

発電機のうなりと、ベニヤ板の仕切りの向こうで泣いているオリーの声以外は、物音ひとつしなくなった。オリーが両手に顔を埋めて発電機室の腰掛に座っているのが見えた。

そのときわたしは、べつの音に気づいた。暗闇で聞いた、あの柔らかいすべるような音だ。ただ、さっきの十倍ほどにふえている。なかへはいろうとして搬入口のシャッターの外側でのたくっている、触手の音だった。

マイロンが二、三歩わたしのほうに歩みよってきた。「あの、わかって欲しいんだけど――」わたしは彼の顔に拳をたたきこんだ。彼はふいをつかれて、ブロックしようとすらしなかった。拳は鼻のすぐ下に当たって、上唇を歯に叩きつけた。血が口の内側に流れた。

「おまえたちが彼を殺したんだ！」わたしは叫んだ。「よく見たか？　自分たちのしたことをよく見たか？」

そして、つづけざまに彼を殴りはじめた。右左とめちゃくちゃにパンチをくりだしたが、大学時代にボクシングのクラスで教えられたようなパンチではなく、ただやみくもに殴っているだけだった。彼は後退りしながらいく度かはふり払ったが、あとは、一種の諦めか罪滅しのつもりか、ただ無抵抗に殴られるままになっていた。それがいっそうわたしの怒りをかき立てた。彼の鼻は血まみれになった。片方の目の下が腫れて、みごとに黒ずみかけていた。わたしは顎《チン》に強烈なのを一発叩きこんだ。それを食らって彼の目が曇り、やや空《うつ》ろになった。

「あの」彼はいいつづける。「ねえ、ちょっと」そこで下腹にパンチを食わせると、彼は空気がぬけたみたいになって、それ以上いわなくなった。いつまで殴りつづけるつもりだったのかは自分でもわからないが、だれかがわたしの腕をつかんだ。わたしはそれをふりほどいて、ふりかえった。ジムであればいいと思った。ジムも打ちのめしてやりたかったのだ。

しかしジムではなかった。オリーだった。その丸い顔は、目のふちの黒い隈を除けば、死人のように蒼ざめていた。目がまだ涙で光っている。「やめてくれ、デヴィッド。それ以上殴るのはよしてくれ。そんなことをしてもなんにもならない」

　ジムは途方に暮れた空ろな表情で、離れたところに立っていた。わたしは段ボール箱を彼めがけて蹴とばした。箱は彼の履いているディンゴ・ブーツの片方に当たって、跳ねかえった。

「おまえもおまえの友だちも、低能の大馬鹿野郎だ」わたしはいってやった。

「さあ、デヴィッド」オリーが悲しげにいう。「もうやめろ」

「おまえたち大馬鹿野郎が、あの若者を殺したんだ」

　ジムは自分のディンゴ・ブーツに目を落とした。マイロンは床に座りこんでビール腹を抱えている。わたしの息づかいは荒かった。耳のなかで血がうなり、体中がぶるぶる震えていた。わたしはふたつ並んだ段ボール箱の上に腰をおろし、両膝のあいだに頭をさげて、足首のすぐ上のあたりをつよく握りしめた。髪が顔にかかるのもかまわず、しばらくその姿勢で座っていた。これから意識を失うか、吐くか、どうかなりそうだったので、それを待っていたのだ。

　しばらくすると、気分がおさまってきたので、オリーを見あげた。彼のピンク色の指輪が、非常灯の光で幽かな炎のようにひらめいた。

「もういい」わたしはげんなりしていった。「くたびれたよ」

「よかった」と、オリー。「つぎにどうすべきか考えなくちゃ」

　倉庫はまた排気の悪臭がこもりはじめていた。「発電機をとめてくれ。それがまず最初だ」

「そうだ、ここを出よう」そういったのはマイロンだった。目がわたしに媚びている。「あいつのことは悪かったと思う。だけど、あんたにはわかってもらいたい——」

「わかりたくないね。あんたとあんたの友だちはマーケットのほうに出てってくれ。だが、出たところのビールの冷却器のそばで待ってるんだぞ。だれにもなにもいうな。いまはまだだめだ」

ふたりはおたがいに身を寄せあって、むしろいそいそとスイング・ドアを通りぬけていった。

オリーが発電機をとめた。電灯が消えかけたとき、キルティングの敷物が目にはいった。運送屋がこわれものに当てがうのに似たやつで、返却されるソーダ壜の山の上に、無造作に置かれていた。ビリーに被せてやるために、わたしはそれに手をのばした。

オリーが足を引きずり、つまずきながら、発電機室から出てくる音がした。太りすぎのため、呼吸が荒く、ぜいぜい音を立てる。

「デヴィッド?」声がいくらか震える。「まだ、そこにいるかい?」

「ここにいるよ、オリー。漂白剤の箱に気をつけて」

「ああ」

わたしの声をたよりに、三十秒もかかって暗闇のなかを進んでくると、やっとわたしの肩につかまった。ほーっと震える溜め息をつく。

「まいった。早くここを出よう」彼がいつも嚙んでいる嚙みタバコの匂いがした。「暗闇は……どうも苦手だ」

「まったくだな」と、わたし。「だけど、もうちょっと我慢してくれ、オリー。あんたと話したかったんだ。あのふたりの馬鹿どもには聞かれたくなかったんでね」

「デイヴ……あのふたりはノームに無理強いしたわけじゃないんだよ。そのことを忘れちゃいけない」

「ノームはまだ子どもだったが、かれらはそうじゃない。でも、もういい、もうすんだことだ。それより、みんなに話さなくちゃならない。マーケットにいるみんなに」

「パニックになったら――」賛成しかねる声音だ。

「なるかもしれないし、ならないかもしれない。だけど、二度と外に出ようという気はおこさないだろう。みんな出たがっているんだ。それは当然だろう？　たいていの人が、家に家族をのこしてきてるんだ。わたしだってそうだ。だから、外に出るのがどんなに危険かということを、みんなにわからせる必要があるんだよ」

彼の手はわたしの腕をぎゅっとつかんでいる。「わかった。そのとおりだ。ぼくはずっと考えてたんだが……あの触手……イカみたいな……デヴィッド、あれは何なんだろう？　あの触手の先にはいったいどんなものがいるんだろう？」

「さあね。だけど、あのふたりに勝手に話をさせたくない。それこそパニックを引きおこすことになる。さあ、行こう」

見まわして、スイング・ドアの隙間の細い光の線を見つけた。散乱した段ボール箱に気をくばりながら、摺り足で光へ向かって進んでいった。オリーはずんぐりした片方の手でわたしの前腕につかまっていた。そのときになって、みんなが懐中電灯をどこかへやってしまっていたことに、わたしは気づいた。

ドアまでたどりつくと、オリーが元気のない声でいった。「さっき見たもの……あんなものは現実にありえないよ。そうだろう？　たとえボストン水族館のヴァン・トラックが『海底二万哩』に出てくるようなお化けイカを運んできてぶちまけたとしても、すぐ死んでしまうだろう。死んでしまうはずだよ」

「そうだな」わたしはいった。「そのとおりだ」

「それなら何なんだ、え？　何がおこったんだい？　あの霧はいったい何なんだ？」

「オリー、わたしにもわからんよ」

わたしたちは倉庫から出た。

5　ノートンといい争う。ビール冷却器そばの話し合い。実地検証

ジムとマイロンは、バドワイザーの罐を手にして、ドアを出たすぐのところにいた。ビリーはまだ眠っていたので、運送屋のつかう敷物を上から被せてやった。ビリーは身じろぎして何やらぶつぶついうと、また静かになった。わたしは時計を見た。十二時十五分だった。信じられない。ビリーに被せてやる物を捜しに最初倉庫にはいっていったときから、少なくとも五時間は経ったような気がしていた。ところが実際は、最初からいままでたった三十五分しか経っていない。

オリーがジムやマイロンといっしょにいる場所へ、わたしはもどっていった。オリーはビールを飲んでいて、わたしにもすすめた。ビールを受けとると、けさ木を切っていたときのように、一息に罐の半分を飲んだ。少し元気が出てきた。

ジムのフルネームはジム・グロンディンだった。マイロンの姓はラフルール――フランス語で花を意味するこの言葉は、ちょっとそぐわない感じだった。〝花〟のマイロンの唇やあごや

頬には、乾きかけた血がこびりついている。下側が腫れていた目は、すでに全体がふくれあがってきていた。ツルコケモモ色のスエットシャツの娘が、ぶらぶら通りかかり、警戒する目つきでマイロンを見た。マイロンが危険なのは、男らしさを証明したがっている十代の青年にたいしてだけだよ、と彼女にいってやりたかったが、やめた。考えてみれば、オリーのいったことは正しい。分別を欠いた盲目的なやり方で恐ろしい結果を招いてしまったが、かれらはそれなりにベストだと思うことをやったにすぎない。そしてこんどは、わたしがベストだと思うことをするために、かれらの手を借りなければならないのだ。それはたぶん問題ないだろう。ふたりともいまは鼻柱をへし折られている。どちらも——とくに花のマイロンのほうは——今後しばらくは役立たずだろう。排気口につまっているものをノームに取り除きに行かせようとしたとき、ふたりの目に宿っていた光は、いまはすっかり消え失せていた。かれらのつぶれた鼻が高くなることは二度とないだろう。

「これから、みんなに話をする」と、わたしはいった。

ジムが反対しようと口を開きかけた。

「オリーとわたしは、あんたとマイロンがノームを外に行かせたというようなことは、いっさいしゃべらない。もしもあんたたちがあの……ノームを攫《さら》っていったものについてわたしたちの話すことを、支持してくれるならば、だが」

「いいとも」ジムは哀れをそそるほど熱心な態度を見せた。「わかったよ。もし話をしなければ、みんな外へ出ていくかもしれないからな……あの女みたいに……あの女は……」手で口をぬぐうと、あわててビールをがぶ飲みした。「畜生、なんてこった」

「デヴィッド」オリーがいう。「あれが――」言葉を切ってから、思い切ったように、「あれがなかにはいってきたら、どうする？　あの触手が」

「はいれるはずないだろ」と、ジム。「あんたたちがシャッターを閉めたんだから」

「たしかに閉めたよ」と、オリー。「しかし、この店の正面はぜんぶ板ガラスなんだぞ」

エレベーターがいっきに二十階も下ったときのように、胃袋がつきあげられるような気がした。わかりきったことだったのだが、これまでに何とかそのことに目をつぶってきたのだ。わたしはビリーが寝ているほうに目をやった。あの触手がノームの体に群がっていた光景を思いだした。おなじことがビリーの身におこったら。

「板ガラスか」マイロン・ラフルールがつぶやいた。「こいつはえらいことだ」

二本目の罐ビールを飲んでいる三人を冷却器のそばにのこして、わたしはブレント・ノートンを捜しにいった。彼は二番レジで、バッド・ブラウンと真面目な顔で話をしていた。きちんと整髪したグレーの髪の、歳とった種馬みたいな整った顔立ちのノートンと、ニューイングランド風のしかつめらしい顔つきのブラウン。このふたりの取り合わせは、どこかしらニューヨーカー誌の漫画を想起させるものがある。

精算所の通路の出口と、ひろいショーウィンドーとのあいだの空間を、二十人ほどの人たちが落ち着かないようすで歩きまわっている。その多くがガラスの前に並んで、外の霧を眺めていた。そのようすがまたもや、建築現場に群がっている人たちを思い出させた。

ミセス・カーモディが精算所の静止しているコンベヤーベルトに腰をおろし、フィルターつきのパーラメントをふかしている。彼女の目が値踏みするようにわたしを見たが、期待に欠けると見たか、すぐに別のほうに外れた。まるで、目をあけたまま夢を見ているような顔つきだった。

「ブレント」わたしは声をかけた。

「デヴィッド！　どこにいたんだね？」

「そのことであんたに話があるんだ」

「冷却器のところでビールを飲んでる奴がいるな」ブラウンがむすっといった。その調子はまるで、カトリック教会の助祭のパーティーでポルノ映画を上映している、と告発しているような口調だった。「凸面鏡に映っているぞ。ああいうことは断じてやめさせなければ」

「ブレント？」

「ちょっと失礼しますよ、ブラウンさん」

「どうぞ」彼は腕をくんで、むっつりと凸面鏡を見あげている。「ぜったいやめさせる、ぜったいにね」

ノートンとわたしは、家庭用品と雑貨のあるそばを通って、店の一番奥にあるビール冷却器のほうへ歩いていった。わたしは肩越しにちらっとうしろを見て、窓ガラスの丈高い長方形の仕切りを縁どっている木の枠が、ゆがんだりねじれたり裂けたりしているのを認め、不安をおぼえた。それにウィンドーのひとつは、ガラスがちゃんとはまっていないことを思いおこした。あのわけのわからない衝撃が襲ったとき、上のほうの一角からパイ形のガラス片が落ちたのだ。おそらく布かなにかでふさげばいいだろう。ワインの近くにあった三ドル五十九セントの婦人物シャツなどちょうどいいかもしれない。

その考えはすぐにけしとび、わたしはまるでおくびを押さえるように、おもわず手の甲を口に当てた。ほんとうのことをいうと、ノームを攫っていったあの触手を締め出すため穴をシャツでふさぐ、という思いつきに、不快な笑いの発作をおこしそうになったのである。あの触手の、それも小さなやつが、ドッグフードの袋を締めつけ、わけなく破ってしまったのを見ていたからだ。

「デヴィッド、大丈夫かね？」

「え？」

「なにか急に思いついたような顔だけど、それがいい思いつきなのか、逆に恐ろしいことなのか、どっちかな」

そこでわたしはあることを思いついた。「ブレント、あの男はどうなった？　霧のなかの何かがジョン・リー・フロヴィンを攫《さら》っていったとかいって、興奮してはいってきた、あの男だけど」

「鼻血を出していた男？」

「ええ、そう」

「彼は気を失ったので、ブラウン氏が救急箱の気つけ薬をあたえていた。どうして？」

「正気づいてから、ほかになにかいっていなかったかな？」

「あいかわらずおなじ幻覚がつづいていてね。ブラウン氏が上の事務所へ連れていったよ。ご婦人のなかには彼の話で怯えてしまう人がいたのでね。喜んで上へ行ったみたいだったな。窓ガラスのことを聞いてね。ブラウン氏が支配人室には小さい窓がひとつあるだけで、それも針金で補強してあると話したら、喜んで行く気になったらしい。たぶんまだ上にいると思うが」

「彼が話したことはけっして幻覚じゃないんだよ」

ノートンは立ちどまり、わたしを見て微笑した。人を見くだしたようなその笑いに、わたしは拳固を一発たたきこんでやりたいという、抑えがたい衝動をおぼえた。「デヴィッド、気はたしかかね？」

「あの霧は幻覚かね」

「いや、もちろん違う」

「じゃあ、わたしたちが感じたあの衝撃は？」

「幻覚ではない。しかしね、デヴィッド――」

彼は怖いのだ、とわたしは自分にいい聞かせた。あれで充分だ。ここで彼をやりこめてやろうと考えてはいけない。けさすでにその気分は味わった。あの馬鹿げた境界線争いで彼が見せた態度……最初は恩着せがましく、やがて嫌味たっぷりになり、最後に自分の負けがはっきりしてくると、ひどく見苦しい態度に変わった……こんどもあれと同じだからといって、ここで彼に腹を立てるのはまずい。これからは彼が必要なのだ。彼はチェーンソーを動かすことはできないかもしれないが、見た目はいかにも西洋社会の父親然としている。もしも彼が落ち着くようにといえば、みんなはそれに従うだろう。だから、ここで彼に腹を立ててはいけないのだ。

「あそこのビールの冷却器の向こうにある、スイング・ドアだけどね」

彼はそこに目をやって、眉をひそめた。「ビールを飲んでる連中のひとりは、ここの副支配人じゃないのか？　ウィークスだろう？　ブラウンに見つかったら、きっとあの男は新しい職捜しをしなければならん破目になるぞ」

「ブレント、話を聴いてるのかね」

彼はぼんやりした目をこちらに向けた。「なんの話だったかな、デイヴ？　悪かった」

言葉ほどには悪びれているようすはない。「あそこにドアが見えるね？」

「もちろん見えるよ。あれがどうかしたのかね」

「あの向こうは建物の西面全体を占めている倉庫になっている。ビリーが寝ついたので、あそこへ、なにか被せられる物がないか捜しにいったんだ……」

ノームを外に出すべきだったかどうかについての話はぬきにして、わたしはいっさいをノートンに話した。なかに侵入してきたもの、……それから悲鳴をあげて外へ連れ去られたもの……。ブレント・ノートンはその話を信じようとしなかった。まさか——そういっただけで、それを受け容れようとすらしなかった。わたしはジムとオリーとマイロンのそばへ彼をつれていった。三人は異口同音にその話が真実であると証言した。もっともジムと花のマイロンは、すでにかなり酔いがまわっているようすだった。

それでもノートンは、信じないばかりか、考えることすら拒否した。ただ話の腰を折っただけである。「嘘だ、ぜったいに嘘だ。悪いがね、みんな、そんな話はまったく馬鹿げているよ。わたしをかついでいるんだろう」諭すような態度で笑みを満面にうかべ、こう見えても人並みに冗談を解することはできるんだ、というところを見せようとする。「さもなければ、集団催眠の一種にかかっているのか、どちらかだな」

また怒りがこみあげてきて、やっとの思いで抑えた。ふだんのわたしは短気な人間だとは思わないが、いまはふつうの状況とは違う。ビリーのことを考えなくてはならないし、ステフの身についても——あるいはもう手遅れかもしれないが、そのことがたえず心の奥底を蝕んでいる。

「それなら」と、わたしはいった。「奥の倉庫にはいってみよう。床に触手の切れ端がある。シャッターがおりたときに切断したんだ。それにあいつらの音も聞こえる。シャッターの外側をガサガサ這いまわっている。風が蔦《つた》に吹きつけているみたいな音だよ」

「いやだね」彼は平然といった。

「なんだって？」本当に聞き違えたのだと思った。「なんといったんだね？」

「いやだといったのさ。わたしは行かないよ。冗談にもほどがある」

「ブレント、これはけっして冗談ではないんだよ」

「もちろん冗談にきまっているさ」と、きめつけてきた。視線をジムからマイロンへうつし、つづいてオリー・ウィークスのところでちょっと止まり（オリーは落ち着きはらってノートンの視線を受けとめた）そして最後にわたしを見た。「あんたたち土地の連中が、人をひっかけて喜ぶ悪ふざけのひとつなんだろう。そうだろう、デヴィッド？」

「ブレント……とにかく見るだけでも——」

「いやだね。自分で見ればいいだろう」彼の声は法廷での弁論並みに高まってきた。じつによく透る声で、その辺をいらいらと歩きまわっていた数人が、なにごとかとこちらに目をやった。ノートンはしゃべりながら指をわたしにつきつけた。「これはジョークだ。ただのバナナの皮だ。わたしがそいつを踏んで滑り転べばいいと思っているのさ。きみたちのうちのだれかひとりでも、他所から来た者のことを本気で考えているものがいるか。いないだろう？　きみたちはみんな、がっちり手を組んでいる。当然わたしのものだったはずの土地のことで、きみを法廷に引き出したときもそうだった。たしかにきみが勝ったよ。それはそうだろう？　きみの親父は有名な画家だったし、ここはきみの町だ。わたしはここではただ税金を納めて、金を使うだけなんだ」

もはや、法廷弁論で鍛えた声で演技をしているのでも、わたしたちを威嚇しているわけでもなかった。悲鳴に近い声でわめきちらし、いまにも自制心を失いそうだった。オリー・ウィークスはくるりと背を向けると、ビールをつかんだまま向うへ行ってしまった。マイロンとジムは、呆れかえったようにノートンを見つめている。

「わたしが奥へ行って、九十八セントのゴムの新型玩具かなにかを見ているそばで、この田舎者ふたりが腹をかかえて笑い転げるという寸法かね」

「おい、だれのことを田舎者といったんだ？」と、マイロンがいう。

「あの木がきみのボート小屋に倒れてくれて、わたしはうれしいよ、本当のことをいうと、うれしいんだよ」ノートンは挑むような笑いをわたしに向けた。「ボート小屋をみごとにつき破っていたろう？　じつに爽快だね。さあ、そこをどいてくれ」

わたしを押しのけようとした。わたしは彼の腕をつかむと、投げとばすようにビール冷却器に押しつけた。見ていた女がびっくりして、カラスの鳴くような声をあげた。バドワイザーの六本入りのケースが二個、転がり落ちてきた。

「耳の穴をほじって、よく聴けよ、ブレント。みんなの生命が危険にさらされているんだ。わたしの息子だって例外じゃない。だから聴いてくれ。いやだといったら、ぶちのめすぞ」

「やったらいいだろう」ノートンは麻痺したような、いわば狂人の強がりを見せて、まだにやにや笑っている。血走った目を、眼窩から飛び出さんばかりに見開いていた。「父親といってもいい年頃の、心臓病持ちの男を殴り倒して、自分がどんなに偉大で勇敢かを、みんなに見せてやるんだな」

「いいから張り倒してやれ！」ジムがどなった。「心臓病なんか糞くらえ。こいつみたいな安っぽいニューヨークのいかさま弁護士に、心臓《ハート》があるわけないよ」

「あんたは黙っててくれ」わたしはジムにいって、顔をノートンの顔のまぢかにさげた。キスでもできそうな近さだった。冷却器は切れていたが、まだ冷気を発散している。「虚勢を張るのはやめろ。わたしが本当のことをいっているのは、あんたもよくわかっているはずだ」

「わからないね……そんな……ことは」と、あえぎながらいう。

「これが別の時と場所であれば、あんたを行かせてやってもいい。あんたがいくら怯えていようと、知ったことじゃない。そんなことはどうでもいい。わたしだって怖いんだ。だけど、いまはあんたが必要なんだ、畜生め！　わかったか？　あんたが必要なんだよ！」

「放してくれ！」

わたしは彼のシャツをつかんで、ゆすぶった。「まだわからんのか？　みんなここを出て、外にいるあれのなかにはいって行こうとしているんだよ！　これでもまだわからないか？」

「放してくれ！」

「わたしといっしょに奥へ行って、あんたが自分の目で見るまでは、放せないね」

「いやだといったろう。こいつは悪ふざけ、ジョークなんだ。わたしはきみらが思っているほど間抜けじゃないぞ――」

「だったら、引きずって行くまでだ」

わたしは彼の肩と首筋をつかんだ。シャツの腋の縫い目が、ビリビリという音をさせて裂けた。わたしは両開きのドアへ彼を引きずって行った。ノートンがみじめったらしい悲鳴をあげる。十五人から十八人ぐらいの人たちが集まってきたが、ある程度の距離を保っていた。ひとりとして割ってはいろうという素ぶりを見せる者はいなかった。

「助けてくれ！」ノートンが叫ぶ。眼鏡の奥の目がまんまるになっている。整っていた髪がまた乱れ、左右に二つの小さな房になって、耳のうしろに張りついている。人々は足をもぞもぞ動かしながらも、じっと見守っている。

「なんで悲鳴をあげるんだ？」わたしは彼の耳許にささやいた。「ただのジョークのはずだろう？　だからこそ、あんたが来たいと頼んだときに町へ連れてきてもやったし、駐車場を渡るときにビリーを任せたんだよ――この霧はお手軽な擬《まが》いものでね。霧発生機をハリウッドから借りるだけで一万五千ドル、そいつを運ぶのにさらに八千ドルもかけたからね。これもみんな、あんたをからかうためなのさ。たわごとをいうのもいいかげんにして、目を開くんだ」

「は……な……せ！」ノートンがわめいた。ドアのすぐそばまできていた。

「おい、おい！　なにごとだね。いったいなにをやっているんだ？」

ブラウンだった。見物人の群を掻き分けてやってくる。

「わたしを放すようにいってくれ」ノートンがしわがれ声をだした。「こいつは狂ってる」

「いや。狂っちゃいないよ。いっそ狂っていてくれればいいが、狂っちゃいないんだ」そういったのはオリーである。わたしは彼を祝福したいくらいだった。オリーは通路をまわってわたしたちの背後に来ると、ブラウンの前に立ちはだかった。

ブラウンの目が、オリーの握っているビールに向けられた。「おまえ、飲んでるな！」彼の声には、驚きと同時に、いくらか歓びが混じっていなくもなかった。「これでおまえは馘《くび》だな」

「おい、バッド」ノートンを放してやりながら、わたしはいった。「いまは普通の状態じゃないんだぞ」

「規則は規則だ」ブラウンが気取ったいい方をした。「このことは会社に報告する。それがわたしの責任だ」

この間にノートンはすばやくわたしのそばを離れ、すこし距離を置いたところに立って、シャツの乱れをなおし、髪をうしろに撫でつけた。神経質な目つきでブラウンとわたしとを見くらべている。

「みなさん！」突然オリーが叫んだ。図体《なり》は大きいが、ソフトで控え目なこの男にしては思いもかけない、響きのいい低音《バス》である。「みなさん！　店内のみなさん！　奥のほうに来て、話を聞いてください！　みなさん全員に関係のあることです！」ブラウンをまったく無視して、まっすぐわたしを見た。「これでいいかな？」

「いいとも」

人びとが集まりはじめた。わたしとノートンの争いを見物していた人の群れが、二倍になり、やがて三倍になった。

「みなさん全員にお知らせしておいたほうがよいと思うのですが――」オリーがはじめた。

「いますぐそのビールを置け」とブラウンがいった。

「おまえは黙れ」そういって、わたしは彼のほうに一歩踏みだした。

ブラウンがその分だけ一歩退く。「なにをやり出すつもりかは知らんが、このことはフェデラル・フーズの本社に報告するぞ！　なにもかもな！　そして、わかってるだろうが――料金はぜんぶ請求させてもらう！」唇が引きつって黄色い歯が丸出しになった。彼にも同情すべき点はある。彼は彼なりに、なんとか事態に対処しようとしているにすぎない。ノートンが、勝手に、冗談事にすりかえようとしたのとおなじことだ。マイロンとジムは、勇ましい行動で見得を切って見せようとした――発電機さえ修理できれば、霧などは目じゃないと思った。そしてブラウンはブラウンなりのやり方をしているにすぎない。つまり……〝店を守りぬく〟ということである。

「だったら、好きなだけ名前を書き留めておいたらいい」わたしはいった。「だが、頼むから口をきくのはよしてくれ」

「書き留めてやるとも」彼は応じた。「あんたの名前をまっさきにな。あんた……あんたなんかボヘミアンじゃないか」

大声で笑い出したい気分だった。わたしはこの十年間、商業美術屋として、大芸術家の夢はいよいよ縁遠いものになりつつあった。これまでずっと、父の長い影のもとで生きてきた。ただひとつわたしがなしとげたことは、ドレイトンの家名をつぐ男の子をもうけたことだけである。そしていま、入れ歯のうまく合わない陰気なヤンキーに、ボヘミアンなどと呼ばれている。

「デヴィッド・ドレイトン氏から、みなさんにお話があります」オリーがいった。「そして、みなさんが家に帰ろうと思っておられるならば、彼の話をよくお聴きになったほうがよいと思います」

そこでわたしは、ノートンに話したとおなじことを、みんなにも話して聞かせた。はじめは笑うものもいたが、話し終えるころには、深い不安が漂っていた。

「嘘にきまっている」とノートンがいった。ことさらに強調しようとして、かえってわざとらしく聞こえた。こんな男の助けを借りようとして、わたしはまず最初に彼にうちあけようとしたのだ。まったく、なっちゃいない。

「もちろん嘘だ」ブラウンが同調した。「馬鹿ばかしい。その触手とやらは、いったいどこからやってきたんだと思うんだね、ドレイトンさん」

「知るもんか。それにいまは、そんなことはたいして重要な問題ではない。触手は現にいるんだ。あそこの──」

「そいつは、そこにあるビールの罐から出てきたんじゃないのかね。わたしはそう思うがね」同調するような笑い声が二、三おこった。だがそれは、蝶番が錆ついたようなミセス・カーモディの声で消されてしまった。

「死よ！」彼女が叫ぶと、笑っていた人たちはたちまち白けてしまった。

ミセス・カーモディは、ほぼ円陣をつくっている人たちの中央に進み出てきた。カナリヤ色のパンツスーツはそれ自体で発光しているように見え、巨大なハンドバッグが象のような太腿にぶつかって揺れる。黒いカササギのような目が、鋭い不吉な光を放って、あたりを睥睨《へいげい》した。

背中にCAMP WOODLANDSという文字のある白のレーヨン・シャツを着た、十六歳ぐらいのふたりの可愛らしい女の子が、彼女のそばから身を退いた。

「あなたたちは、耳は貸しても聴いてはいない。聞いても信じようとしない。外に出て自分の目でたしかめたい人はいるの？」ぐるりと見渡してから、最後にわたしを見た。「それで、どうするつもりなの、デヴィッド・ドレイトンさん？　なにができると思ってるの？」

にやりと笑った顔が、カナリヤ色の服を着た頭蓋骨のように見えた。

「いっておくけど、これは終わりなのよ。すべての終わり、〝最後の時〟がきたのよ。動く指が、炎でなく、霧の文字でそれを書き表したのよ（オマル・ハイヤーム『ルバイヤート』E・フィッツジェラルド訳による）。大地が口をあけ、いまわしい物を吐き出した」

「この人を黙らせることはできないの？」ティーンエイジの少女のひとりが叫び出した。泣き出さんばかりの声。「わたし、こわいわ！」

「あなた、本当にこわい？」ミセス・カーモディは少女のほうを向いた。「いいえ、こわがってはいないわ、まだね。でも、悪魔が地上に解き放った醜悪な生き物が襲ってきたら――」

「もうたくさんです、カーモディさん」オリーが彼女の腕をつかんだ。「そのくらいでいいでしょう」

「放しなさい！　いったでしょう、終わりなのよ！　死よ！　死！」

「たわごとだ」フィッシング・ハットを被って眼鏡をかけた男が吐き棄てるようにいった。

「いいや」マイロンが口を出した。「たしかに麻薬中毒者の寝言みたいに聞こえるだろうがね、こいつは事実なんだ。おれは見たんだよ」

「おれも見た」と、ジム。

「わたしもだ」オリーもいう。すくなくとも当面は、ミセス・カーモディを黙らせるのに成功していた。彼女のほうは大きなハンドバッグを握りしめて、狂人のような笑いを浮かべながら、すぐそばに立っている。だれひとり彼女の近くには寄りたがらなかった。事実をたしかめることは避けながらも、おたがいどうし低声で話し合っている。そのうちの数人が、考えこむようすで、大きな板ガラスのほうに不安げな目差しを向けた。いい徴候だ。

「嘘つけ」ノートンがいった。「共謀して嘘をでっちあげているんだ。そうにきまっている」

「あんたたちの話はまるきり信じられないね」と、ブラウンもいう。

「ここで押し問答していてもはじまらない」わたしはブラウンにいった。「いっしょに倉庫にはいってみようじゃないか。とにかく見て、聴いてみることだ」

「客が倉庫にはいることは禁じ――」

「バッド」オリーがいう。「いっしょに行くんだ。この問題にけりをつけよう」

「よし」とブラウン。「ドレイトンさん、このばかげた話の片をつけようじゃないか」

わたしたちは両開きのドアを押して、暗闇のなかにはいっていった。

その音は不快だった――不吉といってもいい。

ブラウンも、おなじように感じたらしい。石頭のヤンキー風が消しとんだ。いきなり私の腕をつかんで一瞬息をのみ、つぎにはその呼吸が荒くなっていた。

搬入口のシャッターの方向から低い幽かな音がしていた。撫でまわすような音。わたしは片足でその辺の床を探って、懐中電灯を捜し当てた。かがんで拾いあげると、点灯した。ブラウンの顔がこわばっている。彼はあれを見たわけではない。ただ音を聞いているだけなのだ。わたしは見ていたから、あいつらがシャッターの波形の表面にはりついて、生きている蔦のように身をくねらせてよじのぼったりしているさまを思い浮かべることができた。

「どう思うね？　これでも信じられないかね」

ブラウンは唇をなめ、あたりに散乱した箱や袋を見た。「あれがやったのか？」

「全部じゃないが、ほとんどがそうだ。こっちへきてみてくれ」

彼はそばへきた――おずおずと。しなびて丸まった触手の断片が、長柄の箒のそばに転がっている場所を、わたしは懐中電灯で照らした。ブラウンが身をかがめた。

「さわるんじゃない」わたしはいった。「まだ生きているかもしれない」

彼はびくっとして体をおこした。わたしは箒の先端の毛のほうをつかんで拾いあげ、触手をつっついてみた。三、四回つつくと、それはおもむろに開き、二個の吸盤と、切断された三個目の切片があらわれた。それから、筋肉運動に似た動きでくるりと丸まり、また動かなくなった。ブラウンが嘔吐をもよおしたような声を出した。

「見たか？」

「見たよ。ここを出よう」

小刻みに動く懐中電灯の光を頼りに、両開きのドアまでもどって、押しあけた。みんなの顔がいっせいにこちらを向き、しゃべっていた声がやんだ。ノートンの顔は古くなったチーズのような色を帯びている。ミセス・カーモディの黒い目が光った。オリーはまた新しいビールをあけて飲んでいる。マーケット内はうすら寒くなりかけているのに、彼の顔にはまだ汗が滴り落ちている。CAMP WOODLANDSのシャツを着たふたりの女の子は、雷雨を前にした若駒のように、身を寄せ合っていた。目、目、目。おびただしい目。絵になるな——ゾッとしながら、わたしはそう思った。顔はなく、薄明かりに目だけが光っている。絵にはなるが、それが現実のものだとは、だれも信じないだろう。

バッド・ブラウンが、指の長い手をきちんと組み合わせた。「皆さん。どうやらわたしたちはいま、かなり重大な問題に直面しているようです」

6　話し合いをつづける。ミセス・カーモディ。補強作業。不信者グループの末路

それからの四時間は、夢のようにすぎていった。ブラウンの証言につづいて、なかばヒステリックな討論が延々と行われた。いや、ひょっとしたら、思ったほどには長くなかったのかもしれない。同じひとつの情報をあれこれひねくりまわす人びとには、どうしても必要な討論だったのだろう。犬が骨髄まで到達したいという一念で骨をしゃぶるのとおなじように、その情報を可能な限り、あらゆる観点から照らしてみようとしたのである。確信にいたる、あくまでのろのろした歩み。三月に行われるニューイングランドのどこの町会ででも、いくらも見られる光景である。

ノートン一派の、飽くまで不信を表明するグループがいた。それはおよそ十人ぐらいで、意

見のうえでは少数派だった。ノートンがくりかえしくりかえし指摘したのは、彼が名づけた〝遊星Xから来た触手〟（最初は笑いを誘ったこの命名も、たちまち新鮮味を失ってしまったが、勢いにのっているノートンは、いっこうにそのことに気づかない）が店員を攫っていった現場を目撃したものが、わずかの四人しかいないということだった。その四人のうちの一人を彼は個人的にも信用していないとつけ加え、あまつさえ、目撃者の半数が、現に手のつけられないほど酔っぱらっていることを指摘した。たしかにそれは事実だった。ジムとマイロン・ラフルールは、ビール冷却器とワイン棚をわがもの顔にした形で、いまやべろべろのありさまだった。ノームの身におこったことと、かれらがやったことを考えあわせると、ふたりを責める気にはなれない。酔いなどあっという間に吹き飛んでしまう思いだったのだろう。

オリーもブラウンの苦情を無視して、飲みつづけていた。やがてはブラウンも諦め、会社に報告するという意地の悪いおどし文句を、思い出したようにさしはさむ程度になった。ブリッジトンとノース・ウィンダムとポートランドに店を持つフェデラル・フーズ社が、もう存在らしていないかもしれないことを、彼はわかってはいないようだった。ことによると東部海岸地帯が、もはや存在していないかもしれないのだ。オリーはひっきりなしに飲んでいたが、酔ってはいなかった。飲むそばから、汗になって出てしまっていたのだ。

不信者グループとの話し合いがいよいよ激越になり、オリーはしまいにいった。「信じられないというのなら、それでも結構だよ、ノートンさん。そこでひとつ提供しよう。なんなら正面のドアから出て行って、裏へまわってみてごらん。あそこに返品用のビールとソーダの空壜が山のように積んである。ノームとバッドとわたしで、けさ出したばかりだ。あんたが本当にそこまで行ったとわかるように、その壜を二本持ちかえってくるんだよ。そしたら、わたしはシャツを脱いで食ってみせるから」

　ノートンが怒鳴りだした。

　オリーは相変わらず穏やかな声でさえぎった。「あんたはその調子で無茶苦茶しゃべりまくっているにすぎない。ここにいる人たちは、家に帰って家族が無事かどうかたしかめたいと思っているんだよ。わたしの妹も、一歳になる娘を抱えてネイプルズにいるんだ。わたしだってふたりの無事をたしかめたい。でも、もしもみんながあんたを信じて家に帰ろうとしたら、ノームとおなじ目に会うことになるんだよ」

　ノートンを説得することはできなかったが、意見が傾きかけていた人や中立の立場の人の一部は納得した。それは彼の話した内容よりも、取り憑かれたような彼の目のせいであった。ノートンにとっては、説得されないでいることが彼の健全さの尺度なのだ。少なくとも、自分自身ではそう信じていた。かといって、裏から返品用の空壜二本を持ちかえるというオリーの提案を、受けて立ちはしなかった。グループのうちのだれも、その気はないようだった。少なくともいまはまだ、それだけの心構えにはなっていない。ノートンたち不信者の小グループ（いまはひとりかふたり減っている）は、ほかのみんなからできるだけ離れたほうへ場所を移し、向こうの調理肉ケースのそばにかたまった。なかのひとりが通りがけに、眠っているビリーの脚を蹴とばして、目を醒まさせた。

　わたしがそばに行くと、ビリーは首にしがみついてきた。下におろそうとしたが、よけいしがみついてきて、「おろさないで、パパ。ねえ」

ショッピング・カートを見つけて、そのベビー用シートにビリーを乗せた。そこに乗ったビリーは、やけに大きく見える。蒼ざめた顔、眉毛のすぐ上で額に斜めにかかった髪、悲しそうな目つき——それがなければ、むしろ滑稽な眺めだった。ビリーはたぶんこの二年間ほど、ショッピング・カートのベビー用シートに乗ったことはないだろう。ほんのちょっとしたことだが、こういう変化はこっちの気づかないあいだに起こっているもので、その結果だけを急に目の前にしたとき、かなりショックを受ける。

不信者グループが退いたあと、議論には、またべつの避雷針が出現していた——こんどはミセス・カーモディである。そして、当然のことながら、彼女はひとりだけで孤立している。

輝くばかりのカナリヤ色のズボンに鮮やかなレーヨンのブラウス姿で、銅だのべっ甲だのの装身具をごてごてとつけ、盾形模様のハンドバッグを抱えたところは、薄れてゆく明るさのなかで見ると、まるで魔女然としている。羊皮紙のような顔の肌には、くっきりと垂直の皺が刻まれている。縮れた半白の髪を三つ叉の櫛でうしろへ引っつめ、そこで編んでいた。口は結び目のあるロープを一本横に置いたように見えた。

「神の御心に逆らうことはできないのよ。来るべきものが来ただけ。わたしにはその兆しが見えていた。さっきもいったものが、もうここに来ているのに、それを見ようとしないものは愚か者よ」

「あんたはなにがいいたいんだ？　なにを提案しようというんだ？」マイク・ハットレンがたまりかねたように口を出した。彼は町の行政委員だが、ヨット帽に尻がたるんだバーミューダ・ショーツという格好なので、そんなふうには見えない。彼もビールを飲んでいた。いまでは大多数が飲んでいる。バッド・ブラウンは抗議するのはやめていたが、本当に名前を書き留めている——目につくかぎり全員の勘定をつけているのだ。

「提案?」ミセス・カーモディはおうむがえしにいって、ハットレンのほうに向きなおった。「提案? だって、神を迎える覚悟をしなさいと、提案しているじゃないの、マイクル・ハットレン」彼女はわたしたちみんなを見渡した。「神を迎える覚悟をするのよ!」

「なにが、迎える覚悟をしろだ」マイロン・ラフルールがビール冷却器のそばから、酔った声で食ってかかった。「婆さんよ、あんたの舌は両端がぺらぺらとよく動くように、真んなかでぶらさがってるんだろう」

同感のざわめきがおこる。ビリーが怯えたようすであたりを見まわすので、わたしはそっと肩を抱いてやった。

「わたしのいうことを聴きなさい!」彼女が叫んだ。上唇がめくれて、ニコチンで黄色くなった乱ぐい歯を剝きだした。彼女の店で、鏡の小川の水を永遠に飲みつづけている、埃をかぶった剝製動物を、わたしは思いうかべた。「疑うものは最後まで疑うがいい! それでも怪物はあの若者を攫っていった! 霧のなかの怪物! 悪夢から出てきたいまわしいもの! 目のない異形のもの! 蒼ざめた恐ろしいもの! 嘘だと思うの? だったら外へ行ってごらん! 出て行って、挨拶でもしてくるがいい!」

「カーモディさん、やめてください」わたしはいった。「息子がこわがっているんでね」

小さな女の子をつれた男も、わたしとおなじことをいった。丸々とした脚にかさぶただらけの膝小僧をした女の子は、父親の腹部に顔を押しつけて、両手で耳をふさいでいた。ビリーも泣きこそしていないが、ぴったり身を寄せていた。

「たったひとつだけチャンスがあるわ」ミセス・カーモディがいった。

「それは何ですかね？」マイク・ハットレンが丁重にたずねた。

「生贄《いけにえ》よ」ミセス・カーモディは答えた。薄暗がりのなかでニタリとしたように見えた。「血の犠牲よ」

血の犠牲。その言葉が宙空をゆっくりと舞っていた。いまになってもわたしは、あのとき彼女がいったのは、だれかのペットの犬のことだったのだと、自分にいい聞かせている――規則で禁じられているにもかかわらず、マーケット内を二匹のペット犬が駆けまわっていたのだ。いまでもわたしはそう思いたい。薄暗がりで見る彼女は、さながら、ニューイングランドの清教主義《ピューリタニズム》の狂気の遺物という感じだった……しかし単なる清教主義よりはもっと深い、もっと暗いなにかが、彼女の心中にはあったのではないか。清教派そのものにも、暗黒の祖先がいる。血なまぐさい原罪の思想があるのだ。

彼女がさらになにかいおうとしたとき、赤いズボンにこざっぱりしたスポーツ・シャツの、小柄な男が、平手で彼女の頰をひっぱたいた。男の髪は定規を使ったように、きちんと左側で分けられている。彼は眼鏡をかけていた。まぎれもなく夏の観光客の風情である。

「ばかな話はやめなさい」穏やかな、抑揚のない声だった。

ミセス・カーモディは口に手を当て、その手をわたしたちのほうに向けて、無言の非難を示した。掌に血がついていた。しかしその黒い目は、狂気じみた歓喜に踊っているように見えた。

「いい気味だわ！」ひとりの女が叫ぶようにいった。「わたしがやりたかったくらいよ！」

「あいつらはあなたたちみんなを襲うのよ」ミセス・カーモディが血のついた掌を見せながらいう。血のしずくが、樋をつたう雨滴のように、口から顎へと皺をつたって流れた。「いまではないかもしれないけど、たぶん今夜。今夜暗くなったとき。あいつらは夜とともにやってきて、またにだれかを攫っていく。夜になればやってくる。やってきて、うようよ這いずりまわる音が聞こえる。そのときになって、あなたたちはこのカーモディに、どうすればいいか教えてくれと、必死に頼むことになるのよ」

赤いズボンの男がゆっくりと手をあげた。

「さあ、ぶってごらん」彼女は囁くようにいって、血のついた笑顔を男に向けた。男の手が逡巡を見せた。「やれるものならやってごらん」男の手が下にさがる。ミセス・カーモディはひとりで向こうへ歩き去った。とうとうビリーが、あの女の子が父親にしていたように、わたしに顔を押しつけて泣き出した。

「家に帰りたいよ。ママに会いたいよ」

わたしはできるかぎり宥《なだ》めたが、あまりうまくいったとはいえない。

話し合いはようやく、いくらかは穏やかな建設的方向に向かっていた。マーケットの明らかな弱点である板ガラスのウィンドーのことが問題になった。マイク・ハットレンが、ほかにどんな侵入口が考えられるかとたずねた。オリーとブラウンが即座にそれに答えた。ノームがあけたのとはべつに、もう二ヵ所、搬入口のシャッターがある。それから正面の〈入口〉と〈出口〉のドア。支配人室の窓（こちらはぶ厚い補強ガラスで、しっかり鍵がかかっている）。

この手の話し合いは、逆説的な効果をもたらした。危険はいっそう現実感を帯びてきたが、それと同時に気持ちはむしろ楽になってきた。ビリーですらそうだった。彼がキャンディー・バーを取りにいってもいいかときいたので、大きなウィンドーに近づきさえしなければかまわないと、わたしは答えた。

ビリーが声の届かないあたりまで去ったとき、マイク・ハットレンのそばにいた男がいった。「ところで、あのウィンドーはどうする？　あの婆さんは狂ってるかもしらんが、暗くなってからなにかがはいってくるといったのは、間違ってないかもしれん」

「そのころまでには霧が晴れるかもしれないわ」と、ひとりの女がいう。

「かもしれん」と男。「晴れないかもしれん」

「なにか考えはあるかい？」わたしはバッドとオリーにたずねた。

「ちょっと待った」と、ハットレンのそばの男。「わたしはダン・ミラー。マサチューセッツ州リンの者だ。みんなはわたしを知らないだろう。知ってるわけもないが。わたしはハイランド・レイクに土地を買ったんだ。ことし買ったばかりでね。も少し待てばよかったわけだが、これもまあ、自業自得ってやつだな」数人から忍び笑いがもれた。「とにかく、みんなここで一蓮托生ってわけだが、見たところでは、急いで防壁をつくるのが先決だ」何人かがうなずく。「ところで、あっちに化学肥料やら芝生用肥料の袋が積んであるのを見たんだが。ほとんどが二十五ポンド入りの大袋だ。あいつを砂袋みたいに積みあげたらどうだ。外をのぞく隙間だけをのこして……」

こんどはもっと多くの人がうなずいて、興奮したようすでしゃべりだした。わたしはあることをいいかけて、やめた。ミラーのいうとおりだ。あの袋を積みあげて悪いわけはないし、いくらか効果があるかもしれない。それでもわたしは、ドッグフードの袋を締めつけたあの触手を思い出してしまう。でかいやつならたぶん、芝生用肥料のグリーン・エーカーズやヴィゴロの二十五ポンド袋でも、同じようにつぶしてしまうだろう。しかしそんな話を聞かせてやったところで、ここから出られるわけではなし、みんなの気分がよくなるわけでもないのだ。

人びとがすぐに取りかかろうと口々にいいながら散りはじめると、ミラーが大声をあげた。

「ちょっと待って！　待ってください！　みんないっしょにいるところで、この問題を徹底的に話し合おうじゃないか！」

人びとがもどってきて、ビール冷却器と、倉庫のドアと、肉のケースの左端とに囲まれた一角に、五、六十人からなる集会の輪ができあがった。肉のケースには、ミスター・マクヴィーがいつ見てもおなじような、小牛の胸腺だの、スコッチエッグだの、羊の脳みそだの、ヘッドチーズだのといった、だれも欲しがらないような物を並べている。ビリーが、大きな大人たちのあいだを、五歳の子供らしいすばしこさで通りぬけてきて、ハーシーのチョコバーをさしあげた。

「パパ、あげようか？」

「ありがとう」わたしは受け取った。甘くておいしかった。

「これは馬鹿げた質問かもしれないが」ミラーがふたたび口を開く。「とにかく聞いておきたいんでね。だれか鉄砲を持っている人は？」

みんな黙った。おたがいを見まわして、肩をすくめる。白髪まじりの老人が、アンブローズ・コーネルだと自己紹介してから、車の中に散弾銃《ショットガン》があるといった。「なんなら、取りにいってもいいが」

オリーが、「いまはやめたほうがいいですよ、コーネルさん」

コーネルがぶつぶつと、「いま取りにいく気はないよ。ただ、一応申し出るべきだと思ったんだ」

「いや、そういうつもりでいったわけじゃないんです」と、ダン・ミラー。「ただとにかく――」

「待って、ちょっと待ってちょうだい」と女の声。ツルコケモモ色のスエットシャツとダークグリーンのスラックス姿の婦人だった。髪は砂色がかったブロンドで、美しい体つきをしている。若くてきれいな女である。その彼女がハンドバッグをあけて、なかから中型のピストルを取り出した。集まっていた人たちは、奇術師がとっておきの手品を披露したみたいに、「ああ」というような声をもらした。すでに頬を染めていた女は、それでなおいっそう赤くなった。

彼女はもういちどハンドバッグに手を入れて、スミス&ウェッスンの弾薬を一箱取り出した。

「あたしはアマンダ・ダンフリーズといいます」彼女はミラーにいった。「このピストルは……主人の発案なの。主人が護身用に持っていろというものだから。弾丸《たま》をこめずに、二年間ずっと持ち歩いてるの」

「御主人はここにおられるのですか、奥さん」

「いいえ、主人はニューヨークです。仕事で。出張が多いから、だからあたしにピストルを持たせたがったの」

「そうでしたら」と、ミラー。「お使いになれるのであれば、あなたが持っているべきです。それは、三八口径ですか？」

「ええ。でもあたし、射撃練習場に一度行ったきりで、ぜんぜん撃ったことないの」

ミラーはピストルを受け取ると、あちこちいじくりまわしてからシリンダーを開いた。なかを調べて、弾丸がはいっていないことをたしかめる。「ようし。ピストルは手にはいった。だれか射撃のうまい人は？　わたしはまるでだめなんだ」

思い思いに顔を見合わせる。最初はだれも発言しなかった。やがて、気が進まぬようすでオリーがいった。「わたしは射撃練習をかなりやっている。コルト四五とラーマ二五も持っている」

「きみが？」といったのはブラウンだ。「へっ。暗くなるころには酔いつぶれて、ろくに見ることもできなくなってるだろうよ」

オリーがきっぱりと、「あんたは口をつぐんで、名前でも書き留めていたらいいんだよ」

ブラウンが目をまるくして彼を見た。口を開きかける。それから賢明にも——とわたしは思う——その口をふたたび閉じた。

「じゃあこれはあんたに」ミラーはふたりのやりとりに目をぱちくりさせながらいった。

彼がピストルを渡すと、オリーは馴れた手つきで、もう一度点検した。ピストルをズボンの右前のポケットに入れ、弾薬の箱を胸ポケットに入れる。ちょうどたばこが一箱入っているていどのふくらみができた。それから、丸顔にまだ汗をしたたらせながら冷却器に寄りかかり、新しいビールの罐をあけた。またもやわたしは、オリー・ウィークスの思いもかけなかった一面を目のあたりにしたという思いだった。

「ありがとう、ミセス・ダンフリーズ」とミラーがいう。

「どういたしまして」と彼女。わたしはちらっと考えた。もしもわたしがあの緑の目と美しい姿態をもった女の亭主だったら、あんまり出張などはしないだろう。女房にピストルを持たせておくなどというのは、滑稽な象徴的行為としか思えない。

「これもまた馬鹿げたことかもしれないが」ミラーが、クリップボードを手にしたブラウンと、ビールを手にしたオリーに向かって、「この店には、火炎放射器みたいなものはないだろうね？」

「あー、くそっ」バディー・イーグルトンがそういってから、さっきのアマンダ・ダンフリーズに負けず劣らず赤くなった。

「なんだい？」マイク・ハットレンが聞いた。

「それが……先週までは、小型のトーチランプがそっくり一ケース分あったんですよ。家庭なんかで漏れのある管《パイプ》を溶接したり、排気装置を修理したり、そんなときに使うやつだけど。あれを覚えてるでしょう、ブラウンさん？」

ブラウンが苦虫を嚙みつぶしたような顔でうなずいた。

「売り切れたのかね？」ミラーがきいた。

「いや、全然売れなかったんですよ。三、四個しか売れなかったんで、のこりは返品してしまった。チビったなあ……あ、いや、残念なことをしたな」紫に近いほど顔をまっ赤にして、バディー・イーグルトンはまた引っ込んだ。

むろん、マッチはあった。それに塩もあった（蛭《ひる》やなにか、それに類した吸血動物には、塩をかけるといいらしいと、だれかがあやふやな口調でいい出したのだ）。オシーダーのいろんな種類のモップは揃っているし、長柄の箒もある。ほとんどの人たちはそれですっかり元気づいたようすだが、ジムとマイロンは、反対意見を述べようにも、もうへべれけのありさまだった。しかし、オリーの目には、恐怖よりもなお悪い、冷静な絶望の色が見えた。彼もわたしも触手を見たのだ。塩を投げつけるだとか、オシーダーのモップで撃退するだとか、笑い話にもならない。

「袋を積みあげよう」ミラーがいった。「やりたい人は？」

ほとんど全員が志願した──向こうのコールドカットのそばにいるノートンのグループを除いてだが。ノートンは熱心に弁じ立てており、かれらはこちらを見ようともしなかった。

「マイク」と、ミラーがいった。「あんたもひと働きしてきてくれないか。わたしはちょっと、オリーとデイヴに話がしたいんだ」

「いいとも」ハットレンはダン・ミラーの肩をたたいた。「だれかがやらなきゃならなかったことを、あんたは立派にやってくれた。よくぞこの町にきてくれたな」

「つまり税金を負けてくれるってことかね？」とミラーがきく。彼は、後退しかかっている赤毛の、冗談の好きな小男である。一見したところ、人好きのするタイプのようだが、もしかしたら、しばらくつき合ったあとでは、どうにも鼻持ちならなくなるタイプかもしれなかった。つまりなにごとにつけても、こちらよりうまく処理する術をわきまえているからだ。

「それはないよ」ハットレンが笑いながらいった。

「だったら、さっさとあっちへ行ってくれ」ミラーも笑顔で応じる。

ハットレンは立ち去った。ミラーがちらっとビリーを見おろした。

「息子のことは心配いらない」と、わたし。

「こんなに心配したのは生まれてはじめてだぜ」と、ミラー。

「そうだな」とオリーもいって、空になった罐をビール冷却器のなかに落とした。また新しいのを取って、あける。気体のぬけるシューという音がした。

「あんたたちはさっき、顔を見合わせてたね」と、ミラーがいった。

わたしはハーシーのチョコバーを食べ終えて、それを洗い流すためにビールを取った。

「考えたんだがね」と、ミラー。「五、六人の人に、モップの柄を布でくるんで、麻紐で縛ってもらう。それから、木炭点火用の液体燃料を二罐ほど用意しておくんだ。罐の蓋を切っておけば、すぐにたいまつが作れる」

わたしはうなずいた。いい考えだ。ノームが引きずり出されたときのことを考えれば、どれほど効果があるかは疑わしい。それでも、塩よりはましだった。

「少なくとも、みんなに考える材料をあたえることにはなるだろう」とオリーがいった。

ミラーが唇を引きしめて、「そんなにすごいやつか、え？」

「そうだよ」オリーは答えて、ビールを飲んだ。

その日の午後四時半までに、化学肥料と芝生用肥料の袋が積みあげられ、大きなウィンドーは狭い覗き窓だけを空けて、すっかりふさがれた。それぞれの覗き窓には見張りが配置され、見張りのそばには、蓋をあけた液体燃料のブリキ罐一個と、モップの柄のたいまつが何本かずつ置かれた。覗き窓は五ヵ所あり、ダン・ミラーがそのひとつひとつに対して、見張りの交代順番を決めた。四時半になり、わたしの番になった。わたしはビリーを連れて、覗き窓の前に積み重ねた袋に腰をおろした。窓から外の霧のようすを見る。

ウィンドーのすぐ外には赤いベンチがある。車を待つ人が、食料品類をそばに置いて座るベンチである。その向こうが駐車場になっている。霧はゆっくりと、かったるく渦巻いている。たしかに湿気を含んでいるのに、どんよりとして陰鬱に見える。それを見ているだけで、気力が失せ、絶望的な気分になってくる。

「パパ、これからどうなるの？」ビリーが聞いた。

「わからんな」と、わたし。

ビリーはタフスキンのジーンズの膝に力なく置いた自分の手を見ながら、ちょっとのあいだ黙っていた。それから、「どうしてだれも助けにきてくれないの？　州警察とかＦＢＩとか？」

「さあね」

「ママは大丈夫だと思う？」

「パパにもわからないんだよ」わたしはそういって、彼を抱き寄せた。

「ものすごくママに会いたいな」ビリーはこぼれそうになる涙をこらえている。「ぼく悪かったと思ってるよ、ママを困らせたときのこと」

「ビリー」あとの言葉がつづかなかった。喉に塩《しょ》っぱいものがこみあげてきて、声が震えてしまいそうだった。

「もうすぐ終わる？」ビリーがたずねる。「パパ、ねえ？」

「わからない」ビリーの顔を肩のくぼみに当てさせ、頭のうしろを支えた。濃い髪の毛の下に、頭蓋骨の繊細な曲線が感じられる。いつのまにかわたしは結婚初夜のことを思い出していた——ステフがシンプルな茶色の服を、脱いだときのこと。彼女の尻の片方に、その前日、ドアにぶつけてできた大きな紫色のあざがあった。そのあざを見て、〝あのあざを作ったとき、彼女はまだステファニー・ステパネクだったんだ〟と思い、何か不思議な気持ちになったのを覚えている。それからわたしたちは愛し合った。外では、十二月のどんよりした灰色の空から、雪がちらちら舞い落ちていた。

ビリーが泣き出した。

「静かに、ビリー、静かにしなさい」頭を支えたまま優しくゆすってやったが、彼は泣きつづけた。こういうときに泣きやませる方法は、母親にしかわからない。


フェデラル・フーズの店内には、はやくも宵闇がせまってきていた。ミラーとハットレンとバッド・ブラウンが、店にあるだけの二十本ばかりの懐中電灯を配ってまわった。ノートンは自分のグループのために大声で要求し、二本受け取った。その光が通路のあちこちで、落ち着きのない亡霊のようにゆれ動いた。

わたしはビリーを寄りかからせたまま、覗き窓から外を見ていた。外の光のミルクのような半透明な感じはあまり変わっていない。マーケット内がこれだけ暗いのは、袋を積んであるせいなのだ。何回かわたしはなにかを見たように思ったが、神経過敏のせいにすぎなかった。ほかの見張りのひとりが、あやふやながらも警告を発したが、それも誤りだった。

　ビリーはミセス・ターマンの姿をふたたび見つけて、彼女がこの夏はずっと子守りにきてくれなかったにもかかわらず、うれしそうに駆けよって行った。夫人は持っていた懐中電灯を、ビリーに親しげにあたえた。まもなくビリーは、冷凍食品のケースのガラス面に光を当てて、そこに指で名前を書こうとしていた。夫人のほうも、彼女を見つけたときのビリーに負けず劣らず、ビリーを見つけて喜んでいる風だった。しばらくすると、ふたりがそばへやってきた。ハッティー・ターマンはみごとな赤毛にわずかに白髪が混じりはじめたばかりの、背の高いやせた女だった。胸の上に眼鏡が装飾用の鎖でぶらさがっている——中年女性以外は、だれがつけても似合わないのではないか。

「ステファニーもいっしょなの、デヴィッド？」彼女がたずねた。

「いや。家にいるよ」

　彼女はうなずいて、「アランもよ。見張りはいつまで？」

「六時まで」

「なにか見えた？」

「いや。霧ばっかり」

「よかったら、六時までビリーをお預かりするわ」

「そうしていただくか、ビリー？」

「うん、お願い」ビリーはそういうと、懐中電灯を頭上に向けて、ゆっくり弧を描くように動かし、その光が天井を這いまわるようすを見ている。

「あなたのステフとアランは神がお守りくださるわ」ミセス・ターマンはこういうと、ビリーの手を引いて向こうへ行った。彼女は確信に満ちた声でそういったのだが、その目に確信の色はなかった。

五時半ごろ、店の奥で興奮ぎみにいい争う声がした。だれかがほかのだれかのいったことをあざけり、またどだれかが——これはバディー・イーグルトンだったと思う——大声でどなった。

「外に出るだなんて、どうかしてますよ！」

五、六の懐中電灯の光が口論の中心に集まって、それが店の正面に向かって動きだした。ミセス・カーモディの甲高い嘲笑が、スレートの黒板を指でこすったような耳ざわりな響きで、薄闇をつらぬいた。

ざわめきの中からひときわ高く、ノートンの法廷で鍛えたテノールが響きわたった。「通してくれ、たのむ！　通してくれ！」

わたしの隣の覗き窓にいた男が、持ち場をはなれてなにごとかと見に行った。わたしは動かないことにした。見に行くまでもなく、向こうからこちらに近づいてきていた。

「お願いだ」マイク・ハットレンがいっている。「お願いだから、よく話し合おうじゃないか」

「話すことなどなにもない」ノートンがいい切った。彼の顔が薄暗がりのなかから浮かび出てきた。決然としてはいるが、げっそり窶《やつ》れて、すっかり惨めたらしくなっている。彼は不信者グループに配られた二本の懐中電灯のうち一本を手にしていた。二房のらせん状にねじれた髪が、まだ耳の後につっ立っていて、まるきり女房を寝取られた男の角といった趣である。彼はわずかな人数——最初の九人か十人が、五人に減っている——の先頭に立っていた。「わたしたちは出て行く」彼はいった。

　ミラーの姿が見えてきた。かれらが近づいてくるにつれ、ほかの連中が、しゃべりこそしないが心配そうにあとからついてくるのも見えた。かれらが暗がりから現れ出てくるようすは、まるで占いの水晶球に亡霊が浮かびあがるような感じだった。ビリーは目をいっぱいに見開いて、不安げにかれらをみつめている。

「こんな馬鹿げたことに固執するもんじゃないよ」と、ミラーがいう。「マイクのいうとおりだ。じっくり話し合おうじゃないか、え？　ミスター・マクヴィーがガス・グリルで鶏のバーベキューを作ってくれている。みんなで座って食べながら――」

　ノートンの前に立ちはだかったミラーを、ノートンが押した。ミラーにはそれが気に入らなかった。顔をかっと紅潮させて、こういった。「なら好きにするがいい。だがあんたは、この人たちを殺そうとしているんだぞ」

　一大決意の故か、それとも度しがたい妄想の故か、ノートンは平然としていった。「きみたちに救援を呼んできてやる」

　彼の追随者のひとりが、ぶつぶつ同意の言葉をつぶやいたが、べつのひとりは黙って通りぬけていった。いまや、ノートンのほかには、四人がいるだけだった。それでもそう悪いとはいえないだろう。キリストにすら、わずか十二人しか後に従う者はいなかったのだ。

「ねえ」マイク・ハットンがいった。「ノートンさん――ブレント――せめて鶏だけでも食べて行きなさいよ。お腹にあったかい食物を入れておいたほうがいい」

「そして話をつづけるチャンスを、きみたちにあたえるというわけか？　わたしは法廷経験を積んでいるから、その手にはだまされない。すでにわたしの味方を五、六人、心変わりさせてしまったじゃないか」

「あんたの味方？」ハットレンは唸るような声をあげた。「あんたの味方だって？　こいつは驚いた。どういうつもりでいってるんだい？　これはゲームじゃないし、法廷なんかではさらさないんだぜ。もっと適当な言葉がないからしかたがないが、外には何かがいるんだ。それを、自分から殺されに行くってのは、どういう了見だ？」

「何か、ときみはいうが」ノートンは面白がっているふりをして見せて、「どこにいるんだね？　きみたちの側の連中は、もう二時間も見張っているが、その何かを見たものがいるのか」

「だから、裏にいたと。あの倉庫に——」

「嘘だ、嘘だ」ノートンはかぶりをふった。「その話は何度も検討ずみだ。わたしたちは出て行く——」

「だめだ」だれかがささやくと、まるで十二月の黄昏時に枯葉が音を立てるように、おなじ言葉があたりに拡がっていった。「だめだ、だめだ、だめだ……」

「みなさんはわたしたちを監禁するつもりなの？」という金切り声が響いた。ノートンの〝味方〟の一人で、複焦点《バイフォーカス》レンズの眼鏡をかけた初老の婦人だった。「わたしたちを監禁するんですか？」

さざめいていた反対の声が消えた。

「いいえ」マイクが答えた。「だれも監禁するつもりなどないと思いますよ」

わたしはビリーの耳にそっとささやいた。彼はびっくりして、問いかける目でわたしを見た。

「さあ行くんだ」わたしはいった。「急いで」

ビリーは行った。

ノートンが両手で髪をかきあげた。ブロードウェイの俳優のいかなる演技にも負けないくらいの計算された動作である。見られているとは夢にも思わず、毒づきながら、チェーンソーのコードをやみくもに引っぱっていた、あのノートンのほうが、わたしは好きだった。彼が自分の行動を本気で信じていたのかどうか、わたしにはわからなかったし、いまもってよくわからない。心の奥底では、これからなにがおころうとしているか彼は察していたのではないか、と思っている。それまでの人生で彼が口先だけで信奉してきた論理が、最後になって、飢えた凶暴な虎に変じ、逆に襲いかかってきたのではないか。

ノートンは落ち着かないようすで、あたりを見渡した。もっとなにかいうべきことを捜しているように見えた。それから、四人の追随者を引き連れて、精算所のひとつを通りぬけてきた。あの初老の婦人のほかに、丸々とふとった二十歳くらいの若い男と、若い娘、それにゴルフ帽をあみだにかぶったブルージーンズの男である。

ノートンの目がわたしの視線をとらえてわずかに大きくなったが、すぐに外れた。

「ブレント、ちょっと待って」わたしはいった。

「これ以上議論はしたくない、とくにきみとは嫌だね」

「それはわかってる。ちょっと頼みたいことがあるんだよ」わたしは首をめぐらせて、ビリーが精算所のほうへ駆けもどってくるのを認めた。

「なんだね？」ノートンが警戒するようにたずねたところへ、ビリーがきて、セロハンで包装されたパックをわたしに渡した。

「物干し綱だよ」わたしはいった。マーケット内の全員が、レジスターと精算所の向こう側につらなって、わたしたちに注目しているらしいことが、おぼろげながらわかった。「こいつは大袋で三百フィートある」

「それで？」

「出て行く前に、この端を腰のまわりに結んでいってもらえないかな。わたしが綱を繰りだす。いっぱいに張ったと感じたら、なにかに結びつけてもらいたい。どんな物でもかまわない。車のドアの取っ手でもいい」

「いったいなんのために？」

「それであんたが、少なくとも三百フィートは行けたってことがわかる」

彼の目に動揺の色が見えた……が、それも一瞬のことだった。「ことわる」と、いった。

わたしは肩をすくめて、「わかった。いや、とにかくご無事で」

ふいにゴルフ帽の男がいった。「わたしがやるよ。べつにことわる理由もない」

ノートンがくるっとそちらを向いて、なにか浴びせたそうな素ぶりを見せた。ゴルフ帽の男は静かにノートンを見かえした。男の目にはなんの動揺もなかった。すでに決心をかため、疑念などみじんも抱いていなかった。ノートンもそれに気づいて、なにもいわなかった。

「ありがとう」わたしはいった。

ポケットナイフで包装を切り開いて、固く巻かれた物干し綱を出した。綱の端を見つけ、ゴルフ帽の男の腰にまわし、ゆるい縦結びにした。それを彼は即座にほどくと、手際よくはた結びにしてきつく縛りなおした。マーケット内は物音ひとつしなかった。ノートンは落ち着かなげに、体の重心を片足ずつ置き替えている。

「わたしのナイフを持って行くかい?」わたしはゴルフ帽の男にたずねた。

「持ってるよ」あいかわらず穏やかな蔑みをあらわしてわたしを見た。「あんたは綱を繰りだすことさえ注意していればいい。ぴんと張ったら、どこかにくくりつける」

「準備はいいか?」ノートンがものすごい声を張りあげた。丸ぽちゃの若者が、尻をつつかれでもしたようにとびあがった。返答はなかったが、ノートンは向きを変えた。

「ブレント」わたしは手をさしだした。「無事を祈ってる」

まるで、いかがわしい異物を見るような目で、彼はわたしの手をみつめた。「助けを寄越すからな」やがてそういうと、〈出口〉のドアを押し出て行った。かすかに鼻を刺すような匂いが、また侵入してきた。あとの四人もそれにつづいて出ていった。

マイク・ハットレンがやってきてわたしのそばに立った。ノートンたち五人は、乳白色のゆるやかに動く霧のなかに立っている。ノートンがなにかいった。よく聞きとるべきだったとは思うが、霧には奇妙な消音効果があるようだった。彼の声と、とぎれとぎれの二、三の音節だけが、遠くから聞くラジオの音声のように聞こえてきただけだった。五人は歩きだした。

ハットレンがドアを少しだけあけて、押さえていた。わたしはロープが張ったら固定させるというあの男の約束を念頭に置いて、できるだけたるみをもたせながら物干し綱を繰り出した。まだ何の音も聞こえない。ビリーは身動きもせずにわたしのそばに立っていたが、あたかも彼自身の内部では血の奔流が脈打っている感じだった。

こんどもまた、五人の姿はすっかり見えなくなる前に、部分的に薄れてゆく不気味な印象をあたえた。わずかなあいだだが、かれらの衣服だけが立っているように見え、やがてそれも消えてしまった。数秒間で人の姿がすっかり呑みこまれてしまうのを見て、はじめて霧の異常な濃さに気がつくのである。

　わたしは綱を繰りだした。四分の一が出て行き、それがやがて半分になった。ちょっと動きがとまる。綱はわたしの手のなかで、生命ある物から死物へと一変した。わたしは息をつめた。綱はふたたび動きだした。指のあいだから綱を繰りだしながら、急に父につれられて昔のブルックサイド館に観に行った、グレゴリー・ペック主演の映画『白鯨《モビー・ディック》』を思い出した。それで、ちょっと微笑をもらしたようだ。

　綱の四分の三が出ていった。綱の端がビリーの片足のそばに見えている。またもや、綱の流れがとまった。たぶん五秒ぐらい静止してから、さらに五フィート分の綱が急に引っぱられて出ていった。つづいていきなり、細身のこぎり《ホイップソー》を挽くように、左のほうへ激しく擦れて、〈出口〉のドアの端をびりびりと振動させた。

　さらに二十フィートあまりがいきなり繰りだして、左の掌が熱くなった。霧のなかから、鋭い悲鳴が高く低くひびいてきた。悲鳴の主が男か女かはわからなかった。

　綱がまた、手のなかではげしく前後に擦れた。またもう一度、ドア口のスペースを、右へ、左へとすべるように動く。さらに二、三フィート繰りだしたあと、外から犬の遠吠えのような呻き声が聞こえ、それに応えるかのように、ビリーの口からも呻きがもれた。ハットレンは呆然と立ちすくんでいた。その目はいっぱいに見開かれ、口の片端がまがって、ピクピク震えている。

　呻き声が急に途絶えた。永遠につづくかと思われるほど長いあいだ、何の音もしなくなった。それから、老婦人の叫び声がした。こんどは、あの婦人の声だとはっきりわかった。「離して！　ああ神様、お願い、離して――」

　そして、彼女の声も途絶えてしまった。

　綱のほとんど全部が、ゆるく握った手から走りぬけていき、さっきよりももっと手が灼けつくような感じがした。そのあと、綱はすっかりたるんで、霧のなかから、野太い豚の鳴くような声がおこった。私はそれを聞いて口中の唾液がいちどに干あがる思いを味わった。

　いままでに聞いたどんな音にも似ていなかった。いっとう近いものを挙げるとすれば、アフリカの草原か南米の湿地帯での映画撮影のとき聞いた声だろう。巨大な動物の声。低く、引き裂くような、狂暴な声が、またひびいた。またもう一度……そのあとは静かになり、低くつぶやくような音がつづいて、やがてそれもやんだ。

「ドアを閉めて」アマンダ・ダンフリーズが震える声でいった。「お願い」

「すぐ閉める」わたしはいって、綱を引きもどしはじめた。

　綱は霧のなかからするするもどり、私の足許で輪になったりもつれたりしながら、山をなしていった。先端から三フィートほど手前で、新しい白い物干し綱が、あざやかな朱に染まっていた。

「死よ！」ミセス・カーモディが叫んだ。「外に出たら死ぬ！　これでわかったでしょう」

　物干し綱の先端は食いちぎられ、繊維がもつれて木綿糸が花開いていた。その花弁が、点々と血に濡れている。

だれもミセス・カーモディに口答えしなかった。

マイク・ハットレンが、押えていた手を放してドアを閉めた。

7 第一夜

ミスター・マクヴィーは、わたしが十二歳か十三歳のころからずっと、ブリッジトンで肉を切りつづけているが、そのファーストネームも歳がいくつかということも、わたしは知らない。彼はガス・グリルを小型換気扇の下に据えつけていた。換気扇はいまはとまっているが、すこしは換気の役目を果たしてはいるのだろう。午後六時半ごろ、鶏を料理するにおいがマーケット内にひろがった。バッド・ブラウンは文句をいわなかった。ショックではあったかもしれないが、どっちにしても生肉類が鮮度を失うだけだということを認めざるをえなかったのだろう。鶏肉はおいしそうな匂いをさせたが、食べたがる人はあまりいなかった。白衣を着てこざっぱりした格好の、痩せた小男のミスター・マクヴィーは、それでも鶏肉を料理して、二切れずつ紙皿に置き、それを肉売り場のカウンターにカフェテリア風に並べていった。

ミセス・ターマンがビリーとわたしに一皿ずつ持ってきてくれた。調理済み食品《デリカテッセン》のポテトサラダがつけ合わせに盛ってある。わたしは自分の分をできるだけ食べたが、ビリーはつつこうともしなかった。

「食べなくちゃだめだぞ」とわたしはいった。

「お腹が空いてないんだもん」といって、ビリーは皿をわきへどける。

「大きくも強くもなれないぞ、食べないと――」

ビリーのすぐ後に座っていたミセス・ターマンが、わたしに向かってかぶりをふった。

「いいだろう」わたしはいった。「じゃ、桃でも取ってきて食べなさい。いいね？」

「ブラウンさんがなにかいったら？」

「そしたら、もどってきてパパにいうんだ」

「オーケイ、パパ」

ビリーはのろのろ歩いていった。どことなく小さくなったような気がする。あんなふうに歩いていくビリーを見るのは辛かった。ミスター・マクヴィーは鶏肉を料理しつづけた。食べている人がわずかしかいないということなど気にもせず、料理をしていること自体を楽しんでいるふうだった。前にも述べたと思うが、ものごとに対処するやり方は、いろいろある。そんなふうには見えないかもしれないが、そうなのだ。人の心とはそんなものだ。

ミセス・ターマンとわたしは、売薬品の通路のなかほどに座っていた。みんなが店のあちこちに、小さなグループを作って座っている。ミセス・カーモディ以外に、一人だけで座っている者はいなかった。マイロンとジムですら、ふたりいっしょに、ビール冷却器のそばに酔いつぶれている。

あらたに交替した六人の男が覗き窓の見張りをしている。その一人はオリーで、鶏の股肉をかじりながらビールを飲んでいた。モップの柄のたいまつが各見張り場所に立てかけてあり、その隣には液体燃料の罐が置いてあった……しかし、たいまつの効果を、はじめの時ほど心から信じている人は、ひとりもいなかったのではないか、あのすさまじいまでに力強い声を聞き、食いちぎられた血に濡れた物干し綱を見たあとでは、当然のことである。外にいるものがわたしたちを襲おうとしたら、もはや防ぐすべはないだろう。

「今夜はどんなことになるのかしら？」ミセス・ターマンが聞いた。声は落ち着いていたが、目には不快と恐怖の色が浮かんでいた。

「わたしにもわからんよ」

「ビリーをできるだけあたしに預からせて。あたし……あたし、死ぬほど怖いの」乾いた笑い声を立てた。「ええ、そうなのよ。でもビリーがいてくれれば、平気。あの子のために平気になるのよ」

彼女の目がきらきら光っている。わたしは身を乗りだして、彼女の肩をたたいた。

「アランのことが心配なの」彼女はいった。「きっと死んでるわね。心の底では、あの人がきっと死んでるってわかってる」

「いけないよ、ハッティー。そんなことわからないじゃないか」

「だけど、そうに違いないって感じるのよ。あなたはステファニーのことでなにか感じない？少なくともなにか……なにか漠然とした感じぐらいは？」

「感じないね」わたしは心にもない嘘を歯のあいだから無理に押し出した。

首をしめられたような声を出して、彼女はあわてて口に手を当てた。眼鏡がうすぐらい陰鬱な光を反射した。

「ビリーがもどってくる」わたしはささやいた。

彼は桃を食べていた。ハッティー・ターマンがそばの床を軽くたたいて、食べ終わったら、桃の種と糸で小さな人形の作り方を教えてあげるわ、といった。ビリーが弱々しい微笑をうかべ、ミセス・ターマンも微笑をかえした。


午後八時。あらたな六人が見張りにつき、オリーはわたしの座っているそばへやってきた。

「ビリーは？」

「ターマン夫人といっしょだ。奥で工作をやっている。桃の種の人形と、買物袋のお面と、りんごの人形を作り終わって、こんどはミスター・マクヴィーがパイプ・クリーナーで人形を作って見せているところだ」

オリーはビールを長々と一飲みしてから、「外で何かが動きまわってる」

わたしはハッと彼を見た。彼が冷静に見かえす。

「酔っちゃいないよ。酔おうとしてるんだが、だめなんだ。できれば酔いたいよ」

「どういうことだ、外で何かが動きまわってるというのは？」

「たしかなことはわからない。ウォルターに聞いてみると、彼もおなじような感じがするというんだ。霧のある部分が瞬間的に黒くなるのだ――小さなしみぐらいだったり、大きな黒っぽい影が痣《あざ》みたいに見えたりする。黒く見えたと思ったら薄くなって灰色に変わる。しかもそれが動いているんだ。アーニー・スミスでさえ、外で何かがおこってるような気がするといっていた。アーニーというのは、目がほとんど見えないんだけどね」

「ほかの人たちは？」

「聞いてみなかったよ」「みんな他所者で、知らない連中だから」オリーはいう。「聞いてみなかったよ」

「見ただけじゃなく、何かがおこりそうだというのはたしかなのか？」

「たしかだね」通路の端にひとりで座っているミセス・カーモディのほうに、彼はうなずいてみせた。なにがあろうと、彼女の食欲を殺ぐことはないと見えて、皿の上には鶏の骨の墓場ができていた。血だかV８の野菜ジュースだかを飲んでいる。「ひとつだけは、彼女のいったことが正しいと思うよ」オリーはいった。「いまにわかる。暗くなればわかるよ」


暗くなるまで待つ必要はなかった。それが現れたとき、ビリーはほとんど見ずにすんだ。ミセス・ターマンが奥で彼の相手をしてくれていたからである。オリーがまだわたしといっしょに座っていたとき、正面のほうにいた男のひとりが叫び声をあげ、両腕を風車のようにふりまわしながら、自分の持ち場からよろめいて後退った。そろそろ八時半になろうとしていた。外では真珠のように白い霧が、十一月の夕暮れどきのような、どんよりしたねずみ色に変わっていた。


ひとつの覗き窓のガラスの外側に、何かが張りついたのである。

「うわっ！」そこで見張っていた男が悲鳴をあげた。「いやだ、いやだ！　あいつをなんとかしてくれ！」

彼はでたらめな円を描いて騒ぎまわった。目は顔からとび出さんばかりで、口の端から細くたれた唾液が、深まる宵闇のなかでちらちら光っている。やがて彼は冷凍食品のケースを通り越し、遠く離れたほうの通路へ逃げていった。

それに呼応して、いく人かの叫び声がおこった。なにごとがおこったのか見ようと正面へ走る人も何人かいた。だが大部分の人たちは、奥のほうへ引っこんで、ガラスの外を這いまわっているものを見ようとはしなかった。

わたしはオリーといっしょに、覗き窓へ近よっていった。オリーは片手を、ミセス・ダンフリーズのピストルのはいったポケットにつっこんでいる。こんどは、べつの見張り場所にいるひとりが叫び声をあげた。恐怖というより、むしろ嫌悪の叫びだった。

オリーとわたしは、精算所のひとつを通りぬけた。さっきの男を持ち場から逃げださせたものの姿を、わたしは見た。それが何かはわからないが、姿を見ることはできた。それはゴヤの地獄の悪鬼を描いた壁面に見られる小さな生き物に似ていた。それにまた、おそろしく滑稽なところもある。というのは、友だちを驚かしてやろうと思ったときなどに、一ドル八十九セントで買うことのできるビニールやプラスチックの珍妙な玩具にも、どこか似通っていたからだ……わたしが倉庫内に置いたのだろうとノートンがいった、あの玩具である。

体長はほぼ二フィートぐらい。体節があって、火傷が治ったあとの皮膚のようなピンク色をしている。球根状の目が、短くしなやかな茎状部の先端についていて、同時に二方向を凝視する。それがぽってりした吸盤状の足で窓にくっついていた。体の反対端には、生殖器か針かどちらともつかないものがつき出ている。そして背中には、異常に大きい、家バエの羽のような膜状の羽が生えており、それが、オリーとわたしがガラスに近よっていくあいだも、非常にゆっくりと動いているのだった。

左のほうの、べつの男がカラスの鳴くような嫌悪の叫びをあげた覗き窓では、これとおなじものが三匹ガラスの上を這いずっている。のろのろと動きまわり、カタツムリの通った跡のような粘液質のものを吐きだしていた。その目が——それが目であるとしてだが——指ほどの太さの茎状部の先端でゆれていた。いっとう大きいので、四フィートぐらいだろうか。ときにはおたがいの体を乗り越えて這いまわった。

「あのいやらしい姿を見てみろ」トム・スモーリーが、吐き気を催したような声でいった。彼はわたしたちの右手の覗き窓の前に立っていた。わたしは返事をしなかった。この虫どもがどの覗き窓にもいるということは、おそらく建物全体をおおいつくしているということになる……あたかも一片の肉にうじ虫が群がっているように。その不快な想像に、どうにか口に入れた鶏肉をもどしてしまいそうな気分になった。

だれかがすすり泣いていた。ミセス・カーモディは、地の底からやってきたいまわしい生き物のことを、わめき立てている。だれかが、黙ったほうが身のためだぞと、彼女を怒鳴りつけた。例によって、ただの強がりだ。

オリーがミセス・ダンフリーズのピストルをポケットから取り出したので、わたしは彼の腕をつかんだ。「馬鹿なまねはよせ」

彼はその手をふりほどいた。「それぐらいの分別はあるよ」

彼はピストルの銃身で窓をコツコツたたいた。その顔は嫌悪のために仮面のように強ばっている。羽の動きが早くなり、ついにはかすんでぼんやりとしか見えなくなった——うっかり、羽のない生き物だと思いこむところだ。それから、あっというまに飛び立っていった。

ほかの何人かがオリーのしたことからヒントを得て、モップの柄で窓をたたきはじめた。それは飛び立ったが、すぐにまたもどってきた。どうやら脳みそのほうも、家バエとどっちつかずのようだ。パニック状態に近かったのが少しずつおさまってきて、あちこちで話し声がおこりはじめた。あの生き物は人間に襲いかかって何かするのだろうかと、だれかがだれかに質問している。その解答を実際に目にするのだけはごめんこうむりたい。

窓をたたく音がまばらになった。オリーがこちらを向いてなにかいおうとしたが、彼が口を開いた瞬間、何かが霧のなかからあらわれて、這いずっていたやつを一匹ガラスからむしり取っていった。わたしは悲鳴をあげたような気がするが、さだかではない。

それは飛ぶ生きものだった。それ以上は、たしかなことはいえない。オリーが話していたのとおなじように、霧が黒っぽくなったようだったが、ただその黒いしみが消えなかっただけだ。しみははっきりした形をとって、はばたく皮革のような翼と、白子のように白い胴体と、赤味がかった目をしたものの姿をとった。そして、ガラスを振動させるほどの勢いでぶつかってきて、嘴《くちばし》を開き、ピンク色のやつをくわえて飛び去った。わずか五秒ほどのあいだの出来事だった。ピンク色のやつが呑みこまれながら、暴れてのたくるのが、最後にちらりと見えたようだった。小魚がカモメの嘴に銜《くわ》えられて、ばたばた暴れるさまに似ていた。

またもや飛ぶものがガラスにぶつかる音がした。さらにまたつづいた。人びとはまた悲鳴をあげ、われがちに店の奥へと走り出した。いちだんと鋭い苦痛の叫びがおこって、オリーがいった。「大変だ、お婆さんが転んで、みんなが彼女を踏んづけてるぞ」

彼は精算所をぬけて奥へ駆けだした。わたしもあとにつづこうと向きを変えたとたん、ぎょっとしてその場に釘づけになった。

右手のずっと上のほうで、芝生用肥料の袋の一つが、じりじりとずれてきていた。その真下にトム・スモーリーがいて、覗き窓から外の霧を凝視しているのだ。

べつのピンク色の虫が、オリーとわたしが立っていた覗き窓の板ガラスに止まり、飛ぶやつがさっと舞いおりてきてそれをつかんだ。踏みつけられた老婆が、甲高いひび割れ声で叫びつづけている。

あの袋。じりじり移動する袋。

「スモーリー!」わたしは大声で叫んだ。「危ない! 気をつけろ!」

あたりの騒々しさのため、わたしの声は彼には届かなかった。袋がぐらりと傾いて、落ちてきた。それがまともにスモーリーの頭に当たった。彼は倒れるとき、ショーウィンドーの下側に沿った棚に、顎をいやというほどぶつけた。

白子のような飛ぶもののなかの一羽が、ガラスにあいたぎざぎざの穴を、もがきながら通りぬけようとしている。悲鳴がだいぶおさまりかけていたので、その柔らかい擦れる音が、わたしには聞こえた。一方にかしげた三角形の顔で、赤い目が光った。おもたげな曲がった嘴が、貪欲に開いたり閉じたりしている。恐竜の本でよく見られる翼竜《テロダクティル》の絵にいくらか似ているが、それよりもむしろ、狂人の見る悪夢に出てくる生き物といったほうがいいだろう。

わたしはたいまつの一本をつかんで、いきなり液体燃料の罐につっこんだ。その勢いで罐がひっくりかえり、中身がこぼれて床にひろがった。

飛ぶ生きものは、芝生用肥料の袋のてっぺんにとまってあたりを睥睨しながら、片肢で立って鉤爪の生えたその肢をゆっくり交互に踏みかえていた。知能程度の低い生き物であったことはまちがいない。二度翼をひろげようとして二度とも壁にぶつけ、丸めた背中にそれを折りたたんだところは、グリフィンの翼に似ていた。三度目にひろげようとしたときにバランスを失い、止まっていた場所からぶざまに落ちながらも、翼をひろげようともがいた。そしてトム・スモーリーの背中の上におり立った。爪をひと曲げしただけで、トムのシャツは大きく引き裂かれ、血が流れ出した。

　わたしのいる場所は、そこから三フィートと離れていなかった。手にしたたいまつから液体燃料のしずくがぽたぽた落ちている。できることなら殺してやろうと逸《はや》ったが、そこで、たいまつに点火するマッチがないことに気がついた。最後の一本は、一時間前にミスター・マクヴィーの葉巻に火をつけてやるために使ってしまっていた。

　あたりは大混乱に陥っていた。みんなの目の前で、スモーリーの背中にこれまでだれも見たことのないものがとまっている。なにやら訝しげに首をあちこち動かしながら、スモーリーの首のうしろの大きな肉塊を引きちぎっているのだ。

　たいまつを棍棒がわりに使おうと、身構えかけたとき、布にくるまれたたいまつの先端がふいに燃えあがった。ダン・ミラーが、海兵隊の記章のついたジッポのライターを手にしてそばに立っていた。恐怖と憤怒で岩のように荒々しい顔をしていた。

「殺してしまえ」としわがれ声でいう。「できたら殺《や》ってしまってくれ」そのそばにはオリーが立っていた。オリーは手にミセス・ダンフリーズの三八口径を持っていたが、うまく狙いがつけられない。

　それは再び翼をひろげてはばたかせた。あきらかに飛び立つためではなく、餌食をもっとしっかりつかむためなのだ。そして、皮革のような白い膜状の翼で、哀れなスモーリーの上半身を包みこんでしまった。恐ろしい声があがった。とても文字には書き表せない、胸を引き裂くような声だった。

すべてはほんの数秒間の出来事だった。わたしはそいつめがけてたいまつをつきだした。箱爪を叩いたような、いやに手ごたえのない感じだった。つぎの瞬間、それは火だるまになっていた。鋭い鳴き声をあげて、翼をひろげた。首をはげしく動かし、赤味がかった目が、ひどい苦痛（そうであればいいと思うのだが）にぎょろついている。それから、物干し綱に干されたシーツが、春の突風にはためくような音をさせて、飛びあがった。そしてまたも、しわがれた金切り声をあげる。それが燃えながら苦しまぎれに飛びあがる姿を追って、みんなの顔が上を向いた。地獄の鳥のようなものが、フェデラル・スーパーマーケットの通路を、焼け焦げてくすぶる体の破片をあちこちにばらまきながら、炎をあげてジグザグに飛ぶ光景は、こんどの出来事のなかでも最も強烈にわたしの脳裏に焼きついている。最後にはスパゲティのソースにぶつかり、ラグーやプリンスやプリマ・サルサのソースを血のしたたりのように至るところにはねちらした。すでにそれは灰と骨だけになっていた。その焼ける匂いは強烈で、吐き気を催すほどだった。その匂いにまじって、ガラスの割れた個所から渦巻いて流れこむ霧の、かすかに鼻を刺す悪臭が漂う。

しばらくは、まったくの沈黙状態がつづいた。赤い炎に包まれた死の飛翔を目の前にして、みんないちように息を呑んでいたのである。やがて悲痛なうめき声が漏れた。悲鳴があがった。奥のほうから、ビリーの泣きだす声が聞こえてきた。

だれかの手がわたしをつかんだ。バッド・ブラウンだった。目が眼窩からとび出しそうになっている。唇がめくれあがって入れ歯を剝きだしている。「別のやつがはいってきたぞ」そういって、指さした。

あの虫が一匹はいりこんできて、すでに芝生用肥料の袋にとまって、家バエそっくりの羽音をさせていた。まるで安っぽいデパートの扇風機の音のようだといえば、わかってもらえるだろうか。目が茎状部の先で丸く出っ張っている。ピンク色をした、気持ち悪いほど丸々とした胴体は、呼吸のたびにせわしなく動いていた。

わたしはそちらに近づいていった。たいまつはいまにも消えそうだったが、まだ燃えてはいた。ところが、中学校の先生のミセス・レプラーのほうが、わたしよりは早かった。彼女はたぶん五十五か六十歳ぐらいで、紐みたいにやせている。ひからびた丈夫そうな体は、いつ見ても干し肉を思い出させた。

彼女は両手に一個ずつ殺虫剤レイドの罐をもって、まるで喜劇に出てくるおかしなガンマンのように見えた。敵の頭蓋骨をぶち割っている石器時代の穴居人もかくやとばかりの怒号を、その口から吐きだしている。スプレーの罐をにぎった片手を目いっぱい伸ばして、彼女はボタンを押した。殺虫剤の濃いスプレーが巨大な虫に降りかかった。それは苦痛のあまり、狂ったように体をくねらせてのたくり、ついには袋の上から落ち、あきらかに息絶えているトム・スモーリーの死体でバウンドして、床に落ちた。すさまじいばかりに羽音を立てたが、動くことができない。レイドの殺虫剤をたっぷり浴びていたのだ。しばらくすると羽の動きが鈍くなり、やがてぴたりととまった。死んでいた。

人びとは泣きわめいていた。うめき声も聞こえた。みんなに踏まれた老婆がうめいているのだ。笑い声も聞こえた。地獄に堕ちた亡者の笑い。ミセス・レプラーは薄い胸をはげしく波打たせながら、仕留めた獲物を見おろしている。

ハットレンとミラーが、在庫品係が品物のケースを店内のあちこちに運ぶときに使う台車をみつけてきて、ふたりでそれを芝生用肥料の袋のてっぺんに乗せ、ウィンドーにあいたくさび形の穴をふさいだ。間に合わせの方法としては、悪くない。

アマンダ・ダンフリーズが夢遊病者のような足取りで進み出てきた。片手にプラスチックのバケツを持ち、もう片方に、まだ透明な包装紙がついたままの、柄の短い箒を持っている。目をうつろに見開いたまま、身をかがめてピンク色の虫だかナメクジだかの死骸を、バケツのなかに掃き入れた。箒の包装紙が、床を掃くときにパリパリ音を立てる。彼女は〈出口〉へ歩いて行った。ドアには虫は一匹もとまっていなかった。ドアを少しだけあけ、バケツを外に放り投げた。バケツは横倒しになり、徐々に小さくなっていく弧を描きながら、行ったりきたりして転がりつづけた。ピンクのやつが一匹、夜陰の中から羽音をあげてあらわれ、バケツの上にとまると、その上を這いまわった。

アマンダがふいに泣き出した。わたしはそばに寄っていって、肩を抱いてやった。

午前一時半、わたしは肉売り場のカウンターの、白い琺瑯《ほうろう》の側面に背をもたせて座り、うとうとまどろんでいた。ビリーはわたしのひざに頭をのせて、ぐっすり寝込んでいる。それほど遠くないところで、アマンダ・ダンフリーズがだれかのジャケットを枕にして眠っていた。

あの鳥みたいなやつが焼け死んだあとまもなく、オリーとわたしは裏の倉庫へ行って、さきにビリーに被せたのとおなじ敷き布を数枚かき集めてきた。数人がそれを敷いて眠っていた。またオレンジや梨の重い木箱を五、六個運び出し、それを四人がかりで、芝生用肥料の袋の上の、ウィンドーの穴の前に、積みあげておいた。あの木箱ならたとえ鳥みたいなやつでも、そうやすやすとは動かせないだろう。一個の重量が九十ポンドちかくあるのだ。

しかし外にいるのは、あの鳥と、鳥が食った虫みたいなものだけではない。ノームを攫っていった触手の化け物がいるのだ。物干し綱を食いちぎったやつのことも考えなければならない。それにまた、あの低い、しわがれ声をあげた姿の見えないやつ。あの声はその後も聞こえてきた。かなり遠くからのようだったが、霧に消音効果があるとしたら、どれほど〝遠く〟なのかはわからない。それに、ときには建物をゆるがすほど間近に聞こえることもあって、そんなときには、心臓の心室にいきなり氷水を詰めこまれたような気がした。

ビリーがひざの上でぴくりと動いて、呻吟した。髪を撫でてやると、呻き声はいっそう大きくなった。それからふたたび、睡眠という、より安全な水中へともぐりこんでいった。おかげでこちらは微睡を中断され、すっかり目がさめてしまった。暗くなってから、どうにか九十分ほど眠っただけで、それすらも夢に魘《うな》されどおしだった。夢のひとつでは、また昨夜にもどっていた。ビリーとステフがピクチャー・ウィンドーの前に立って、黒と灰色の湖を眺め、嵐の前触れである渦巻く銀色の竜巻を見ている。突風が吹けば、窓が割れて恐ろしいガラス片が居間じゅうに飛びちることはわかっていたので、わたしは懸命にふたりのほうへ行こうとしていた。しかし、いくら走っても、すこしもふたりに近づけないようだった。すると、一羽の鳥が竜巻のなかからあらわれた。深紅の巨大な死の鳥《ワゾ・ド・モール》が、その有史以前の翼をひろげ、湖の西から東までがすっかりその影におおわれた。嘴が開いて、ホランド・トンネルほどもある喉がのぞいた。鳥が妻と息子を呑みこもうと襲いかかってきたとき、不吉な声がなんどもくりかえしささやきかけてきた——アローヘッド計画……アローヘッド計画……アローヘッド計画……。

眠りが浅いのは、ビリーとわたしだけではなかった。ほかにも眠りながら悲鳴をあげたり、そうかと思うと、目がさめてからも悲鳴をあげつづけるものがいた。ビールはとぶような早さで冷却器からなくなっていった。バディー・イーグルトンが一度、なにもいわずに裏から新たにビールを出してきて補充した。マイク・ハットレンのいうには、ソミネックスはもうないという。だんだんに減っていったのではなく、一時に消えてしまったというのだ。一人で六本も八本もとったやつがいるらしいと、彼はいった。

「ナイトルなら何本かのこっている」と、いう。「一本あげようか、デヴィッド?」わたしは首をふって、いらないと答えた。

いっとうはずれの五番レジ付近の通路に、呑んべえどもが集まっていた。七人ほどで、パイン・トゥリー洗車場《カーウォッシュ》を経営しているルー・タッティンジャー以外は、全員他所者ばかりである。ルーは俗にいう、コルク栓のにおいを嗅ぐのにいいわけの要らない呑んだくれだった。かれらはもうすっかりできあがっていた。

それから、そう、恍惚状態になったものも六、七人いた。

恍惚状態というのは正確ではないかもしれないが、ほかに適当な言葉が思い浮かばない。とにかく、ビールやワインや薬の力を借りなくても、完全な麻痺状態に陥った人たちがいる。かれらが人を見るときの目はうつろで、ドアの取っ手が光っているような感じだった。現実という堅固なセメントが、思いもよらない地震でくずれ、かれらはそこから転落したのである。そのうち、時がくれば、正気にもどるものもいるだろう。その時がくれば、だが。

そのほかのものたちは、自分なりに精神的妥協をしていた。なかには、かなり変わった例もある。たとえばミセス・レプラーだが、彼女はすべてが夢であると確信していた――といって悪ければ、夢にちがいないといっていたが、その口ぶりにはかなりの確信がこもっていた。

わたしはアマンダのほうに目をやった。わたしは彼女にたいして、穏やかならぬ感情を抱きはじめていた。穏やかならぬといっても、けっして不快なということではない。彼女の目は、信じられないほどみごとなグリーンだった。……コンタクトレンズをしているかと思って、彼女の目を見つめてみたが、どうやらその色は本物らしかった。わたしは彼女を抱きたいと思った。妻は生きているか死んでしまったかわからないが、いずれにせよ家にいる。そしてわたしは妻を愛している。ビリーもわたしもなによりもまず彼女のもとへ帰りたい気持ちでいっぱいだったが、と同時にアマンダ・ダンフリーズという女と寝たいと思ったことも事実である。いまのこの状況のせいなのだと、自分にいい聞かせようとしたし、たぶんそのとおりだろうが、だからといってわたしの欲望は変わりはしない。

うとうと寝たり醒めたりしていたが、三時頃にはすっかり目がさめてしまった。アマンダは両膝を胸まで引きあげ、両手を太腿のあいだにはさんで、胎児のような格好で寝ていた。ぐっすり眠りこんでいるようだ。スエットシャツが片側で少しずりあがって、きれいな白い肌が見えている。それを見てわたしは、厄介なことに、空しく勃起しはじめた。

考えをそらせようとしているうち、昨日ブレント・ノートンを絵に描きたいと思ったことを思い出した。そう、絵を描くこと以上に重要なものはなにもない……ただノートンを丸太に座らせ、罐ビールを持たせて、その汗まみれの疲れきった顔と、整えていた髪が乱れて、うしろのほうで左右につっ立っているようすをスケッチするだけ。いい絵が描けたかもしれない。ただ〝いい〟というだけで充分なのだという考え方を、父とともに二十年間暮らした後にやっと受け入れられるようになった。

才能とは何か。それは将来にたいする度しがたい期待のことである。子供のときになんとか処理して、捻じ伏せてしまわなければならないものなのだ。もしも文才があるとすると、神がシェークスピアを吹きとばすために自分をこの世に遣わされたのだと思いこみ、あるいは絵の才能があれば、神は父を吹きとばすために自分をこの世に遣わされたと思いこむ――わたしは本気でそう思っていた。

ところが実際は、わたしは父ほど優秀ではなかった。わたしは必要以上に長いあいだ、優秀たらんと頑張ってきたようである。ニューヨークで開いた個展はさんざんだった――美術批評家たちは、父を引き合いにだしてわたしを叩きのめした。一年後、わたしはコマーシャル関係の仕事でステフとのふたりの生活を支えていた。彼女は妊娠していて、わたしはじっくり自分の心と相談してみた。その結果到達したのが、純粋芸術はこれからは趣味の領域にとどめよう、という信念であった。

そしてゴールデン・ガール・シャンプーの広告の仕事をした。女の子がバイクにまたがっているのとか、浜辺でフリスビーに興じているのや、飲み物を手にアパートのバルコニーに立っているやつなどである。また大部数の高級雑誌《スリック》のほとんどに短篇小説の挿絵を描いているが、その仕事をするきっかけになったのは、もっと低俗な男性雑誌に描いていたやっつけ仕事のイラストだったのである。映画のポスターもいくつか手がけている。おかげで収入がふえ、なんとか生活が成りたっている。

つい昨年の夏、これっきりのつもりでブリッジトンで個展を開いた。五年間に描いた九枚の油絵を展示して、そのうち六枚を売った。絶対に売らないつもりだった一枚は、妙な巡り合わせだが、フェデラル・マーケットを描いたものだった。駐車場のはずれから見た遠景である。空っぽの駐車場にキャンベルの豆とソーセージの罐詰が一列に並んでいて、画面の手前に近づくにつれて、罐詰はだんだん大きくなっている。最後の罐は八フィートほどの高さがあるように描いてある。画題は『豆罐のある偽りのパースペクティヴ』という。カリフォルニアの、テニス・ボールやラケットや、そのほかのスポーツ用品を作っている会社の社長が、この絵をひどく欲しがった。木の仮額縁の左下隅に〈非売品〉のカードがはさんであったにもかかわらず、なんとしても売ってくれといって聞かない。六百ドルから値をつけはじめて、ついには四千ドル出そうとまでいった。ぜひ書斎に飾っておきたいのだという。わたしがどうしても売れないとことわると、彼はひどくしょげて帰って行った。それでも完全に諦めたわけではなく、万一わたしの気が変わったときのために、名刺を置いていった。

わたしにしても金は必要だった——家の建増しをしたり、四輪駆動の車を買ったりした年だったからだ——が、その絵を売る気にはなれなかった。これまでに描いた絵のうち最高のできだと感じていたからであり、またなだれかが、残酷な質問だとは露ほども気づかずに、いつになったら本物の絵にとりかかるのかと質問したあとなど、ゆっくりひとりで眺めるために手許に置いておきたかったからである。

その絵を昨年の秋のある日、わたしはふとしたことからオリー・ウィークスに見せた。彼はそれを写真に撮って、一週間の広告に使いたいといった。そのことがわたし自身の〝偽りのパースペクティヴ〟に終止符を打ったのだ。オリーはわたしの絵を真価どおりに認め、そのことによって、わたしの目を開かせたのである。高級雑誌《スリック》のコマーシャル美術にぴったりの作品。それ以上でもなければ、さいわいにして、それ以下でもない。

わたしはオリーの望みどおりにさせた。それから、サン・ルイス・オビスポの自宅に例の社長をたずねて、まだあの絵が欲しいなら二千五百ドルで譲るとつたえた。彼は欲しいと答え、私は絵を西海岸《コースト》へ小包便で郵送させた。そしてそれ以来、期待を裏切られた声――〝いい〟という穏やかな褒めことばでは満足できずに、裏切られたと感じている子どもの声――はだいぶおとなしくなってしまった。それは、この霧の夜のどこかに潜む姿の見えない生き物とおなじく、たまに低い声を出すだけで、ふだんはおとなしく沈黙している。それにしても、あの小児じみたわがままな声を黙らせたことが、なぜこんなにも死を連想させるのだろう？

四時頃ビリーが目をさました。すくなくとも半分目をさまして、わけがわからないというように寝呆けまなこであたりを見まわした。「まだここにいたの？」

「うん、そうだよ」

困ったことに、彼はまた情けない声で泣きはじめた。アマンダが目をさまして、こちらを見た。

「ねえ、坊や」彼女はやさしくビリーを引き寄せた。「朝になれば、だんだんよくなってくるわ」

「嘘だ」と、ビリー。「よくなんかなるもんか。なるもんか」

「シーッ」彼女の目がビリーの頭越しにわたしの目と合った。「静かに。もう眠る時間をとっくにすぎてるのよ」

「ママに会いたいよ」

「ええ、そうよね」とアマンダ。「よくわかってるわ」

ビリーは彼女の膝でしばらくぐずついてから、ようやくわたしのほうを見た。そうしているうちに、また眠ってしまった。

「ありがとう」わたしはいった。「この子はあなたに甘えたかったんだ」

「あたしのことを知らないのにね」

「それでもおなじことだよ」

「それで、あなたはどう思うの？」グリーンの目が私の目を見据えていた。「本当はどうなの？」

「朝になったら聞いてくれ」

「あたしはいま知りたいのよ」

わたしが答えようとしたとき、怪奇小説の一場面のように、闇のなかからオリー・ウィークスがあらわれた。懐中電灯のレンズに女物のブラウスをかぶせてその光を天井に向けている。そのため、彼のやつれた顔に異様な影ができていた。「デヴィッド」と、ささやく。

アマンダがぎくっと彼を見て、つぎには怯えた表情になった。

「オリー、どうしたんだい?」わたしはたずねた。

「デヴィッド」また彼がささやく。それから、「きてくれないか。頼む」

「ビリーのそばを離れたくないんだ。寝ついたばかりだから」

「あたしがついててあげるわ」アマンダがいった。「いらしたら」それから声を落として、「ああ、こんなことがいつまでもつづくのね」

8　兵士の身に何がおこったか。ダン・ミラーと話し合うアマンダと共に。

わたしはオリーについて行った。彼は倉庫の方に向かっていく。冷却器のそばを通りかかったとき、彼はビールを一本取った。

「オリー、なにごとだね?」

「あんたに見てもらいたいんだ」

両開きのドアを押しあける。わたしたちがはいってドアが閉まるとき、かすかな風のそよぎを送った。寒い。ノームがあんなことになってから、ここにはいるのは気が進まない。死んだ触手の断片がまだどこかその辺に転がっているということが、心のどこかに執拗にこびりついて離れない。

オリーが懐中電灯のレンズからブラウスをはずした。光を頭上に向ける。最初わたしは、天井を這っている暖房用パイプに、だれかが二体のマネキン人形をつるしたのかと思った。子どもたちの万聖節《ハロウィーン》のお化けみたいに、ピアノ線かなにかでつるしたのだと思った。

そのあと、セメントの床から七インチほど上にぶらさがっている足に気がついた。積み重ねられていたボール箱の山がふたつひっくりかえっている。その顔を見あげたとき、喉の奥から悲鳴がほとばしりそうになった。それはデパートのマネキン人形の顔ではなかった。二体とも首を横にかしげ、まるでひどくおかしな冗談を楽しんでいるように見える。その冗談にさんざ笑わされて、顔が紫色になったという感じだった。

かれらの影。その影がうしろの壁に長くのびている。そして、だらりとたれたかれらの舌。

どちらも軍服を着ていた。ずっと早くにわたしはふたりのことに気がついていたが、その後はずっと姿を見なかった。あの若い兵隊たち……。

悲鳴。悲鳴が喉の奥ではじめはうめくようにおこりはじめ、しだいにパトカーのサイレンのように高まってくるのがわかった。とたんに、オリーがわたしの肘のすぐ上をつかんだ。「声をあげるんじゃない。このことはあんたとわたししか知らないんだ。ほかのものには知らせたくない」

わたしは唇をかんでどうにか悲鳴をこらえた。

「この兵隊たちは」というのがやっとだった。

「アローヘッド計画の連中だよ」オリーがいう。「間違いない」わたしの手のなかに冷たいものが押しこまれた。罐ビールだ。「ほら。飲みたいだろう」

わたしは罐が空っぽになるまで一息に飲み干した。

オリーがいう。「ミスター・マクヴィーが使っていたガス・グリルのカートリッジの余分がないかと、見にきたんだよ。そしてこのふたりを見つけた。わたしの想像では、ふたりはあらかじめ輪なわを吊るしておいてから、ボール箱を積み重ねたふたつの山の上に立ったに違いない。そこでおたがいに手を縛り合ったあと、箱の上でバランスをとりながら、おたがいの手首をつないでいるロープの長さの分だけ離れた。ちゃんと……ちゃんと手がうしろになるようにね。それから――もちろんわたしの想像だが――輪なわに首をつっこみ、頭を強く引いて輪を引きしめた。そしてたぶん、どちらかが三つ数えてから、いっしょにとびおりたんだろう。わからないが」

「そんなこと、できるはずがない」口がからからに乾いていた。だがふたりの手はたしかにうしろで縛られている。わたしはそこから目をそらすことができなかった。

「できるさ。その気になれば、できるよ」

「でも、なぜ？」

「なぜかは、わかるだろう。観光客や避暑族――あのミラーって男もそうだけど――かれらには無理だけど、このへんの人間なら、わりとわかりそうなものだけどね」

「アローヘッド計画？」

「一日中レジのそばに立っていると、いろんなことが耳にはいってくる。この春はずっと、あのアローヘッドのことをやたらと耳にしたけど、いい噂はひとつもなかった。湖の黒い氷だとか――」

車の窓から身を乗り入れて、わたしの顔にアルコール臭い息を吐きかけてきたビル・ジョースティのことが思い出された。ただの原子ではなくて、べつの原子。頭上のパイプからぶらさがっているふたつの死体。かしげた首。ぶらさがっている靴。スモーク・ソーセージのようにたれている舌。

自分の内部で新しい知覚の扉が開きかけているのを知って、あらためて恐怖をおぼえた。新しい？　いや。古くからある知覚の扉だ。全宇宙の九十九パーセントを閉めだしてしまうトンネル性視野を発達させることで自己を護る方法を、まだ知らない子どもの知覚。子どもは、目に映ったものをすべて見、耳にはいってくるものをすべて聴く。だが、人生とは、認識を高めてゆくことであるとしても、それは同時に、情報入力《インプット》を減らしてゆくことでもあるのだ。

恐怖とは視野と知覚がひろがってゆくことである。わたしはいま、人がお襁褓《むつ》をトレーニングパンツにはきかえたときに棄て去ってしまう場所へ、自分がふたたび泳ぎもどろうとしていることを知って、慄然とした。そのおなじ恐怖は、オリーの顔にもあらわれている。合理性が崩れはじめると、人間の脳の回路は充電過重になってくる。神経細胞の軸索突起が赤く熱を帯びてくるのだ。幻覚が現実となり、遠近法の関係で平行線が交わるように見える地点に、現実にきらめく水銀の池があらわれたり、死者が歩いて話をしたり、バラの花が歌をうたったりしはじめる。

「二十人以上もの人から、いろんな話を聞かされた」オリーがいった。「ジャスティン・ロバーズ。ニック・トーカイ。ペン・マイクルスン。小さな町ではどんなことでも秘密にしておけない。ときには泉のようにあふれてくる。地面からわき出てきて、その源がどこなのかだれにもわからないんだ。図書館でふと小耳にはさんで、それをだれかに話す。図書館でなくても、ハリスンのヨット港《マリーナ》とか、そのほかどこでもいいが、理由はべつにないんだ。しかし、この春から夏にかけて耳にはいってくるのは、アローヘッド計画のことばかりだったよ」

「だけどこのふたりは、まだほんの子どもだよ」

「ベトナムでは、よく子どもの自殺があったよ。あそこにいたことがあるから、実際に見たんだ」

「でも……いったいなぜこんなことをしたんだろう？」

「さあね。なにかを知っていたんだろう。それとも、疑念をもっただけかもしれんが。ここにいる人たちが、最終的には自分たちに質問を浴びせはじめることがわかったにちがいない。最終という時があるとして、だがね」

「もしそのとおりだとしたら、こいつはよほどたいへんなことだぞ」

「あの嵐だよ」オリーが静かな淡々とした声でいった。「あそこが嵐でやられて、たぶん何かが漏れ出したんだ。たぶん事故だろう。あそこで何をやっていたのかは知らないけど。強度の高いレーザーとかメーザーとかをいじくりまわしているという人もいる。ときどき、核融合力という言葉も耳にしたよ。そして、もしも……あそこの連中が、まっすぐ異次元へ通じる穴をあけてしまったのだとしたら……？」

「そんな馬鹿な」

「そうだろうか？」オリーは死体を指さしてみせた。

「わかったよ。当面の問題は——どうすればいいか」

「死体をおろして隠したほうがいいと思う」彼は即座に答えた。「だれも欲しがらないような、ドッグフードとか食品用洗剤とか、そういった物の下に隠すんだよ。このことが知れたら、事態はますます悪くなるだけだ。だから、あんたに知らせたんだよ、デヴィッド。本当に信頼できるのはあんただけだと思ったから」

　わたしはつぶやいた。「戦争に負けてから独房で自殺したナチの戦犯みたいだな」

「ああ。わたしもおんなじことを考えた」

　わたしたちが口をつぐむと、ふいに、搬入口のスチール・シャッターの外側で、低い引きずるような音がしはじめた。触手がシャッターを探りまわる音。わたしたちは思わず身を寄せた。体中が総毛だった。

「わかった」わたしはいった。

「さっさとやってしまおう」オリーが懐中電灯を動かすと、サファイアの指輪が光った。「早くここから出たい」

　わたしはロープを見あげた。ふたりはゴルフ帽の男の腰にわたしが巻きつけたものとおなじ物干し綱を使っていた。綱の輪が、ふたりの首のふくらんだ肉に食いこんでいる。わたしはまたもや、かれらをこんな破目に追いやった原因とは何だったのだろう、と考えた。もしもこの心中のことが知れたら、事態はますます悪くなるだろうとオリーがいったことの意味は、わたしにもわかった。わたしだけのことにしても、すでに悪くなっている――あれ以上の悪い事態があろうとは思ってもみなかったのに。

　カチッという音がした。オリーがボール箱を切り開くのに使う大きなナイフの刃を出したのだった。もちろん、ロープを切るためである。

「あんたかわたしか、どっちがやる？」

わたしは唾を呑みこんだ。「それぞれひとりずつにしよう」

そうした。


店内にもどると、アマンダの姿は見えず、ミセス・ターマンがビリーといっしょにいた。ふたりとも眠っている。通路を歩いて行くと、声がした。「ドレイトンさん。デヴィッド」アマンダだった。目がエメラルドのように輝き、支配人室へあがる階段のそばに立っている。「なんだったの？」

「なんでもない」

わたしのそばにやってきた。かすかに香水が匂った。また疼くほどの欲望がもどってくる。

「嘘ばっかり」

「なんでもなかったんだ。間違いだったよ」

「あなたが本当に望んでいるのなら」そういって、彼女はわたしの手を取った。「上の支配人室に行って見てきたの。だれもいないし、ドアには鍵がかかるわ」顔はまったく平静だったが、目が静かに、猛々しく燃えあがっている。喉がひくひく動いていた。

「わたしはなにも――」

「あなたがあたしを見る目つきで、わかったわ」彼女はいう。「そのことで話してみてもはじまらない。坊やにはターマンという女の人がついていてくれるわ」

「うん」わたしはふっと思ったのだ。たったいまオリーとわたしがしてきたことを祓い清めるひとつの方法ではないか、と。おそらく最上ではないだろうが、唯一の方法かもしれない。

狭い階段をのぼって、支配人室にはいった。彼女のいったとおり、だれもいなかった。そして、ドアには鍵があった。わたしは鍵をかけた。暗闇のなかでは、彼女はただの形でしかなかった。わたしは腕をのばして彼女に触れ、引き寄せた。彼女は震えていた。最初はひざまずいてキスをした。硬く引きしまった乳房の片方を掌で包む。スエットシャツを通して、早鐘のような鼓動が感じとれた。電線に触れてはいけないと、ステフがビリーにいっていたのを思い出した。結婚の日の夜、茶色のドレスを脱いだ彼女の尻にあった痣を思い出した。はじめて彼女に出会ったときのことを思い出した。彼女はメイン大学オロノ本校の遊歩道を自転車で横切って行った。わたしのほうは紙ばさみを小脇にかかえて、ヴィンセント・ハートゲンの授業に向かう途中だった。わたしはすさまじく勃起した。

横たわると、彼女がいった。「愛して、デヴィッド。あたしを暖めて」絶頂に達したとき、彼女はわたしの背中に爪を立て、わたしのではない別人の名を呼んだ。わたしは気にしなかった。それでほぼ五分と五分になったから。

支配人室を出たときは、忍びよる夜明けの気配が漂いはじめていた。覗き窓の外の暗闇が、徐々にどんよりした灰色に変わり、つづいてクローム色になり、やがてドライブイン・シアターの映画のスクリーンのように、きらめきのない白一色へと変化した。マイク・ハットレンが、どこから捜してきたのか、折りたたみ式の椅子で眠っている。すこし離れたところでダン・ミラーが、床に座って、ホステス・ドーナツを食べていた。白砂糖をまぶしたやつだ。

「座りなさいよ、ミスター・ドレイトン」彼は誘った。

アマンダはすでに通路のなかばまで行っていて、ふり向きもしなかった。暗闇での愛の行為は、もはや空想の産物のように思えてきて、薄気味悪い朝の光のなかでさえ、実際にあったとは信じがたくなっていた。わたしは腰をおろした。

「ドーナツをひとつどう」と、箱をさしだす。

わたしはかぶりをふった。「白砂糖は死につながる。たばこよりもっと有害なんだよ」

それを聞くと彼はちょっと笑った。「それならふたつ食べたら」

わたしはまだ自分が少しでも笑えることを知って驚いた。彼がそれに気づかせてくれたのだ。そのために彼に好意を感じた。ドーナツをふたつもらって食べた。たいへんおいしかった。食べ終わってからたばこを一本吸う――いつもは、朝たばこを吸う習慣はないのだが。

「子どものところへもどらなくては」わたしはいった。「そろそろ目をさますころだから」

ミラーはうなずいて、「あのピンクの虫だが、あいつらみんないなくなったよ。鳥もだ。ハンク・ヴァナーマンの話だと、最後の一匹が窓にぶつかってきたのは、四時頃だったそうだ。どうやらあの……あの野生の生き物は……夜のほうが活発になるらしい」

「ブレント・ノートンには通じない話だな」わたしはいった。「それから、ノームにもね」

彼はまたうなずき、そのあとしばらく黙っていた。やがて自分もたばこに火をつけて、わたしを見た。「ここにずっといるわけにはいかないよ、ミスター・ドレイトン」

「食べ物はあるし、飲み物も充分ある」

「そういうこととは関係ない。あんただって、わかってるだろう。外にいるでかいやつが、夜になって、ただぶつかってくるだけでなしに、押し入ってきたなんてことになったら、どうする？　箒の柄に液体燃料をつけたたいまつで追っ払うのかね？」

　むろん彼のいうとおりだった。霧はある意味ではわたしたちを守ってくれるかもしれない。つまりわたしたちを隠してくれているわけだ。しかし、そういつまでも隠してはくれないだろうし、そのほかにも問題がある。すでにかれこれ十八時間、わたしたちはフェデラルに閉じこもっているが、わたしは一種の無力感が体中にひろがりつつあるのを感じていた。それはあまりに遠いところまで泳ぎすぎたときに、一、二度感じたあの無力感に似ていた。危険を冒さず、動かず、ビリーの面倒を見ていたいという気持ちが強かった（それと夜中にアマンダ・ダンフリーズとセックスしたいというのだろう、と別の声がささやく）。霧が晴れて、すべてが元通りにならないともかぎらない、という気持ちもあった。

　ほかの人たちの顔にもこれとおなじものが読みとれた。それに、フェデラルの店内にいる人たちのなかには、ぜったいにここから出たくない人もいるにちがいない、ということに思い当たった。これまでのいろんな出来事のあとでは、ドアの外に出ると考えただけで、身の凍る思いがして当然だからだ。

　こうしたさまざまな思いがわたしの頭をよぎるのに、ミラーは気がついたようだった。彼はいった。「霧がやってきたとき、ここにはほぼ八十名の人がいた。その数から、店員、ノートン、それにいっしょに出て行った四人、それからあのスモーリーという男を引くと、のこりは七十三名になる」

　さらに、ドッグフード〈ピューリナ・パピー・チャウ〉の袋の下に眠っているふたりの兵隊を引けば、七十一名だ。

「そこから、脱落者をのぞく」と、彼はつづけた。「これが十人か十二人か。まあ十人としておこう。のこりは約六十三名だ。だが待てよ——」彼は砂糖のついた指を一本立てた。「この六十三名の中に、出るのは嫌だというのが二十人ぐらいはいるだろう。そういう連中は蹴ったりどなったりして、引きずり出してでもしなきゃ無理だ」

「いったいなにをいおうとしているんだ？」

「ここから脱出するってことだよ。わたしはやる。昼ごろがいいかな。出たい人はできるだけ連れてゆく。あんたと息子さんにもいっしょにきて欲しいんだ」

「ノートンがあんなことになったのにかね？」

「ノートンは殺されるのがわかっていながら出ていったようなものだった。だからわれわれもそうなると決まっているわけじゃない」

「どうやって防ぐ？　ピストルは一丁しかないんだよ」

「一丁あるだけでも幸いだ。もし交差点の向こうまで行けたら、たぶんメイン・ストリートの狩猟人クラブへ行きつくことができる。あそこにはいくらでも銃砲があるよ」

「それはひとつの仮定であって、ほかにも仮定はいくらでもあるんじゃないか」

「ドレイトン、われわれとしては賭けるしかないんだよ」

じつによどみなくしゃべっているが、彼には面倒を見なければならない息子はいないのだ。

「さし当たってのことは措いておこう。昨夜はろくに眠っていないが、おかげでじっくり考えることができた。ききたいかね？」

「ああ」

彼は立ちあがって伸びをした。「いっしょにウィンドーのところまできてくれないか」

わたしたちはパンの棚にいっとう近い精算所をぬけて、覗き窓の前に立った。そこで見張りをしていた男がいった。「虫はいなくなったよ」

ミラーが男の背中をぽんとたたいた。「軽い食事でもしてきたら。わたしが見張っているから」

「オーケイ。ありがたいね」

男が行ってしまうと、ミラーとわたしは覗き窓に近よった。「さあ、外になにが見えるかね」と、ミラーがいう。

わたしは見た。あの空から襲ってきた鳥みたいなやつが夜のあいだにひっくりかえしたのだろうが、屑入れが倒れて、紙屑や空罐や、道を下ったところにあるデイリー・クイーンの紙のミルクセーキ・コップなどが、アスファルトの地面にちらばっている。その向こうには、マーケットにいっとう近い車の列が、白い霧のなかにぼんやり見える。目にはいったのはそれだけだったので、わたしはそういった。

「あのブルーのシボレーの小型トラックはわたしのだ」彼の指さす先に、たしかにブルーらしき色が霧のなかに見えた。「昨日ここにきたときは、駐車場がかなり込んでいただろう?」

自分のスカウトに目をやって、だれかが出て行ったから、マーケットに近い場所を確保できたことを思い出した。わたしはうなずいた。

ミラーは、「そこで、ほかの二、三のことを考え合わせるとだね、ドレイトン。ノートンと、彼について行った四人だが……」

「あの不信者グループだね」

「そうそう、それだ。連中はあの物干し綱のほぼ全長のあたりまで出て行った。そのあと、まるで象の一群が吼えるみたいな声が聞こえた。そうだね？」

「象みたいじゃなかったな」わたしはいった。「あれはまるで——」まるで原始時代の湿地に棲む生き物みたいだった——というのがわたしの心にうかんだ言葉だったが、ミラーにそんなことはいいたくなかった。試合中の選手をコーチが引きもどすような調子で、あの男の背中をたたき、食事でもしてきたら、といった彼に、そんなことをいいたくはない。オリーにならいえたかもしれないが、ミラーにはいえなかった。「どんな声だったか、ちょっといえないがね」と、言葉をにごした。

「とにかくでかい声だったろう」

「そうだ」そのとおり、相当でかい声だった。

「それなのに、車がつぶされるような音が、どうしてしなかったのだろうか？　金属のきしる音とか、ガラスの割れる音とか」

「それは、つまり——」わたしは絶句した。一本やられた。「わからんね」

「何だかわからないが、とにかくそいつが車にぶつかったとしても、駐車場から車がはじき出されたようすはまったくない。わたしの考えはこうだ。車の音がしないのは、その多くが失くなっているからではないか。とにかく……消え失せた。地の底に落ちこんだか、蒸発したかはわからんがね。霧がやってきたあとのあの衝撃をおぼえているかね？　まるで地震のようだった。ここの桟が裂けてねじまがったり、棚から品物が落ちたりしたほどだった。それと同時に警報のサイレンもとまった」

　駐車場の半分が失くなってしまった光景を、わたしは心に描こうとした。そこまで歩いて行ってみたら、地面が陥没していて、黄色い線できちんと仕切られた駐車区分もろとも、アスファルトの地面が失くなっているようすを描いてみようとした。陥没、急斜面……あるいはまったくの絶壁が、ただ白一色の霧のなかに切り立っているかもしれない……。

　ややあってから、わたしはいった。「あんたのいうとおりだとして、あんたのピックアップでどの辺まで行けると思うのかね？」

「わたしのトラックでとは思ってない。あんたの四輪駆動のことを考えたんだがね」

　よく検討してみる必要がありそうだが、ひとまずそれは後廻しだ。「ほかに考えていることは？」

　ミラーは熱を入れてつづけた。「隣の薬局のことさ。あそこはどうなったのかね？」

　なんの話か見当もつかないといおうとして、すぐにその口を閉ざした。ブリッジトン薬局《ファーマシー》は、昨日わたしたちがきたときには営業していた。セルフサービスのクリーニング屋は開いていなかったが、薬局は店をあけ放って、少しでも涼しい空気を入れようと、ドアをゴムのあおり止め《ドアストップ》でとめていた――むろん停電で店の冷房がとまっていたからだ。フェデラル・マーケットから薬局までは、わずか二十フィートほどしかないはずだ。それなのに、なぜ――

「なぜ、あっちの連中はだれもここへやって来ないんだ？」ミラーがわたしにかわってたずねた。

「もう十八時間経っている。あそこの連中は腹が空かないのかね？　まさか錠剤やメモ用紙を食って生きのびるわけにはいかないだろう」

「食べるものはあるよ」とわたし。「特殊な食品はいつでも売っている。動物の形をしたクラッカーとか、焼き菓子《ペーストリー》とか、いろいろある。それに、キャンディーを並べた棚もある」

「こっちにありとあらゆるものがあるというのに、そんな物でがまんするとは考えられない」

「いったいなにがいいたいんだね？」

「いいたいのは、ここから脱出するということだが、B級ホラー映画からぬけ出てきたような化け物の餌食にはなりたくない。そこで、われわれのうちの四、五人が隣まで行って、薬局のようすを見てきたらどうかな。いわば観測気球みたいなものだ」

「それだけかね？」

「いや、もうひとつある」

「それは？」

「あの女だ」それだけいって、中央の通路のほうへ親指を動かした。「あのクレージー女。魔女だよ」

　彼が親指でさし示したのは、ミセス・カーモディであった。彼女はいまや孤立してはいなかった。ふたりの女が仲間にくわわっている。派手な色の服装から見て、観光客か避暑族だろう。おそらく〝ちょっと町まで買い物に行ってくる〟つもりで家族と別れ、夫や子どもたちを身の細る思いで案じる破目になった婦人たちだろう。どんな藁《わら》にでもすがりたい一心なのだ。その藁が、たとえミセス・カーモディの暗黒の慰安であろうとも。

彼女のパンツスーツはあいかわらず不吉な光彩を放っている。手ぶり身ぶりをまじえ、堅く厳しい表情でしゃべりつづけている。色鮮やかな服装のふたりの婦人（鮮やかといっても、ミセス・カーモディのパンツスーツほどではない。それに、夫人の巨大なハンドバッグは、あいかわらず青ぶくれの腕に掛かっている）はうっとりと聴き入っている。

「わたしが脱出したいと思うもうひとつの理由が、あの女さ。今夜あたり、あの女といっしょに座っているものは、六人にふえているだろう。そしてピンク色の虫と鳥が今夜またあらわれたら、明朝までには、ここにいる全員があの女の許に集まることになるんだ。そこであの女が、事態を好転させるためにだれを生贄にせよといい出すか。ひょっとしたらわたしか、あんたか、あのハットレンかもしれない。あるいは、あんたの子どもかもしれんぞ」

「ばかばかしい」わたしはいった。ほんとうにそうだろうか。そうとはいい切れない、という思いがぞくっとする冷たいものとなって、背筋を這いあがってくる。ミセス・カーモディの口はたえまなく動きつづけ、観光客らしい婦人たちの目が、しわくちゃの彼女の唇に見入っている。ばかばかしい？　鏡の小川で水を飲んでいる、埃をかぶった剝製の動物を、わたしは思いうかべた。ミセス・カーモディには力がある。ふだんは実利的で忌憚《きたん》のないステフでさえ、この老女の名を口にするときは不安げなのだ。

　あのクレージー女、とミラーはいった。魔女、だと。

「マーケット内の人たちは、まちがいなく精神に異常をきたしはじめるぞ」と、ミラーはいって、ショーウィンドーの仕切りをふちどっている、赤く塗られた桟を身ぶりで示した……ねじれたり、裂けたり、形がゆがんだりしている。「みんな心のなかは、たぶんあの桟とおなじ状態なんだ。わたしもまったく同様でね。昨夜はずっと、こんなことを考えながらすごした――わたしはきっと頭が狂っているにちがいない、たぶんダンヴァーズの病院で狂人用の拘束衣を着せられ、虫だの恐竜みたいな鳥だの触手だのと、わけのわからないことをわめきちらしているのだろう、それも、付添い人がやってきて、腕にソラジンの注射を打ってくれれば、たちまちおさまってしまうんだ、とね」小さい顔が緊張で蒼白になっている。ミセス・カーモディを見てから、その視線をわたしにもどした。「きっとそうなる。みんなの心が薄片みたいに一枚一枚剝がれてゆくにつれて、ある人たちの目には、あの女がそのぶんだけよく映るようになってくる。そんなことになるのなら、わたしはここにいたくない」

ミセス・カーモディの唇は、ひたすら動いている。舌が乱ぐい歯にからみつくように踊る。まるきり魔女だ。先のとがった黒い帽子を被せれば、完璧になる。鮮やかな夏の羽毛をまとった二羽の獲物に、彼女は何をしゃべっているのだろう。

アローヘッド計画のことか。黒い春のことか。地底から出てきた醜悪な生き物のことか。人身御供のことか。

くそくらえ。

それにしても――。

「あんたはどうする？」

「そこまでなら行こう」と、わたしは答えた。「薬局までなら行ってみよう。あんたとわたしと、もし行きたいというならオリーと、ほかにひとりかふたりくわえて。そのあとでまた話し合うことにしよう」それですらわたしには、渡河不能な深みの上を、細い一本の梁をつたって渡るような感じだった。わたしが命を落としても、ビリーを助けることにはならない。だからといって、ただじっと座っていても、ビリーを助けることはできないのだ。薬局までは二十フィート。たいした距離ではない。

「いつにする？」彼がたずねた。

「一時間余裕をくれないか」

「いいとも」

9　薬局への探険

ミセス・ターマンに話し、アマンダに話し、それからビリーに話した。ビリーも今朝はいくらかましになっていた。朝食にドーナツを二個と、スペシャルKのコーンフレークを皿一杯食べていた。食べたあと、二本の通路をわたしと追いかけっこして走りまわったときは、すこしばかり笑いさえした。子どもはじつに順応性に富んでいるので、こちらの内部のつまらない憂さを追い出してくれる。ビリーの顔色は蒼く、夜中に泣いた涙のために目の下がまだ腫れていて、消耗しきった顔つきをしていた。ある意味では老人の顔みたいで、その奥では、強すぎる感情の高電圧が、長時間にわたって流れてきたことを感じさせる。それでもまだ生き生きしているし、まだ笑うこともできる……少なくとも、いま自分がどこにいて、なにがおころうとしているかを思い出すまでは。

風のように走り回ったあと、アマンダやハッティー・ターマンといっしょに腰をおろし、紙コップでスポーツ・ドリンクのゲータレードを飲んだ。そこでビリーに、ほかの二、三人といっしょに薬局まで行くことを話した。

「行っちゃいやだ」ビリーは顔をくもらせて即座にいった。

「大丈夫だよ、ビリー。『スパイダーマン』のマンガを取ってきてやるぞ」

「ここにいて」彼の顔はたんに曇っている程度ではなくなった。いまにも荒れ模様になりそうだった。わたしは彼の手を取った。彼はその手を引っこめる。わたしはまた取った。

「ビリー、遅かれ早かれここから出なくちゃならないんだ。わかってるだろう?」

「霧が晴れたら……」とはいったものの、心許ない口ぶりだった。ゲータレードをゆっくりと、まずそうに飲んだ。

「ビリー、もうまる一日ここにいたんだぞ」

「ママに会いたい」

「だから、これがママのところへもどる第一歩かもしれないんだ」

ミセス・ターマンが、「子どもに希望を持たせるようなことをいうものじゃないわ、デヴィッド」

「どうして」私はかみついた。「子どもはなにかに望みを持っているべきだ」

彼女は目を伏せた。「そうね。そうかもしれない」

ビリーはこのやりとりを聞いていなかった。「パパ……パパ、外にはなにかいるんだよ。なにかが」

「ああ、わかってる。でも、そいつらの全部とはいわないが、その多くは、夜になるまで出てこないらしい」

「やつらは待ってるんだよ」彼はいった。大きく見開いた目で、まっすぐわたしの目を見つめた。

「霧のなかで待っているんだよ……そして、パパが店にもどれなくなったら、やってきて、食べちゃうんだ。おとぎ噺にあるよ」狂おしいほど烈しくわたしに抱きついた。「パパ、行かないで」

　わたしはできるかぎりやさしく彼の腕をふり解いて、行かねばならないのだといって聞かせた。

「かならず帰ってくるよ、ビリー」

「わかった」かすれた声でそういったが、もはやわたしを見ようとはしなかった。わたしがもどってくるとは思っていないのだ。顔にそう書いてある。もう泣きベソをかいてはいなかったが、深い悲嘆と苦痛がそこに表れていた。わたしはまたもや、身を危険にさらしてまでやろうとしていることが、適切なことなのかどうか思い迷った。そのとき、たまたま中央の通路に目をやって、ミセス・カーモディを見た。すでに三人目の聴き手がくわわっている。土気色の頰をした、血走った卑しいぎょろ目の男。げっそりとした顔と震える手がまさに二日酔いそのものを表現している。これぞ、マイロン・ラフルールにほかならなかった。大人の仕事をさせるために子どもを送り出すのに、いささかの良心の責めも感じなかった男だ。

〝あのクレージー女。魔女〟

　ビリーにキスをして、きつく抱きしめた。それから店の正面へ歩いて行った。ただし家庭用品の通路は通らなかった。ミセス・カーモディに見られたくなかったのだ。

通路を四分の三ほど行ったところで、アマンダが追いついてきた。「どうしても行かなくちゃならないの？」

「うん、たぶんね」

「悪いけど、あたしには、馬鹿げた向う見ずとしか思えない」頰は紅潮し、目はいちだんと深いグリーンになっている。彼女はひどく、というより見事に美しく、腹を立てて見せている。

彼女の腕をとって、ダン・ミラーと話したことを要約して聞かせた。車についての謎も、薬局からだれも逃げてこないという事実も、たいして彼女の心を動かさなかった。だが、ミセス・カーモディに関わる話だけは違った。

「そのとおりかもしれないわね」

「本気でそう思うのかい？」

「わからないけど、あの女には毒を含んだ雰囲気があるわ。それに、うんと長いあいだ、恐怖状態におかれていると、だれでもいいから解決策を示してくれる人に頼りたくなるのよ」

「しかし生贄のことは？」

「昔のアステカ族もやったことだわ」淡々といった。「ねえ、デヴィッド。もどってきてよ。たとえどんなことがあっても、もどってくるのよ。必要なら大急ぎで逃げてでも。あたしのためじゃないの。昨夜のことは素敵だったけど、あれは昨夜のこと。坊やのためにもどってきて」

「ああ。もどるとも」

「どうかしら」彼女もまた、いまはビリーとおなじように、やつれはてた年寄りみたいに見えた。わたしたちはほとんどみんな、そんなふうに見えるのかもしれない。だが、ミセス・カーモディだけは違っていた。どことなく若がえって、ますます生気にあふれていた。まるで本領を取りもどしたかのように。あたかも、それを糧にして若くなっていくかのように。

午前九時半に、行動をおこした。行ったのは七人である——オリー、ダン・ミラー、マイク・ハットトレン、マイロン・ラフルールのかつての仲間ジム（やはり二日酔いだが、なんとか罪の償いをしようと心を決めているらしい）、バディー・イーグルトン、わたし。七人目はヒルダ・レプラーだった。ミラーとハットトレンが、さほど強くでもなく、思いとどまるよう説得しようとしたが、彼女は聞き入れなかった。わたしは説得しようとすらしなかった。おそらくオリーをのぞけば、わたしたちのだれよりも適任かもしれないと思ったからだ。彼女は小さなズック製の買物かごを携えていて、そのなかにはレイドとブラック・フラッグの殺虫剤のスプレー罐を、すぐにも使えるようにキャップを外して入れていた。空いているほうの手には、二番通路のスポーツ用品の陳列棚からとってきた、スポールディングのジミー・コナーズのテニス・ラケットを握っている。

「それで何をするつもりです、レプラー先生？」ジムがきいた。

「わからないわ」彼女は低くてしゃがれた、頼もしい声をしている。「ただわたしの手にぴったりだから」ジムをじろじろ見た。その目が冷たい。「ジム・グロンディンじゃないの？　学校であなたを受け持たなかったかしら？」

ジムの唇がへつらうような、きまり悪そうな笑いを作った。「はい、先生。おれと妹のポーリンもです」

「ゆうべは飲みすぎたんじゃないの？」

ジムは彼女よりもはるかに背が高く、体重もおそらく百ポンドは多いのだが、アメリカ在郷軍人会風のクルーカットの髪の根元まで赤くなった。「いえ、あの――」

彼女はそれを無視して顔をそむけると、「用意はいいようよ」といった。

全員が手になにか持っていた。もっとも、おかしな武器ばかりだったが。オリーはアマンダのピストル。バディー・イーグルトンは、奥のどこかから持ちだしてきた鉄《かな》てこ。わたしは箒の柄である。

「オーケイ」ダン・ミラーがわずかに声を高めた。「みなさんに、ちょっと説明しておきます」

十人ばかりが、なにごとかと、〈出口〉のほうへやってきた。なんとなく集まった形で、その右手のほうに、ミセス・カーモディと新しい仲間が立っていた。

「わたしたちは薬局まで行って、向こうの状況を見てくるつもりです。うまくゆけば、ミセス・クラファムの手当てをするものを取ってこれるでしょう」

ミセス・クラファムというのは、昨日虫があらわれたとき、転んで踏みつけられた老婆である。片脚を骨折して、ひどく痛がっていた。

ミラーがわたしたちを見渡した。「わたしたちはどんな危険も冒すつもりはありません。危険のきざしがあればすぐ、マーケットに駆けもどってきます――」

「そして、地獄の悪鬼どもを引き連れてくるのよ！」こう叫んだのはミセス・カーモディである。

「そのとおりだわ！」避暑族の女のひとりが雷同する。「あいつらの注意を引きつけることになるのよ！　あいつらを連れてくることになるのよ！　なぜ、このまま静かにしておかないの？」

わたしたちが出て行くのを見ようと集まっていた人たちの中から、同意のつぶやきがもれた。わたしはいった。「奥さん、これが静かな状態と言えるのですか？」

彼女は困って目を伏せた。

ミセス・カーモディが前に進み出てきた。目がらんらんと輝いている。「外へ出たら死ぬのよ、デヴィッド・ドレイトン！　自分の子どもを孤児《みなしご》にしたいの？」彼女は目をあげ、わたしたち全員を見渡した。バディー・イーグルトンが、視線を落とすと同時に鉄《かな》てこを持ちあげて、彼女を威すような仕草をした。

「みんな死ぬわ！　この世の終わりがきたのがわからないの？　悪魔が解き放たれたのよ！　黙示録の〝苦悩の星〟が炎のように輝き、あのドアの外に出るものは、ひとりのこらず引き裂かれるのよ！　そして、やつらは、ここにのこったわたしたちにも襲いかかってくるわ、この人がいったとおりよ。あなたたちは、そんな事態を引きおこそうというの？」彼女はいまや見物人に訴えかけ、そしてかれらのあいだを低いつぶやきが駆けぬけていった。「昨日は不心得者たちが、あんなことになってしまったじゃないの。死ぬのよ！　死よ！　死――」

突然、精算所をふたつ越えてエンドウ豆の罐詰がとんできて、ミセス・カーモディの右胸に当たった。彼女はギャッと叫んでうしろによろめいた。

アマンダが敢然と進み出て、「黙りなさい。黙るのよ、この意地悪婆あ」

「その女は悪魔につかえているのよ！」ミセス・カーモディが叫んだ。憫笑が彼女の顔に引きつった。「昨夜はどなたと寝たの、奥さん？　昨夜はどなたと夜をともにしたの？　このカーモディおばさんは知ってるのよ、ええ、そう、カーモディおばさんは、ほかの人が見落とすことでもちゃんと見てるのよ！」

しかし、彼女が掛けていた呪縛は瞬時にして破られていた。アマンダの目は揺るぎもしない。

「行くの？　それとも、一日中ここに立っているの？」ミセス・レプラーがきいた。

そして、わたしたちは出発した。神よ、助けたまえ。

ダン・ミラーが先頭だった。オリーが二番手。前にレプラー夫人を置いて、わたしがしんがりである。わたしはかつてなかったほど怯えていたように思う。箒の柄を握る手が、つるつるすべるくらい汗に濡れていた。

鼻につんとくる、あの霧の異臭が漂っている。わたしがドアを出るころには、ミラーとオリーの姿はすでに霧のなかに隠れ、三番目のハットレンもほとんど見えなくなりかけていた。

〝たったの二十フィートだ〟わたしは自分にいい聞かせつづけた。〝たったの二十フィート〟

ミセス・レプラーはわたしの前を、ゆっくり、しっかりした足取りで歩いて行く。右手にさげたテニス・ラケットが軽くゆれている。左側に赤いシンダーブロックの壁があり、右にはいっとう手前の車の列が、霧のなかに幽霊船のように浮かびあがっている。白一色の中から、べつの屑入れがあらわれ、その向こうに、人びとが公衆電話の順番を待つときに腰かけるベンチが見える。〝たったの二十フィートだ、ミラーはおそらくもう着いているだろう、二十フィートといえば、せいぜい十歩かそこらだから——〟

「ひどい！」とミラーの叫ぶ声がした。「ああ、なんてことだ、これを見てくれ！」

ミラーが行きついたことは、まちがいない。

ミセス・レプラーの前にいたバディー・イーグルトンが、まわれ右して走り出そうとした。目を大きく見開いている。ミセス・レプラーがテニス・ラケットで彼の胸を軽くたたいた。「どこへ行くつもりなの？」と、しっかりした、わずかに嗄れた声できく。パニックはその程度のことで終わった。

わたしたちのこりのものも、ミラーのそばに寄っていった。肩越しにふりかえってみると、フェデラルは霧にのみこまれてしまっていた。赤いシンダーブロックの壁が、淡いピンクに薄まってから、すっかり見えなくなった。壁は〈出口〉のドアからブリッジトン薬局《ファーマシー》のほうに、およそ五フィートほど伸びていたはずだ。わたしはかつてなかったほどの孤独感をおぼえ、まったくのひとりぼっちだという気がした。まるで宿るべき子宮を失ってしまったような気分であった。

薬局はあたかも虐殺シーンを思わせた。

ミラーとわたしは、もちろんそのすぐそば（真上といってもいい）にいた。霧のなかの生き物はすべて、おもに嗅覚によって動いていたのだ。それはいかにも当然である。視覚はまったくといっていいほど役に立たなかったはずだ。聴覚は少しはましだっただろうが、前にもいったように、霧には音響効果を狂わせるところがあって、近くの音を遠く感じさせたり、またときには、はるか遠くの音を近く感じさせたりする。霧のなかの生き物は、その最も信頼できる感覚、つまり、嗅覚に頼っていたのだ。

マーケットにいたわたしたちは、なによりも停電のおかげで救われたのだった。そのために自動ドアが作動しなくなった。霧がやってきたとき、いわばマーケットは密閉されていたわけである。しかし薬局のドアは……開けたままとめてあった。停電で冷房が切れたため、ドアをあけて風を入れていたのだ。それがよけいなものまで招き入れることになった。

えび茶色のTシャツを着た男が、入口にうつぶせに倒れていた。というか、最初わたしは、その男のTシャツがえび茶色だと思ったのだ。ところが、下のほうに二、三ヵ所白い部分があるのを見て、もとは白シャツだったのだと知った。えび茶色というのは、乾いた血の色だった。ほかにもまだ、おかしなところがあった。わたしの頭のなかで、それが何なのかを考えた。バディー・イーグルトンがこっちを見て、嘔吐しそうになったときですら、すぐには答がうかんでこなかった。おそらくああいうこと――つまり、ああいう終極がだれかを襲った場合、人間の頭脳はまず最初、それを認めるのを拒絶するのではないだろうか……たぶん、戦場にいるのでもないかぎり。

男の首がなくなっている――つまり、そのことだった。薬局のドアの内側に脚をひろげて倒れていたのだから、頭は当然、入口の低いあがり段にたれていなければならなかったはずだ。その頭がなかった。

ジム・グロンディンは我慢できなくなった。両手で口をおおって、顔をそむけた。血走った目が狂的にわたしの目を見つめる。それから、よろめきながらマーケットのほうへ後退って行った。

ほかのものたちは気にしなかった。ミラーはすでに店内に踏みこんでいる。マイク・ハットレンがそのあとにつづき、ミセス・レプラーはテニス・ラケットを手にして、両開きのドアの片側に立っていた。オリーがもう一方の側に立ち、アマンダのピストルをかまえて、銃口を舗道に向けている。

彼が静かにいった。「だんだん望みが薄れてゆくようだよ、デヴィッド」

バディー・イーグルトンは公衆電話のボックスに力なく寄りかかり、まるで家からの悪い知らせを聞いたばかりのように見えた。広い肩がすすり泣きのために震えている。

「まだ諦めるのは早い」

とオリーにいって、わたしはあがり段をあがっていった。店にはいりたくなかったが、ビリーにマンガ本を約束したのだ。

ブリッジトン薬局《ファーマシー》は狂った修羅場そのものであった。ペーパーバック本や雑誌類がいたるところに散乱している。足許ちかくに『スパイダーマン』のマンガと『超人ハルク』があったので、なにも考えず、ビリーのためにその二冊を拾いあげて、尻ポケットに押しこんだ。壜や箱が通路に落ちている。棚の上から手が一本つき出していた。

非現実の波がわたしを浸した。難破船……虐殺……とにかくひどすぎる。それと同時に、はでに騒いだパーティーの後のようにも見える。最初は飾りのテープと見まちがえたものが、張りめぐらされている。しかしそれは、テープのように幅もなければ平たくもなかった。むしろ、うんと太い糸かうんと細いケーブルのようだった。その色が霧そのものとほとんど同じ明るい白色であるのに、ふと気がついた。背筋を冷たい霜が這いあがってくるように感じた。白い喪章でもない。とすると？　雑誌や本が、その糸の途中にぶらさがっている。

マイク・ハットレンが片足で黒い妙なものをつついていた。細長くて、剛毛におおわれている。「こいつはいったい何だ？」特にだれにということもなくたずねる。

そこで突然、わかった。霧がやってきたとき、不運にも薬局にいた人たち全員を殺したものが何であったかが、わかった。不運にも、匂いを嗅ぎつけられてしまった人たち。

「出るんだ」わたしはいった。喉がすっかり乾ききっていて、飛びだした言葉は綿くずにくるんだ弾丸のように力がなかった。「外へ出るんだ」

オリーがわたしを見た。「いったい……？」

「あれはクモの巣だぞ」わたしはいった。と、そのとき、霧のなかから悲鳴が二度あがった。最初のはおそらく恐怖の悲鳴で、二度めは苦痛の叫びだった。ジムだ。支払うべき借りがあったのだとすれば、彼はいまそれを支払っていた。

「外へ出ろ」わたしはマイクとダン・ミラーにどなった。

霧のなかから何かが輪を描きながら出てきた。背景が白いために姿は見えないが、音が聞こえた。気のない調子でふられている牛追い鞭のような音。そして、バディー・イーグルトンのジーンズの腿にそれがからみつくのが見えた。

彼は悲鳴をあげ、とっさに手に触れたものをつかんだ。それは電話機だった。送受器がコードの長さいっぱいまでとんでから、ブランコのようにゆれた。「畜生、痛い！」バディーが叫んだ。

オリーが手をのばして彼をつかんだ。わたしは目の前の光景を見て、入口に倒れている男の首が失くなっていたわけがわかった。バディーの脚に絹紐のように巻きついた細く白いケーブルが、肉に食いこんでゆく。ジーンズのズボンがその部分からきれいに切断されて、脚から脱け落ちた。ケーブルの輪が腿の肉に食いこむにつれて、そこから血があふれ出た。

オリーは力いっぱい引っぱった。ケーブルの切れる音がして、バディーは自由になった。唇がショックで蒼ざめている。

マイクとダンが出てきたが、遅すぎた。そのときダンは、ぶらさがっていた数本の紐にひっかかって、ハエ取り紙につかまった虫のように動けなくなった。彼はすさまじい勢いで身を放したので、着ていたシャツが破けて、クモの巣の紐に布きれがぶらさがってひらひらゆれた。

突如としてあたりには、あの物憂い牛追い鞭のような音が満ちあふれ、細くて白いケーブルが、そこらじゅうに漂いさがってきた。いずれもおなじ腐食性の物質でおおわれている。わたしはそのなかの二本から、巧みに、というよりもむしろ、運よく体をかわした。一本が足許に落ちると、アスファルトの地面が泡立つような音を立てた。べつの一本が空中を漂ってきた。それをミセス・レプラーが、落ち着きはらってテニス・ラケットでふり払った。紐がすばやくからみつき、甲高いツィン！　ツィン！　ツィン！という音がした。腐食性物質がラケットの糸を侵し、糸が切れていく音だった。あたかもバイオリンの弦を急ピッチでつまびくように聞こえる。と思うまもなく、一本が柄の上部に巻きついてきて、ラケットを霧のなかに引っさらっていった。

「引きかえすんだ！」オリーが叫んだ。

わたしたちは動きだした。オリーは片腕でバディーの体を支えている。ダン・ミラーとマイク・ハットレンは、マダム・レプラーの両脇についた。クモの巣の白い紐はたえまなく霧のなかからあらわれるが、赤いシンダーブロックをバックにしたときしか目には見えない。

その一本がマイク・ハットレンの左腕に巻きついた。べつの一本が、つづけざまに巻きあがりながら、彼の首に巻きつく。頸静脈が裂けて、ポンプのように血を噴出し、彼は首をだらりとたれたまま引きずられていった。バスのスポーツ靴の片方が脱げて、横倒しになった。

バディーが突然くずおれて、オリーは膝をつきそうになった。「気を失った。デヴィッド、手を貸してくれ」

わたしはバディーの腰をかかえた。わたしたちは、ぎごちない格好でよろめきながら、彼を引きずっていった。気を失っていても、バディーは鋼鉄の鉄《かな》てこをしっかり握っていた。クモの巣の紐が巻きついたほうの脚は、異様な角度にまがってぶらぶらしている。

ミセス・レプラーがふりむいて、「危ない！」と、しわがれ声で叫んだ。「うしろに気をつけて！」

わたしがふり向きかけたとたん、一本のクモの紐が、ダン・ミラーの頭に降りてきた。彼は両手で頭をたたき、かきむしった。

わたしの背後に、一匹のクモが霧の中から姿をあらわしていた。大きな犬ほどの大きさだった。色は黄色の紐飾り《パイピング》のついた黒色だ。競馬騎手の服装みたいだと、わたしは馬鹿なことを考えた。目はザクロのような赤味がかった紫色。そいつが、やたら関節のある十二本か十四本もありそうな肢を動かし、わたしたちのほうへ気取った速足で歩いている。地球上のものではないクモを、恐怖映画並みの大きさに引き伸ばしたようである。本当はクモとはちがう、まるで別種のものなのだろう。あれを見れば、マイク・ハットレンも納得しただろう——薬局で彼がつついていた剛毛のはえた黒い物が、本当は何であったのかを。

そいつは上腹部にある卵形の穴から紐を吐きだしながら、わたしたちのほうへ近よってくる。吐きだされた紐は、ほぼ扇形を描いてゆっくり飛んでくる。この悪夢を目にしながら、それが、ボート小屋のかげで、死んだハエや虫を抱えこんでいた不吉な黒クモにあまりに似ているので、わたしは頭のなかで、その夢から逃れようと必死にもがいていた。いまから思うと、どうにか正気らしきものを保っていられたのは、ビリーを思う一心があったからにちがいない。わたしはなにか声を発していた。笑っていたか、泣いていたか、叫んでいたのか。自分でもわからない。

だが、オリー・ウィークスは岩のようにしっかりしていた。射的場にいるように平然とアマンダのピストルをかまえ、至近距離にいる生き物めがけて、ゆっくりあいだを置きながら、弾倉が空になるまで撃ち込んだ。地獄から来た生き物かどうかは知らないが、そいつも不死身ではなかった。胴体から黒い膿汁を飛びちらして、ネコの鳴き声のような弱々しい音を出した。それは聞こえたというよりも、感じられたといったほうがいいくらい低く、シンセサイザーの低音《バス》に似ていた。そして霧のなかに逃げこんで姿を消した。ひょっとしたらあれは、麻薬による幻覚だったのではないか。そいつがのこしていった、黒い粘液さえなければ、そう思いこんでしまいそうだった。

大きな音がして、バディーが手にしていた鋼鉄の鉄《かな》てこを落とした。

「死んだよ」オリーがいった。「手をはなそう、デヴィッド。股《こ》動脈をやられていたんで、死んだんだ。早くここを逃れなければ」

彼の顔にはまた汗がしたたり、大きな丸顔から目がとび出している。クモの紐が一本、手の甲におりてきたので、オリーは腕ではらいのけた。手の甲には血のにじんだみみずばれがのこった。

ミセス・レプラーがまた、「危ない！」と叫んだので、わたしたちは彼女のほうをふり向いた。べつのクモが霧のなかからあらわれて、熱烈な恋人の抱擁のように、ダン・ミラーの体に脚を巻きつけていた。彼は拳骨をふりまわしてそいつを殴っている。わたしがバディーの鉄《かな》てこを拾いあげたとき、クモは死の紐でダンをくるみはじめ、彼のもがき方も、身の毛のよだつ激しい死の踊り《デス・ダンス》のようになってきた。

ミセス・レプラーが、殺虫剤ブラック・フラッグの罐を持った片手をいっぱいにのばして、クモに近づいていった。クモの肢が彼女のほうへ伸びてくる。彼女がボタンを押すと、中身が噴出して、きらめく宝石のような片目に命中した。あの低い、ネコの鳴くような声が漏れた。クモが全身を震わせたと見ると、毛深い肢で舗道を引っかきながら、よろよろと後退しはじめた。ぶつかったり転がったりしているダンの体を、うしろに引きずりながら逃げだして行く。ミセス・レプラーは殺虫剤の罐を投げつけた。それはクモの胴体にあたってはねかえり、カラカラと音を立ててアスファルトに転がった。クモは小型のスポーツカーに激しくぶつかり、それをゆらしてから見えなくなった。

わたしは蒼白な顔でふらついているミセス・レプラーのそばに寄っていって、彼女の肩を抱いてやった。「どうもありがとう」彼女はいった。「ちょっと目まいがするの」

「大丈夫ですよ」わたしはかすれ声を出した。

「できたらあの人を助けたかったのに」

「ええ。わかっています」

オリーもそばにきた。あたり一面クモの紐が降ってくるなかを、わたしたちは、マーケットのドアに向かって走った。紐の一本がミセス・レプラーの買物かごに触れて、ズック地に食いこんだ。彼女は取られまいとして、両手で手提げの部分を引っぱったが、無駄だった。買物かごは回転しながら霧のなかに消えていった。

〈入口〉のドアに達したとき、コッカスパニエルの仔犬ぐらいしかない小さなクモが、霧のなかから、建物の側面沿いに走り出てきた。紐は吐き出していない。まだそこまで成長しきっていないのだろう。

オリーが肉づきのいい肩でドアを押しあけてミセス・レプラーをなかに入れていたとき、わたしは鉄《かな》てこを投げ槍のようにふりかぶって、そのクモを串刺しにした。そいつは肢で空をかきむしって、はげしく身もだえした。赤い目がわたしの目をとらえ、じっと見据えたように思われた……。

「デヴィッド！」オリーはまだドアを押さえていた。

わたしは駆けこんだ。彼もあとにつづく。

蒼ざめ怯えた顔がわたしたちを見つめた。七人が出て行って、戻ってきたのは三人だった。オリーは樽のような胸を波打たせながら、重いガラスのドアにもたれている。彼はアマンダのピストルに、ふたたび弾丸をこめはじめた。副支配人用の白シャツが体にぴったり張りついて、腋の下に大きな灰色の汗のしみがひろがっていた。

「何だったんだ?」だれかが低いだみ声で聞いた。

「クモよ」ミセス・レプラーがぶすっと答えた。「あいつがわたしの買物かごをひったくっていったわ」

ビリーが泣きながら、わたしの腕にとびこんできた。わたしは彼をしっかりと抱きしめた。

10 ミセス・カーモディの魔力。マーケットでの第二夜。最後の対決

こんどはわたしが眠る番だった。その四時間のことはなにひとつ覚えていない。アマンダに聞くと、しきりに寝言をいって、一、二度悲鳴をあげたらしいが、夢を見たという記憶はない。目をさましたのは、午後になってからだった。ひどく喉が渇いていた。ミルクの一部は腐っていたが、まだ悪くなっていないものもあった。わたしは一クォート飲んだ。

ビリーとミセス・ターマンとわたしのいるところへ、アマンダがやってきた。車のトランクにある散弾銃《ショットガン》を取りに行こうかと申し出た老人も、彼女についてきた。たしかコーネルという名だった。アンブローズ・コーネルだ。

「調子はどうかね?」彼がたずねた。

「まあまあです」しかし、まだ喉が渇いていたし、頭痛もした。とりわけ、びくついていた。そっとビリーを抱き寄せ、視線をコーネルからアマンダにうつした。「なにか?」

アマンダがいった。「コーネルさんが、あのカーモディ夫人のことが気がかりだって。あた

しもそうだけど」

「ビリー、いっしょに散歩してみない？」ハッティーが誘った。

「行きたくない」と、ビリー。

「行ってこいよ」とわたしがいうと、彼は立って行った——それも渋々。

「で、カーモディ夫人がどうしたんです？」わたしは聞いた。

「あの女は扇動しとるんだよ」と、コーネル。老人らしい厳しさでわたしを見た。「あれをやめさせるべきだ。早急に」

アマンダが、「いまでは十人ぐらいが彼女のそばについているわ。狂信者の礼拝式みたいな感じ」

私は、ある友人の作家と話したことを思い出した。彼はオティスフィールドに住んでいて、養鶏と、年に一冊の割で出す書き下ろしのペーパーバック本（スパイ小説だが）で、細君と二人の子どもを養っていた。話題は超自然ものの本の人気が高まっていることに関してだった。ゴールトの指摘によると、この手の雑誌『ウィアード・テールズ』は四〇年代にはほんのわずかな原稿料しか払えなかったし、それも五〇年代には破産してしまった。細君が卵をロウソクの明かりにすかして検査していて、外では雄鶏が不満そうに時をつくっているところで、彼は語った——機械文明《テクノロジー》がすたれ、科学技術が失敗し、因襲的宗教制度が崩壊するとき、人びとは何か求めずにはいられなくなるのだ。夜中にさまよい出るゾンビーですら、実存的恐怖喜劇——つまり、過フッ化炭化水素の脱臭剤スプレーを百万個噴射させれば、大気中のオゾン層が消滅するという事実——にくらべたら、むしろ可愛いくらいだ、というのだ。

ここに閉じこめられてすでに二十六時間になるが、まだなにひとつできないでいる。ただ一度の外への探険も、五十七パーセントの損失という結果に終わった。ミセス・カーモディが成長株に一転したとしても、さして驚くべきことではないかもしれない。

「本当に十人も集まったのか？」わたしは聞いた。

「いや、八人だけだ」コーネルが答えた。「だがしゃべるほうはやめない。カストロがやった十時間演説並みだ。たいした長説法だよ」

八人なら、それほど多くはない。陪審員を構成するにも、まだ不足している。しかし、コーネルとアマンダが不安の色をうかべる理由は理解できた。その人数でもマーケット内で単独最大の政治勢力を形成するには充分なのだ――とくに、ダン・ミラーがいなくなったいまとなっては。この閉ざされた世界における単独最大のグループが、地獄だとか、開けられた黙示録の〝七つの鉢〟だとかについてしゃべりまくる彼女の熱弁に耳を傾けていると思うと、かなりひどい閉所恐怖症に陥った気分がしてくる。

「あの女はまた人身御供のことをいい出してるわ」アマンダがいった。「バッド・ブラウンがやってきて、この店でそんなたわごとはやめてくれといったの。そしたら、そこにいたふたりの男が――ひとりはあのマイロン・ラフルールという人よ――ここはまだ自由の国なんだから、黙ったほうがいいのはあんただよ、といったの。バッドが黙らなかったものだから……それで、こづき合いになってしまって」

「彼は鼻血を出したよ」コーネルがいった。「連中は本気なんだ」

わたしはいった。「まさか実際にだれかを殺すことまではしないでしょう」

コーネルが穏やかに、「霧が晴れなければ、どこまでいくかわかったものじゃない。だがわたしは、そこまで見届けたくはないね。ここから出て行くつもりだ」

「いうは易く行うは難し、ですよ」しかし、わたしの頭のなかでひらめくものがあった。そうだ、匂い。それが鍵だ。わたしたちはマーケット内に、孤立した状態に置かれている。虫どもは、普通の虫とおなじように、光に誘われてやってきたのではないか。鳥は食べ物を追ってきただけなのだろう。一方もっと大きいやつは、こちらがなんらかの理由で戸をあけない限り、襲いかかってはこなかった。ブリッジトン薬局《ファーマシー》での虐殺は、ドアを開け放していたためにおこっている——それはたしかだ。ノートンとその仲間を襲ったやつ（一匹か複数かはわからないが）は、家ほどの図体ではないかと想像されるような声を出していたが、それでもやつは、マーケットのそばまではこなかった。ということは、たぶん……。

ふいにオリーと話がしたくなった。彼と話す必要がある。

「ここを出て行くか、さもなければ死ぬまでだ」コーネルはいった。「夏ののこりをこのなかですごすつもりはないね」

「四人自殺したわ」アマンダが出しぬけにいった。

「なんだって？」いくぶんかの罪の意識を感じながら、最初に念頭をよぎったのは、あの兵隊たちの死体が発見されたのか、ということであった。

「睡眠薬だ」コーネルが簡潔にいった。「わたしとほかの二、三人で、死体を裏に運んだよ」

わたしは笑いだしそうになるのを我慢した。裏の倉庫はついに死体置場に変じてしまったわけだ。

「ここもだんだん人が減ってゆく」と、コーネル。「わたしも行ってしまいたいよ」

「あなたの車まで行くのは無理ですよ。それは間違いない」

「いちばん手前の列まででもかね？　あれなら薬局より近いぞ」

わたしはそれには答えなかった。そのときはまだ。

約一時間後、オリーがビール冷却器のそばに陣取ってブッシュを飲んでいるのを見つけた。彼女の顔は無表情だったが、やはりミセス・カーモディのほうを見守っているようだった。彼女はどうやら疲れを知らないらしい。また生贄の話をしていたが、もはやだれも彼女に黙れというものはいなかった。昨日、彼女に黙れといった人たちのなかにも、きょうは彼女といっしょにいるか、あるいは少なくとも彼女の話を聞きたがっているものが何人かいた――数のうえではそうでない人たちよりも多かった。

「明朝までには生贄のことで連中を説得してしまうかもしれんな」オリーはいった。「あるいはそうでもないかもしれん……もしも説得したとしたら、彼女は名誉の犠牲者に、だれを選ぶと思う？」

バッド・ブラウンは彼女に逆らった。アマンダもそうだ。彼女を殴った男もいる。それにむろん、わたしも。

「オリー」わたしはいった。「五、六人でなら、ここを出られると思うんだ。どこまで行けるかわからないが、少なくとも出ることは可能だよ」

「どうやって？」

わたしは説明した。簡単なことだった。わたしのスカウトまでいっきに走って行って乗りこめば、やつらも人間の匂いには気づかないだろう。すくなくとも、窓を閉めてしまえば。

「だけど、なにかほかの匂いに引きつけられるとしたら？」オリーが質問した。「たとえば排気ガスとか？」

「そのときはおしまいだな」

「動きということもある」と、オリー。「霧のなかを走る車の動きが、やつらを引きよせるかもしれないんだぜ、デヴィッド」

「そうは思わないな。餌食の匂いがなければ、大丈夫さ。そこが出ていくための鍵だと確信している」

「だが、本当のところはわからないだろう」

「そう、本当のところはね」

「どこへ行くつもりなんだ？」

「最初に？　家だよ。女房を連れだすために」

「デヴィッド――」

「わかってるよ。女房のことをたしかめるために、だ。確認するためだ」

「あいつらはきっとどこにでもいるぞ。スカウトからおりて玄関の前庭にはいったとたんに、あんたに襲いかかるかもしれない」

「そうなったら、スカウトはあんたのものだ。わたしが頼んでおきたいのは、あんたが無事でいるかぎり、できるだけビリーの面倒を見てやって欲しい、それだけだ」

オリーがブッシュを飲みおえて、罐を元の冷却器のなかに落とすと、空罐ばかりのぶつかる音がした。アマンダの亭主が彼女にあたえたピストルの台尻が、ポケットからつき出ている。

「南かね?」わたしの目を見つめてきいた。

「そうだ」と、わたし。「南へ向かって、霧の外へ出られるようやってみる。死物狂いでね」

「ガソリンはどのくらいある?」

「ほぼ満タンだ」

「霧の外へは出られないかもしれないと考えたことは?」

　むろん考えた。アローヘッド計画で扱われていた何かが、ソックスを裏がえすようにいともたやすく、この地域全体を異次元に引きこんだのだとしたら? 「ちらっと考えてみたことはある。だけど、それが嫌なら、カーモディ夫人が生贄にだれを要求するか、手をこまねいて見ているしかないだろう」

「きょうやるつもりなのか?」

「いいや、もう午後になってるし、やつらは夜になると活気づく。明日、それも早朝を考えている」

「だれを連れて行く?」

「わたしとあんたとビリー。ハッティー・ターマン。アマンダ・ダンフリーズ。あのコーネルという老人とレプラー夫人。たぶんバッド・ブラウンもだ。それで八人だが、ビリーはだれかの膝に座ればいいし、みんな詰め込めるだろう」

　彼はしばらく考えてから、「よし、やってみよう」といった。「もうほかのだれかに話したかね?」

「いいや、まだだ」

「まだ話さないほうがいいな。明日の朝四時ごろまではね。食料品を二、三袋分用意して、ドアにいっとう近い精算所の下に置いておく。運がよければ、だれにも気づかれないうちに、なんとかぬけ出せるだろう」彼の目がふたたびミセス・カーモディのほうを見た。「もしもあの女が知ったら、止めようとするだろうな」

「そう思うか？」

　オリーは別のビールをとって、「思うね」といった。


　その日の午後――これを書いているいまからいえば、昨日の午後――は、いわばスローモーションのように過ぎていった。宵闇が忍び寄って、ふたたび霧をうっとうしいクロム色へと変えていった。外の世界がいまやどうなっているのかはわからないが、その世界も八時半ごろまでには、すっかり暗黒に包まれた。

　ピンク色の虫がもどってくると、やがて鳥まがいのものが舞いおりてきて襲いかかり、虫を引っ攫っていった。ときおり闇のなかから何かの吼える声がした。夜半すこし前に、一度、長く尾を引きアアアールウウウー！という声がおこって、人々は不安げな顔で暗闇のなかをすかし見た。それはまるで雄のアメリカワニが沼地で吼えでもしたら、あんな声だろうかと思わせた。

　ミラーの予言どおりになりつつあった。夜半過ぎには、ミセス・カーモディの仲間があらたに五、六人くわわっていた。そのなかには肉屋のミスター・マクヴィーもまじっていて、彼は腕組みをして立ったまま、彼女を注視している。

彼女はすっかり張り切っていた。睡眠などまるで必要ないという感じだった。彼女の説教は、ギュスターヴ・ドレやヒエロニムス・ボスやジョナサン・エドワーズの世界からぬけ出てきたおどろおどろしい恐怖を果てしなく並べ立て、話のクライマックスを盛りあげながら延々とつづいた。まわりに集まったものたちは、昔の信仰復興のための天幕集会の信者のように、彼女といっしょに祈りをつぶやき、無意識のうちに体を前後にゆすりはじめていた。かれらの目は光ってはいるが空虚だった。すっかり彼女の魔力に魅せられてしまっている。

午前三時ごろ（説教は執拗につづいていて、関心のない人たちは奥へ退き、なんとか睡眠をとろうとしていた）、オリーが食料品の袋をひとつ、〈出口〉にいっとう近い精算所の下の棚に運びこむのを見た。それから半時間後、さらにもうひとつ袋を運んできた。わたし以外はだれひとり彼の行動に気づいていないようだった。ビリーとアマンダとミセス・ターマンは、品物がすっかりなくなったコールドカットの売り場のそばに、ひとかたまりになって眠っている。わたしもそこにくわわって、落ち着かぬままうとうとした。

腕時計が四時十五分をさしているとき、オリーにゆり起こされた。コーネルがいっしょだった。彼の目が眼鏡の奥できらめいて見えた。

「時間だぞ、デヴィッド」オリーがいう。

緊張で胃が一瞬ひきつったが、すぐにおさまった。わたしはアマンダをゆり起こした。アマンダとステフをいっしょの車に乗せたらどうなるだろうという疑問が、ふと念頭をかすめたが、これも一瞬だけのことだった。今日のところは、成行きにまかせるしかない。

例のみごとなグリーンの目が開いて、わたしの目を見た。「デヴィッド?」

「一か八かここを脱出することにした。きみもくるか?」

「いったいなんの話?」

説明しかけてから、話を一度ですませるために、ミセス・ターマンも起こした。

「匂いについてのあなたの説は」とアマンダがいった。「要するに、経験から割りだした、ただの推測でしかないんじゃないの?」

「そうだよ」

「そんなことは、わたしにはどっちでもいいの」ハッティーはいった。彼女の顔には血の気がなく、睡眠を取っていたにもかかわらず、目の下に大きな暈《くま》ができていた。「もういちど太陽が見られるなら、どんなことでもするわ」

〝もういちど太陽が見られるなら〟。わたしの内部を小さな震えが走った。彼女はわたし自身の恐怖の核心にきわめて近いところに触れたのだ。ノームが商品の搬入口から引きずり出されるのを見てからずっと、わたしの内部《なか》には、世界の終末をすでに定められたものであるかのように受けとめているものが根強く巣食っていたのである。太陽は霧を通して、小さな銀貨のような姿が、ほんの短いあいだ見られただけだった。あたかも金星にいるかのように。

霧のなかに潜んでいるのは、さほど化け物じみた生物でもなかった。わたしが鉄《かな》てこでやっつけたように、やつらはラヴクラフトの小説に出てくる不死の生命を有する怪物などではけっしてなく、それなりの弱点をもった有機生物にすぎない。こちらの気力を弱めて意志を奪っているのは、霧そのものにほかならない。〝もういちど太陽が見られるなら〟。彼女のいうとおりだ。そのことだけのためにも、やってみる価値はおおいにある。ハッティーに微笑みかけると、彼女もためらいがちに微笑をかえした。

「いいわ」アマンダがいった。「あたしも行くわ」

わたしはなるべくそっと、ビリーを起こしはじめた。


「わたしもいっしょに行きます」ミセス・レプラーはそくざにいった。

わたしたちは全員、肉売り場のカウンターのそばに集まった――バッド・ブラウンを除いて。彼は誘ってくれたことを感謝したが、いっしょに行くのは断った。マーケットにおける自分の立場を放棄する気はないというのだった。かといってオリーの行動を責める気もないと、びっくりするほど優しい声音でつけくわえた。

白い琺瑯のケースから、不快な甘ったるい臭気が立ちのぼりはじめていた。それは、わたしたちがケープ・コッドで一週間を過ごしたとき、冷凍器《フリーザー》が故障して匂った臭気を思い出させた。ミスター・マクヴィーがミセス・カーモディの仲間にくわわったのは、この肉の腐っていく臭気のせいだったのかもしれない。

「――贖罪《しよくざい》！　わたしたちがいま考えたいのは贖罪のことです！　わたしたちは鞭とサソリの懲らしめを受けた！　神がその昔禁じ給うた秘密を探ったために、罰を受けたのです！　わたしたちは大地が口を開くのを見た！　悪夢のごとく忌わしいものを見た！　岩はそれを隠すことはできないし、枯れ木の下に難を避けることはできない！　ならば、どうすればいいの？　どうすればこれを終らせることができるの？」

「贖罪だ！」と叫んだのは、マイロン・ラフルールである。

「贖罪……贖罪……」かれらは心許なげにつぶやいた。

「はっきり聞こえるように、自信をもっていってごらん！」ミセス・カーモディは叫んだ。首にはふくらんだコードのように青筋が立っている。声はさすがにひび割れ、しゃがれているもののの、まだおそろしい迫力に満ちていた。わたしはふと思った——彼女にあのような、人の心をくもらせ、いかにも巧みに弁舌をふるう力をあたえたのは、霧であったのだと。それは同様にして、わたしたちほかのものからは、太陽の力を奪い去ったのだ。それまでの彼女は、やたらと骨董品店の多い町に一軒の店を持っている、少々風変わりな老女にすぎなかった。奥の部屋に三つ四つの剝製動物があり、それと、

（魔女……あのクレージー女）

民間療法で知られる、ただの老女にすぎなかったのだ。噂では、彼女はりんごの木の占い棒で水脈を捜しあてたり、魔力でいぼを取ったり、そばかすを目立たない影程度にぼかしてしまうクリームを売っている、ということだった。ビル・ジョースティじいさんから聞いたのだったのか、ミセス・カーモディは（絶対内緒で）性生活の面倒も見ているという話すらあった。もしも寝室の行為がうまくいかないようであれば、彼女が男根を蘇生させる薬を調合してくれるというのだった。

「贖罪だ！」一同が声をそろえて叫んだ。

「贖罪、そうです！」彼女は有頂天になって声をはりあげる。「贖罪がこの霧を晴らすのです！　贖罪が怪物や化け物を追い払ってくれる！　贖罪がわたしたちの目から霧のうろこを落

とし、視界を開いてくれるのです！」声を一段低くして、「そこで、聖書には、贖罪とは何であると書いてあるかしら？　神の目と御心にかなう、罪の唯一の清めは？」

「血だ」

今度ばかりは、悪寒がわたしの全身をつらぬいて首筋にまで達し、そのあたりの頭髪を逆立てた。ミスター・マクヴィーがその言葉を口にしたのだ。わたしがまだほんの子どもで、父の黄金の手につかまっていたころからずっと、ブリッジトンで肉を切っていた肉屋のミスター・マクヴィー。しみのついた白衣姿で注文に応じて肉を切っていたミスター・マクヴィー。のこぎりや肉切り庖丁を昔から扱い馴れているミスター・マクヴィー。彼は魂を清めるものが、肉体の傷口から流れ出る血にほかならないことを、ほかのだれよりもよく知っていた。

「血だ……」ほかの連中が小声でいう。

「パパ、こわいよ」わたしの手をつかんでいたビリーの手に力がこもる。小さな顔が、緊張でこわばり、蒼ざめている。

「オリー」わたしはいった。「こんなところからは早く出て行こう」

「賛成」彼は答えた。「さあ、行こう」

いくぶん間隔をおいて、二番目の通路を進みはじめた——オリー、アマンダ、コーネル、ミセス・ターマン、ミセス・レプラー、ビリー、それにわたしの順である。時刻は朝の五時十五分前。霧はふたたび明るくなりだしていた。

「あんたとコーネルが食料品の袋を取ってくれ」と、オリーがわたしにいった。

「オーケイ」

「わたしが最初に行く。あんたのスカウトはフォー・ドアだな？」

「そうだ」

「よし。運転席のドアと、おなじ側の後部ドアを、わたしが開ける。ダンフリーズさん、ビリーを抱いてくれますか」

彼女はビリーを腕に抱きあげた。

「ぼく、重すぎる？」ビリーがたずねる。

「いいえ、坊や」

「よかった」

「あなたとビリーは前に乗って」と、オリー。「ずっと奥へはいってください。ターマンさんは前部の真んなか。デヴィッド、あんたがハンドルの前だ。あとの人たちは――」

「どこへ行くの？」

ミセス・カーモディだった。

オリーが食料品の袋を隠しておいた精算所の先に、彼女は立っていた。パンツスーツが薄暗がりに黄色い悲鳴のようにうかびあがっている。髪はざんばらに乱れ、わたしは瞬間、映画『フランケンシュタインの花嫁』のエルザ・ランチェスターを思い起こした。目がらんらんと燃えている。十人から十五人ぐらいが彼女の背後に立って、〈入口〉と〈出口〉のドアをふさいでいた。かれらの顔つきはまるで、自動車事故にでも遭遇したか、それともＵＦＯが着陸するところを目撃したか、あるいは木が勝手に根っこを引きぬいて歩きだすのを見でもしたような感じだった。

ビリーが身をちぢめてアマンダにしがみつき、彼女の首に顔を埋めた。

「これから出て行くところですよ、カーモディさん」オリーの声は、不思議なほど穏やかだった。「そこをどいていただけますか」

「だめよ。出て行けば死ぬのよ。まだわからないの？」

「だれもあなたのじゃまはしなかった」わたしはいった。「わたしたちもそれと同じ特権を望むだけです」

彼女は身をかがめて、迷うこともなく食料品の袋を見つけた。わたしたちが計画していたことを、ずっと知っていたのに相違ない。オリーが隠しておいた棚から、彼女はふたつの袋を引っぱりだした。ひとつが破れて、罐詰が床にこぼれ落ちた。彼女はもうひとつを投げすて、それも壜の割れる音とともに、裂けた。ソーダ水がシューーッという音を立てて四方八方にひろがり、隣の精算所のクロムメッキをほどこした化粧面にしぶきをはねかける。

「かれらこそ、こんな事態をひきおこした張本人なのよ！」彼女は叫んだ。「全能の神の意志に服従しようとしない人間たち！　高慢な罪人、不遜にして強情なものども！　このものどものなかからこそ生贄を出すべきだわ！　このものたちのなかから贖罪の血を」

賛同の低いざわめきがおこって、いっそう彼女を駆りたてる。彼女はいまや狂喜していた。口から唾をとばし、背後に群がった人たちに金切り声でわめく――「わたしたちが求めるのは子どもだ！　子どもをつかまえなさい！　あの子を取るのよ！　わたしたちに必要なのは子どもだ！」

じりじりと迫ってきた。先頭にいるマイロン・ラフルールの目が、うつろな喜びをたたえている。そのすぐうしろにいるミスター・マクヴィーの顔はまったく無表情だった。アマンダがビリーを強く抱き締めて二、三歩、後退《あとずさ》った。ビリーの腕は彼女の首に巻きついている。彼女はおびえた顔でわたしを見た。「デヴィッド、どうすれば――」「ふたりともつかまえなさい！」ミセス・カーモディが叫ぶ。「この男の情婦もつかまえるのよ！」まるで、黄色と闇の歓喜を告げる予言者のようだった。腕にはまだハンドバッグを掛けている。彼女は醜悪な格好でぴょんぴょん跳んだ。「子どもをつかまえるのよ、淫売女をつかまえるのよ、ふたりともいっしょに、このものたちもみんな、つかまえ――」

鋭い銃声が鳴りひびいた。

いっさいが凍りついた。教室で生徒たちが大騒ぎをしているところへ、ちょうど先生がもどってきて、バタンとドアを閉めた感じであった。マイロン・ラフルールとミスター・マクヴィーはそのまま、約十歩ほど向こうに立ちすくんだ。マイロンが不安げに肉屋を見やったが、肉屋のほうは見かえすどころか、そこにラフルールがいるということさえわからないようだった。ミスター・マクヴィーは、この二日間に大勢の人たちの顔に見られたのとおなじ表情をうかべていた。それはいわば恍惚状態、精神の崩壊をあらわしていた。

マイロンは大きく見開いた目をこわごわオリーに向けながら、後退した。そして、駆け出した。通路の角をまわったところで罐を踏んづけて転倒し、あわてて起きあがると、姿を消した。

オリーはアマンダのピストルを右手にもって、模範的な射撃手の姿勢をとっていた。ミセス・カーモディはまだ精算所の端に佇立したまま、黄褐色の斑点《しみ》だらけの両手で、腹部をしっかりとおさえている。指のあいだから血が噴きだして、黄色いスラックスにとびちった。

口が開いて、また閉じた。一度、二度。なにかいおうとしている。最後にようやく、「お前たちはみんな外で死ぬんだ」こういってから、ゆっくり前にのめった。ハンドバッグが腕からぬけて、床に落ち、中身がこぼれ出た。円筒型《チューブ》の薬壜が転がってきて、わたしの靴に当たった。なにげなしにかがんで拾いあげると、半分なくなったサーツの口臭剤の容器だった。わたしはまたそれを下に落とした。彼女の物にはいっさい手を触れたくなかった。

〝信者たち〟は中心点を喪って、じりじりと退き、輪をひろげていった。倒れている人と、その体の下からひろがってくるどす黒い血に、目を据えたままである。「お前が殺したんだ！」だれかが怖さと怒りの混じった声で叫んだ。だが、ミセス・カーモディもわたしの息子に対しておなじことをしようとしていたことを指摘するものは、ひとりもいなかった。

オリーはまだ射撃手の姿勢をとったままだったが、唇が震えていた。わたしはそっと彼に手を掛けた。「オリー、行こう。感謝するよ」

「殺してしまった」だみ声でいった。「殺さなければ、どんなことに——」

「そうだよ」とわたし。「だから感謝したんだ。さあ、行こう」

わたしたちはふたたび動きだした。

持っていく食料品の袋がなくなったので——ミセス・カーモディのおかげだ——わたしがビリーを抱けることになった。ドアのところでちょっと足を止めたとき、オリーが低い張りつめた声でいった。

「撃つつもりはなかったんだ、デヴィッド。ほかに方法があれば、けっして」

「わかってる」

「信じてくれるか？」

「ああ、信じるとも」

「じゃあ行こう」

わたしたちは外に出た。

11　結び

オリーは右手にピストルを持って機敏に動いた。ビリーとわたしがドアから出るか出ないかのうちに、もうスカウトに達していた。テレビ映画の幽霊のように、実体のないかすんだオリーの姿。それが運転席のドアをあけた。つづいて後部のドア。と、そのとき、何かが霧のなかからあらわれて、彼をほぼ真っぷたつにしてしまった。

わたしはそいつの姿をよく見ることはできなかったが、むしろそのことを感謝したい気持ちである。それは赤い色をしていたようだ。料理されたロブスターの怒り狂ったような赤い色。そいつには、はさみがあった。そいつの出す低くうなるような音は、ノートンとその不信者グループが出て行ったあとで聞こえた声と、さほど違わなかった。

オリーが一発撃ったとたんに、そいつのはさみが切り、オリーの体はおびただしい血を迸らせて、蝶番がはずれたようになってしまったのだ。アマンダのピストルが手から落ち、舗道にあたって、火を吹いた。巨大な、輝きのない黒い目をちらりと見たときは、悪夢を見ている思いがした。とてつもなく大きな手でハマベブドウをひとつかみしたぐらいの大きさがあったのだ。そいつはオリー・ウィークスの残骸をしっかりつかんだまま、よろめくように霧のなかへもどっていった。ずたずたに切り裂かれて長く伸びた死体が、舗道を擦りながら、引きずられて行った。

一瞬、どうしようかと迷った。たとえどれほど短くとも、そんな瞬間はどんな時にもあるだろう。わたしの半分は、ビリーを胸に抱いたままマーケットへ駆けもどりたがっていた。あとの半分はスカウト目指して走り、ビリーを放りこんでから、自分も乗りこもうとしている。アマンダが悲鳴をあげたのはそのときである。その声はらせん状にだんだんに高まっていく感じで、しまいには超音波に近いまでになった。ビリーが身をすくめて、わたしの胸に顔を押しつけた。

一匹のクモがハッティー・ターマンを襲った。大きいやつだった。そいつは彼女を打ち倒した。服がやせた膝の上までまくれた彼女の上に、そいつはうずくまり、剛毛と刺におおわれた肢で、彼女の肩をなでまわす。そして紐を吐きはじめた。

〝カーモディ夫人のいったとおりだ〟とわたしは思った。〝わたしたちはここで死ぬんだ。みんな死んでしまうんだ〟

「アマンダ！」わたしはどなった。

返事がない。茫然自失しているのだ。クモがビリーの留守番の子守役《ベビー・シッター》だったミセス・ターマンの残骸にまたがっている。ジグソーパズルや、たいていの人が気が狂いそうになるダブル・クロスティック（クロスワードパズルの一種）が大好きだったミセス・ターマン。クモの紐がその彼女に縦横に巻きつき、その白い紐は、それを包んでいる酸性の液が彼女の体を侵していくにつれ、はやくも赤く染まってきていた。

コーネルは眼鏡の奥の目をディナー皿に劣らぬほど大きく見開き、じりじりとマーケットのほうへ後退っていたが、ふいに身をひるがえして駆けだし、ひっかくようにして〈入口〉のドアをあけると、なかに走りこんだ。

わたしの心に開いていた裂け目が閉じたのは、ミセス・レプラーがいきなり進み出て、アマンダに往復びんたを飛ばしたときだった。アマンダの悲鳴がやんだ。わたしはそばによると、彼女の体をスカウトのほうに向かせ、顔をまぢかに寄せて、「行くんだ！」とどなった。

彼女は歩きだした。ミセス・レプラーがわたしのそばをかすめて先に出ると、アマンダをスカウトの後部座席に押しこんで、自分もあとから乗りこみ、いきおいよくドアを閉めた。

わたしはビリーの腕を解かせて、彼を車に放りこんだ。つづいてわたしも乗りこんだとき、一本のクモの紐がおりてきて、わたしのくるぶしを打った。こぶしを握りしめて、握った釣り糸を勢いよく引っぱったときのような、灼けつく感覚が走った。しかも強靱だった。足を力いっぱいに引くと、紐は切れた。わたしはハンドルの前にすべりこんだ。

「閉めて、ああ、ドアを閉めて、ああ神様！」アマンダがわめく。

ドアを閉めた。間一髪で、一匹のクモが、ドアに軽くぶつかってきた。そいつのひどく愚かしい赤い目が、ほんの数インチのところにある。わたしの手首ほどに太い幾本もの肢が、車の四角いボンネットの上を這いまわった。アマンダは半鐘のように絶叫しつづけた。

「あなた、静かになさい」ミセス・レプラーが彼女にいった。

クモは諦めた。匂いを嗅ぎとれないから、わたしたちはいないも同然なのだ。何本あるかわからない肢を動かし、もったいぶった歩き方で霧のなかへもどっていくと、幽霊のようにかすんで、やがて見えなくなった。

わたしは窓の外を見て、そいつが行ってしまったのをたしかめてから、ドアを開けた。

「なにをしているの？」とアマンダが金切り声をあげたが、自分のしていることぐらい心得ている。オリーだっておなじことをしただろう。半歩ほど踏み出して身をかがめ、ピストルを拾ったのだ。何かがすごい勢いで近よってきたが、わたしはそちらを見もしなかった。さっと体を引っこめて、ドアを閉めた。

アマンダがすすり泣きはじめた。ミセス・レプラーが彼女を抱いて慰める。

ビリーがいった。「うちへ帰るの、パパ？」

「そうしてみるつもりだ」

「わかった」彼はおとなしくいった。

わたしはピストルを調べてから、小物入れ《グラブ・コンパートメント》につっこんだ。薬局への探険のあとで、オリーが弾丸を込めなおしていた。弾薬ののこりはオリーとともに失ってしまったが、それはやむをえない。彼がミセス・カーモディと、はさみを持ったやつを、一発ずつ撃って、あとはピストルが地面に落ちたときに一度だけ暴発した。スカウトに乗っているのは四人。もしもその必要が襲ってきたら、わたし自身の分はなにかべつの方法を見つけ出すしかない。

鍵が見つからなくて、一瞬肝を冷やした。ポケットをぜんぶ調べてもなかった。強いて気持ちを落ち着かせ、もう一度ゆっくり調べなおした。鍵はジーンズのポケットにあった。よくあることだが、コインの下にもぐりこんでいたのだ。スカウトのエンジンはすぐさま始動した。頼もしげなエンジンのうなりを聞いて、アマンダは改めて泣き出した。

　エンジンを空転させたまま、その音か排気ガスの匂いに、引き寄せられてくるものがあるかどうか、しばらく動かずに待っていた。これまでの人生で最も長かった五分が、過ぎた。なにごともおこらなかった。

「ここにじっとしているつもりなの？　それとも行くの？」ミセス・レプラーが聞いた。

「行きますよ」そういって、駐車区分からバックで出ると、ロービームをつけた。なにか無意識の衝動――おそらくはさもしい衝動――に駆られて、わたしはフェデラル・マーケットのできるだけ近くを通りながら、ゆっくりと走らせた。スカウトの右側のバンパーが、屑入れをつき倒した。覗き窓からしか、なかのようすを見ることはできない。積み上げた化学肥料や芝生用肥料の袋のために、そこはまるで、園芸用品の大安売りでもやっているように見える。しかし、それぞれの覗き窓には、二、三人ずつの蒼ざめた顔が並んで、こちらをじっと見ていた。そして、それから左にまがり、たちまちわたしたちの背後は、濃い霧に閉ざされてしまった。そして、あの人たちがその後どうなったか、わたしは知らない。

　カンザス街道を、手探りするようなぐあいに、時速五マイルで走って行った。スカウトのヘッドライトとランニングライトをつけていても、七フィートか十フィート以上先は見えなかった。

　ミラーのいったとおり、地面はひどく捻《ねじ》れてしまっていた。ある箇所では道路にひびがはいっている程度だったたが、べつのところでは、地面自体が落ちこんだと見え、舗装面のコンクリート板が大きく傾いていた。それも四輪駆動のおかげで乗り越えることができた。しかしそのうちに、四輪駆動でも越えられない障害物にぶつかるのではないか。

ふだんなら七、八分ですむところを、四十分もかかった。ようやくわが家の私道を示す標示板が、霧のなかからぼんやりあらわれた。ビリーは五時十五分に起こされたためか、ぐっすり眠りこんでいた。乗り慣れたこの車が、きっとわが家のように思えたのだろう。

アマンダが心配そうに道路を見た。「ほんとうにこの道をはいって行くつもり?」

「そのつもりだ」わたしはいった。

しかし、それは不可能だった。通過した嵐がたくさんの樹木の根をぐらぐらにし、そのあとの仕上げに、あの不可解な地盤沈下がおきて、ゆるんだ木を倒してしまっていた。最初の二本はかなり小さかったので、踏み越えることができた。そのつぎにぶつかった松の老木は、無法者のバリケードのように道をふさいでいた。家まではまだ四分の一マイルほどの距離がある。ビリーはかたわらで眠りつづけていた。わたしはスカウトを停め、両手で目をおおって、このあとどうすべきか考えようとした。

わたしはいま、メイン有料道路《ターンパイク》の三番出口に近いハワード・ジョンソンズ・モーターロッジ内に座っている。そして、Hojo (Howard Johnson's の頭文字) のマーク入りの便箋に、ここまでの話をすべて書き記してきたわけだが、あのタフで有能なミセス・レプラーなら、じつに空しいいまの状態を、二、三筆であっというまに説明できたかも知れない。しかし彼女は親切にも、わたしなりに考えぬくことを許してくれたのだ。

結局は脱出できなかった。やつらから逃げ出すことはできなかった。恐怖映画《ホラー》の怪物のようなやつらは、すべてフェデラルにだけいるのだと思いこもうとしたが、それすら無理であった。窓を細目にあけたとき、やつらが森のなかにいるらしい音が聞こえたのだ。このあたりの地域で岩棚《リッジス》と呼んでいる急勾配の傾斜地を、大きな音を立てながらうろついている。たれさがった木の枝の葉っぱから、水滴がぽたぽたと落ちている。頭上の霧が一瞬暗くなったのは、悪夢のような生きた凧が、ぼんやりと姿を見せながらわたしたちの上を飛んでいったのだ。

わたしは自分にいい聞かせようとした――そのときも、そしていまもだ――もしもステフが機敏に行動をおこしていれば、もしも家中のドアや窓をきっちり閉めてなかにいれば、食物は十日や二週間分ぐらいはたっぷりあるだろう、と。それだけが、ささやかな頼みの綱である。たえず心を乱すのは、わたしの記憶にのこる彼女の最後の姿、ひらひらの日よけ帽をかぶり、園芸用の手袋をはめて、ちっぽけな野菜畑に向おうとしていた姿である。その彼女の背後には、霧が湖を越えて迫りつつあった……。

いま考えなければならないのは、ビリーのことだ。ビリー、と呟いてみる。ビリー、ビリー……この文字を、わたしは百回ほどもこの紙に書かずにはいられない気持ちなのだ。ちょうど〝学校ではもう紙つぶてを投げません〟と書くように申し渡された子どものように。そして陽光の満ちあふれた午後三時の静寂が窓からこぼれ入り、先生が自分の机で宿題の添削をしているペンの音だけが聞こえていて、どこか遠くのほうで、子どもたちがにわか作りの野球チームのメンバーを募っている声がする……。

それはともかく、わたしはついに、唯一可能な行動をとった。スカウトを慎重にカンザス街道へ逆戻りさせたのだ。それからわたしは泣いた。

アマンダがおずおずとわたしの肩に触れた。「デヴィッド、お気の毒ね」

「うん」といって、わたしは涙をとめようとしたが、思いどおりにはいかなかった。


三〇二号線に出て左に折れ、ポートランドへ向かった。この道路もところどころひび割れ破損したりしていたが、おおむねカンザス街道よりは走りやすかった。わたしは橋のことが気がかりだった。メイン州の地表は川によって分断されていて、あちこちに大小の橋が架かっている。しかし、ネイプルズ街道《コーズウェー》は損なわれていなかった。そこからポートランドまではずっと、のろのろ運転ではあっても、進みやすかった。

霧はいぜんとして深かった。一度、道路に何本かの木が倒れているのだと思って、思わず車を停めたことがあった。やがてその木が動いて、波のようにうねりはじめたので、触手だとわかった。しばらくとまっていると、触手は退いていった。虹色がかった緑色の胴体に、長い透明の翼のついた、大きな緑色の生き物が、ボンネットにおり立ったときもあった。ひどい畸型のトンボのように見えた。そこで何度か羽ばたいたあと、ふたたびあがって行ってしまった。


カンザス街道をあとにして二時間ほどたったころ、ビリーが、目をさまし、まだママのところにつかないのかとたずねた。倒木のために家まで行けなかったのだと、わたしは答えた。

「ママは大丈夫かな、パパ?」

「パパにもわからない。でも、また見にもどるさ」

彼は泣かなかった。泣くかわりに、また眠りはじめた。むしろ泣いて欲しいくらいだった。あきれるほど眠りつづけるのが、どうも気に入らなかった。

わたしは緊張からくる頭痛を感じはじめていた。時速五ないし十マイルという速度で、霧のなかを運転しつづけているせいだ。その霧のなかからは、いつ何がとびだすかわからない――道路の流失あるいは陥没箇所か、それとも三つ頭の怪物ギドラか。わたしは祈ったように思う。ステフが生きていますように、わたしの不義に対する憤りを彼女に向けないでください、と神に祈った。手に負えないほどの辛い体験をしてきたビリーを、安全な場所へ連れて行く手助けをしてください、と神に祈った。

ほとんどの人が、霧がやってきたとき、車を道の脇に寄せて停めたらしい。正午には、わたしたちはノース・ウィンダムについた。そこからリバー街道《ロード》を走ってみたが、四マイルほど行ったところで、水音の騒々しい川にかかった橋が崩れ落ちていた。車の向きを変えられるだけの場所を見つけるまでに、一マイル近くも引きかえさねばならなかった。わたしたちは結局、三〇二号線を通ってポートランドへ行くことになった。

ポートランドにつくと、近道を通って有料道路にはいった。入口に一列に並んでいる料金徴収所は、ポーラ・グラスが割れてしまって、目がうつろな穴になった骸骨のように見えた。いずれも無人だった。ひとつの徴収所の、ガラス引き戸の出入り口に、袖に〈メイン有料道路局《ターンパイク・オーソリティ》〉と書いた布の縫いつけてある、破れたジャケットが落ちていた。それは生乾きのべとつく血にぬれていた。フェデラルを出てからずっと、ひとりとして生きた人間には出会っていない。

ミセス・レプラーが、「デヴィッド、ラジオをつけてみて」といった。

自分のうっかりさかげんに腹が立って、わたしはおもわず額をたたいた。スカウトにツーバンド・ラジオがついていることを、いまのいままで忘れていたとは。

「よしなさいよ」ミセス・レプラーがにべもなくいった。「いちどきに何もかも考えるなんてできるわけないでしょ。そんなことしたら、頭がおかしくなって、役立たずになるのがオチよ」

AMバンドはどこに合わせても甲高い雑音ばかりで、FMは静かで不気味な沈黙がつづくだけだった。

「どこも放送していないということかしら？」と、アマンダがいった。彼女がなにを考えているのかは、わたしにも察しがついた。わたしたちはかなり南下してきていたから、強力なボストンの放送局のWRKO、WBZ、WMEXのうちどれかを受信できてもいいはずなのだ。だが、もしボストンが消滅してしまったとしたら――。

「まだたしかなことはなにもいえない」わたしはいった。「AMの雑音は、純粋な空中障害によるものだ。霧にはラジオの音波を消す作用もある」

「ほんとうにそう思うの？」

「思うよ」しかしなんの確信もなかった。

さらに南へ向った。あと四十マイルぐらいのところから数えてきたマイル標識が、ゆっくりと通りすぎていく。〈マイル一一〉までくれば、ニューハンプシャー州との州境にきたことになるのだ。有料道路を通るのはよけいに時間がかかった。諦めたがらないドライバーがかなりいたと見え、数ヵ所に追突した車があった。わたしはなんどか中央分離帯を使わねばならなかった。

一時二十分ごろ――空腹を感じはじめたころだ――ビリーがわたしの腕をぐいとつかんだ。

「パパ、あれはなに？　あれはなに？」

なにかの影が、黒いしみのように、霧のなかからぼんやり浮かびあがってきた。崖のようにそそり立って、まともにこっちへ向ってくる。私はブレーキを強く踏んだ。うとうとしていたアマンダが前に投げだされた。

なにかがやってきた――またもや、わたしが確信を持っていえるのは、これだけである。霧のために、かすかにしか姿をとらえられない、というのが実情だったかもしれないが、人間の頭脳が断じて受けつけないようなものが存在する、ということもまた、おなじようにあり得るとわたしは思う。人間のちっぽけな知覚の扉を通りぬけることのできない、暗黒と恐怖が存在するのだ――それと同様な、壮大な美が存在するのとおなじように。

そいつは六本脚だった。それはたしかである。皮膚はスレートのような灰色で、ところどころに暗褐色のまだらがあった。その褐色の斑点が、おかしなことに、ミセス・カーモディの手にあった黄褐色のしみを思い出させた。皮膚は深い皺と襞におおわれ、そこに、何十匹、何百匹という、あの茎状部に目をつけたピンク色の〝虫〟がしがみついているのだった。実際にどのくらいの大きさだったのかはわからないが、そいつはわたしたちの真上を通って行った。灰色の、皺だらけの脚の一本が、たたきつけるように車の窓のすぐそばにおりてきた。あとでミセス・レプラーが語ったところによると、彼女は首を差しのべて上を見あげたが、そいつの胴体の下のほうも見えなかったという。見えたものといえば、隻眼の巨人キュクロプスのもののような二本の脚が、視界から消えるまでのあいだ、まるで生きている塔のように、霧のなかへ持ちあがってはおりてくるようすだけだったそうだ。

そいつがスカウトの上を通っていたとき、シロナガスクジラが鱒の大きさに見えかねないほど、とてつもないしろものだという印象を、わたしは受けた——いい替えれば、想像をはるかに絶する大きさだったということである。やがてそれは地震のような地響きをのこしながら、行ってしまった。州間高速自動車道のセメントにそいつがのこしていった足跡は、底が見えないほどに深かった。一つの足跡だけでも、スカウトがすっぽり落ち込むほどの大きさだったのである。

しばらくはだれも口をきかなかった。ただわたしたちの息遣いと、あの巨大な〝生き物〟が遠ざかるにつれて小さくなっていく地響き以外、なんの物音もしなかった。

ややあってビリーがいった。「あれは恐竜なの、パパ？　マーケットにはいってきた鳥の仲間？」

「そうじゃないだろう。あんな大きな動物が存在するとは思えない。少なくとも地球上にはね」

わたしはアローヘッド計画のことを考えた。いったいあそこではどんな途方もないことをやっていたのだろうかと、またも疑問がわいてくる。

「先へ進まない？」アマンダがおずおずといった。「また引きかえしてくるかもしれないわ」

そのとおりだ。先へ行けばもっといるかもしれない。だがそんなことをいっていても始まらない。わたしたちはどこかへ行かなければならないのだ。そのとてつもない足跡が道路からそれるまで、そのあいだを縫うようにして車を走らせていった。

以上がこの出来事の全部である。というより、ほぼ全部である——最後にひとつだけ、これから書こうと思っていることがのこっているからだ。しかし、これにはすっきりした結末があるわけではない。〝そしてかれらは霧から逃れ、太陽の光あふれる新たないちにちを迎えたのである〟とか、〝わたしたちが目覚めたとき、ようやく州兵が救援にやってきた〟とか、あるいは昔から好んで用いられる手、すなわち〝そして目を覚ましてみると、すべては夢だったのである〟というような結末はないのだ。

こういうのを、父がいつも顔をしかめて呼んだ〝アルフレッド・ヒチコック風の結末〟というのだろう。父がいわんとしていたのは、どう終わるかを読者や観客の勝手な判断に任せる曖昧な結末のことである。父はそういう物語を〝安っぽい趣味〟だといって、軽蔑しか抱いていなかった。

わたしたちが、三番出口に近いこのハワード・ジョンソンズにやってきたのは、夕闇が迫ってきて、それ以上走れば自殺行為になる危険性が生じてきてからであった。その前にも、サコ川にかかっている橋で、すでに危険を冒していた。橋の形がひどく捻れているように見えたが、霧のなかでは、それが向こうまでつながっているかどうかの判断は下せなかった。その賭けにかぎっていえば、わたしたちは勝った。

しかし、これから考えなければならないのは、明日のことだ。

これを書いているいまは、七月二十三日の午前一時十五分。この出来事の前兆だったと思われるあの嵐は、わずか四日前のことにすぎない。ビリーはロビーに、わたしが引っぱり出してきてやったマットレスの上で眠っている。アマンダとミセス・レプラーもそのすぐそばにいる。

わたしは大きなデルコの懐中電灯の光でこれを書いている。外ではピンク色の虫が、ガラスを叩いたりぶつかったりしている。ときおりいちだんと大きい音がするのは、鳥が虫を狙ってやってきているのだ。

スカウトには、まだ九十マイルは走れるだけのガソリンが残っている。問題はここでなんとかガソリンを満タンにしておくことができるかどうかである。外の安全地帯《サービス・アイランド》に、エクソンのスタンドがあるから、電気は切れていても、タンクからいくらか吸いあげることはできるだろう。しかし——

しかし、そのためには外へ出なければならない。

もしもガソリンが確保できれば——たとえここでは無理だとしても——わたしたちは先へ進むつもりだ。わたしの胸のなかには、いまひとつの目的地がある。わたしが伝えたかった最後のひとつというのは、このことである。

確信は持てない。しかしこれしかないのだ。あるいはわたしの想像の産物、単なる願望充足にすぎなかったのかもしれない。たとえそうでなかったにしても、果たせる見込みはきわめて薄い。いったい何マイルあるだろうか。いくつの橋を渡らなければならないだろうか。ビリーが恐怖と苦痛に泣き叫ぶのも構わず、彼を引き裂き、食ってやろうと待ち受けているやつが、いったいどのくらいいるだろう？

あれが白日夢であったという可能性も充分あるので、ほかの三人には話していない……すくなくとも、いまのところはまだだ。

支配人室で、大型の電池切り換え式のマルチバンド・ラジオを見つけた。その背面からは、平たいアンテナ線が窓をぬけて外へのびていた。わたしはそのラジオをつけて電池《BAT》に切りかえ、チューニングダイヤルとスケルチ回路《SQUELCH》のつまみをいじってみたが、依然として雑音がはいるか、まったく沈黙しているかだけだった。

ラジオを消そうとしてつまみに手をのばしかけたそのとき、AMバンドの端の方で、わたしはある一語を聞いたように思った、といって悪ければ、聞いたように夢想した。

それ以上はなにも聞こえなかった。一時間耳を傾けていたが、なにも聞こえなかった。もしもその一語がほんとうに聞こえたのだとしたら、それは音を阻む霧のなかにおこったごく小さな変化——つまり、一瞬のうちに再びふさがってしまったきわめて微細な割れ目——を通ってきたのだということになる。

あの一語。

わたしも少し眠らなければ。もし眠れるものなら……そして、夜明けまで、オリー・ウィークスやミセス・カーモディや店員のノームの顔……それから、日よけ帽のひろい庇で半分影になっていたステフの顔に、つきまとわれずにすむのなら。

ここにはレストランがある。食堂と、長い馬蹄形のランチカウンターのある、典型的なHojoスタイルのレストランである。わたしはこの記録を、カウンターの上に置いていくつもりだ。たぶんいつの日か、だれかが見つけて読んでくれるかもしれない。

あの一語。

ほんとうにあの一語を聞いたのであれば、そうであればいいと思う。

これから寝にゆく。その前にまず、息子にキスをして、彼の耳にふたつの言葉をささやく。

これから見るかも知れない夢に逆らって。
すこし似通った響きのふたつの言葉を。
そのひとつはハートフォードで、
もうひとつは希望《ホープ》だ。

（矢野浩三郎訳）

解説

現在進行形で活躍しているアメリカ作家で、日本でもっとも有名なのはスティーヴン・キングだと言っていいでしょう。[*1]人呼んで《恐怖の帝王》、《現代最高のストーリーテラー》。その作品のほとんどが映像化され、なかには『キャリー』『シャイニング』『スタンド・バイ・ミー』『ショーシャンクの空に』など名作も少なくありません。昨年（二〇一七年）には代表作『IT』が映画化され、アメリカでホラー映画史上最大の興行収入をあげ、日本でも『IT／イット　〝それ〟が見えたら、終わり。』の邦題で大ヒットとなりました。

『キャリー』でデビューしてから四十年以上、常に旺盛な創作活動をつづけてきたキングですから、いまや長編だけでも四十冊を超えています。さらに合作や別名義による長編、大河小説《ダーク・タワー》、中短編集も加えると、その著作の数は膨大なものとなります。映画『IT』ではじめてキングを知ったというひとや、スティーヴン・キングという名前は聞いたことがあるというひとにしてみれば、「いったいどれから読んだらいいんだ！」と途方に暮れてしまうのも不思議ではありません。

ではどうしたらいいのか。**キングをどれから読んだらいいのか迷ったら、まず本書『ミスト短編傑作選』をお読みになるのが正解**です。

本書の多くを占めている中編小説「霧」。これは『ミスト』として映画化（フランク・ダラボン監督・二〇〇七年）され、ネットフリックスによるTVシリーズ『ザ・ミスト』の原作にもなったキングの代表作のひとつです。映画『IT』公開を機に刊行された「ユリイカ　二〇一七年十一月号」[*2]でも、キング研究の第一人者・風間賢二氏と、大のキング・ファンであるマンガ家・広江礼威氏の二人が「最初に読むなら『霧』」と断言しています。

広江氏は、「アクションありドラマありで、中篇としては読みやすいわりにキングの書きたいガジェットがすべて詰まっている」と、風間氏は「僕が最初に『キングすげえ、おもしろい！』と思ったのは、『霧』なんですよ」と語っています（ともに「ユリイカ　二〇一七年十一月号」より）。両氏の言はまさにそのとおりで、家族の日常が天災によってかき乱されるところからはじまり、避難したスーパーマーケット内での人間たちの不和と不安、やがて湧き出して世界を覆う奇怪な霧、そのなかにひそむ異様な何か……と、小気味よく恐怖の空間を築き上げたうえで、さまざまな人間のさまざまな感情が渾然となった不穏なカオスを作中に充満させてゆく。モンスターを触媒に人間の怖さをも描き切り、キングらしさがコンパクトなサイズに収まった不朽の名作なのです。

本書はこの「霧」を核として、キングの第二短編集 *Skeleton Crew*（一九八五年）から中短編五編を精選して編んだ傑作選です。

Skeleton Crew は、これまで日本では『骸骨乗組員』『神々のワード・プロセッサ』『ミルクマン』の三分冊で扶桑社より刊行されていました。しかし、この三巻本が現在では入手困難なため、スティーヴン・キング側の提案で「霧」を中核とした *Skeleton Crew* の傑作選が企画さ

れ、作品選定についてもキング側のチェックを受けたうえで本書が刊行されました。*Skeleton Crew* が発表された一九八五年は、『クリスティーン』や『ペット・セマタリー』のあと、「モダン・ホラーの旗手」としての地位を固めつつあった時代にあたります。野心に満ちた若きキングの才気があふれる四つの短編と名作中編をお楽しみください。

以下、収録順に各作品について簡単な解題を付します。

「ほら、虎がいる」*Here There Be Tygers*

学校を舞台とした幻想小説風の一編。授業中にトイレに行くはめになった生徒の視点で語られる掌編ですが、主人公が見るがらんとした校舎の薄気味悪さは、洋の東西を問わず身近なものなのでしょう。日常がスムーズに非日常にすべりこむ瞬間の鮮烈さが印象に残ります。

なお同題の短編がレイ・ブラッドベリにあり、『ウは宇宙船のウ』（創元SF文庫）に「この地には虎数匹おれり」の題名で収録されています。「虎」が「tiger」ではなく「tyger」になっているのは、詩人ウィリアム・ブレイクの *The Tyger* に由来するとされています。

初出はメイン大学が刊行する文芸誌 Ubris の一九六八年春号。『キャリー』でのデビュー前、キング最初期の作品のひとつです。

「ジョウント」*The Jaunt*

昔ながらのSFを意識した短編。語り口も古きよきSFを意識しているようで、もともとは Omni 誌向けに書かれたものの、「科学的な裏付けが薄弱」とのことでボツになったとの由。

結果、初出はホラー／ファンタジー系の雑誌Twilight Zone（一九八一年）。

ＳＦファンなら題名を見ただけで、「ジョウント」と呼ばれるテレポーテーションが登場するアルフレッド・ベスターの名作『虎よ、虎よ！』（ハヤカワ文庫ＳＦ）を思い出すでしょう。本作はテレポーテーション技術が確立された未来を舞台としていますが、作中でもちゃんと、この技術の語源としてベスターの同作品について言及されています。ジョウントにより火星への旅に出る一家の物語と、ジョウントを開発した科学者の物語が交互に語られていきます。最後に姿をあらわすものを描写する筆は、まさにキング一流。

ちなみにさきほど触れたウィリアム・ブレイクの*The Tyger*は、ベスターの『虎よ、虎よ！』の冒頭に引用されています。

「ノーナ」*Nona*

悪しきものの及ぼす影響が人間の暴力性となって激発する——というモチーフは、スティーヴン・キングが『ＩＴ』『シャイニング』『ザ・スタンド』などなどで繰り返し描いてきたものです。本編もそのひとつ。ホラー作家チャールズ・Ｌ・グラントが編者を務めるアンソロジー*Shadows*（一九七八年）のために書き下ろされました。

チャールズ・Ｌ・グラントはモダン・ホラーの潮流のなかで、ムード重視の「静かなホラー」を標榜した作家で、同アンソロジーもそんなコンセプトで編まれたとのこと。キングによる本編も主人公の綿密な心理描写を前面に出していて、暴力をテーマとしながらも、恐怖の核心は、暴力の物理的噴出よりもそこに至る心理の異様さに置かれています。殺人の病理をねじれた一人称の語りで描き出そうとする手法には、キングが愛するパルプ・ノワール作家ジム・トンプスンの『おれの中の殺し屋』（扶桑社ミステリー）などからの影響も感じ取れます。

なお、主人公がすべての事件のあとに回想を書き綴っているという大枠や陰鬱なムード、そして邪悪な何かの象徴として群れ蠢くネズミたち、というモチーフは、後年の傑作中編「１９２２」[*3]（『１９２２』収録／文春文庫）と共通します。


「カインの末裔」*Cain Rose Up*

こちらもUbris誌（一九六八年春号）に掲載された短い作品。スーパーナチュラルな要素はなく、しかしそれゆえに恐ろしい――敢えてジャンル分けするなら――犯罪小説。ここで何の説明もなく主人公の内部に噴出する「恐るべき何か」の謎を解こうとする思考から、スティーヴン・キングのホラーは生み出されるのではないかとも思えます。

本編に通じる長編をスティーヴン・キングはリチャード・バックマン名義で発表しています。『ハイスクール・パニック』（扶桑社文庫）がそれです。しかし一九八〇年代末から九〇年代前半にかけて起きたアメリカの高校での銃乱射事件について同作との関係が取り沙汰され、一九九七年にケンタッキー州のヒース・ハイスクールで起きた銃乱射事件で犯人のロッカーから同書が発見されたことを機に、キング自身の意向で絶版とされました。

キングは銃規制を支持しており、二〇一三年には前年末に起きたサンディ・フック小学校銃乱射事件を受けて、*Guns*というエッセイを電子出版しています。『ハイスクール・パニック』絶版についても触れられており、このエッセイからあがる利益はすべて、銃規制のための団体

「ブレイディ・キャンペーン」に寄付されるということです。

「霧」*The Mist*

邦訳で二百ページを超え、質量ともに長編並みの充実度を誇る名編。もともとはキングのエージェントでもあったカービー・マッコーリーが企画したアンソロジー*Dark Forces*（一九八〇年）のために書き下ろされました。邦訳は『闇の展覧会　霧』『闇の展覧会　敵』『闇の展覧会　罠』（いずれもハヤカワ文庫NV）として三分冊で刊行されています。

ハーラン・エリスンによるSFアンソロジー『危険なヴィジョン』のホラー版を意識したともされる『闇の展覧会』は、デニス・エチスンやエドワード・ブライアントといった現代ホラー作家の作品のみならず、SF作家（ジーン・ウルフ、クリフォード・シマック、リサ・タトル）や巨匠（レイ・ブラッドベリ、ロバート・ブロック、シオドア・スタージョン）、さらにはエドワード・ゴーリーまでも網羅し、「ホラー」という言葉でくくられる文芸作品の多彩な断面を見せつけています。モダン・ホラーの時代を告げる一冊となった『闇の展覧会』は、世界幻想文学大賞・短編集部門を受賞しました。

キングによれば、「霧」の冒頭の文章はアメリカ作家ダグラス・フェアベアンの長編小説『銃撃！』（ハヤカワ・ノヴェルズ）から拝借したもので、これが小説全体のリズムを決定づけたといいます。これはなかなか興味深い話で、というのも、田舎を舞台にした犯罪小説とでも呼ぶべき『銃撃！』は、しかし、「犯罪小説」とひとくちに言えない一種異様な雰囲気の小説だからです。

ひょんなことから山中で勃発する銃撃戦を小説の中心に据えながらも、西部劇めいた痛快さは皆無で、むしろアメリカの田舎町の閉塞と病理の気配が色濃く漂っているのです。この異様な気配は、アメリカ南部の恐怖を描いたジェイムズ・ディッキーの名作『救い出される』（新潮文庫）に通じるもので、この二作をつなぐ田舎＝暴力＝病理＝恐怖の構図は、もちろんキング作品にダイレクトにつながります。そういう意味で、『銃撃！』と『救い出される』は、キング・ファンなら手を伸ばして損のない小説ではないかと思います。

以上五編、キングらしい恐怖を主眼にし、コンパクトなサイズに収まるように精選しました。本書を入り口に唯一無二の《スティーヴン・キング体験》をお楽しみください。

＊1　ちなみに二〇一八年二月四日にTBSで放送されたクイズ番組『東大王』で出題された「20代〜60代の男女 合計1，000人に聞いた『好きな小説家・作家ランキング』」のなかで、スティーヴン・キングはアガサ・クリスティー（15位）に次いで海外作家ではナンバー2（17位）にランクされていました。同番組で紹介された上位三十作家のうち、キングとクリスティー以外の海外作家は22位のJ・K・ローリング（「ハリー・ポッター」シリーズ）のみ。

＊2　「ユリイカ　二〇一七年十一月号」は「特集・スティーヴン・キング　ホラーの帝王」と題して、巻頭のエッセイと詩を除くと一冊丸ごとスティーヴン・キングのことしか書いていないという充実ぶりです。執筆者は二十七人、特集がはじまるのは二十七ページ。同誌が前回キングを特集し

たのは一九九〇年十一月号なので二十七年ぶりのキング特集。この「二十七」が何を意味するかは、キングの代表作『IT』をお読みになるとわかります。

＊3　「1922」はネブラスカ州の風景が重要なモチーフとなっていますが、ノワール作家ジム・トンプスンはネブラスカと縁の深い作家であること、殺人にいたるオブセッションを一人称で描いていることから、「1922」もジム・トンプスンへのオマージュであるとみることもできそうです。

（編集部）

訳者紹介

松村光生
作家。著書に『グッドバイ・ロリポップ』『わが母の教えたまいし歌』「アーマゲドン2000」シリーズがある。二〇一三年、没。

峯村利哉
英米文学翻訳家。訳書に、ドン・ウィンズロウ『ザ・カルテル』、デイヴィッド・ハルバースタム『ザ・フィフティーズ』、ヤア・ジャシ『奇跡の大地』などがある。

田村源二
英米仏文学翻訳家。訳書に、トム・クランシー『国際テロ』、マーク・グリーニー『米朝開戦』、ジャスパー・フォード『文学刑事サーズデイ・ネクスト』などがある。

矢野浩三郎
英米文学翻訳家。訳書に、スティーヴン・キング『ミザリー』『ドロレス・クレイボーン』、ケン・フォレット『レベッカへの鍵』などがある。二〇〇六年、没。

＊「ほら、虎がいる」「カインの末裔」「霧」は『スケルトン・クルー1　骸骨乗組員』（一九八八年、扶桑社刊）、「ノーナ」は『スケルトン・クルー3　ミルクマン』（一九八八年、扶桑社刊）を底本としました。なお、「霧」には今日の目でみると差別的とされうる表現がありましたが、翻訳者の矢野浩三郎氏がすでに逝去されていることから、著作権継承者の同意のもと、最小限の修正を行ないました。

＊「ジョウント」は新訳です。

文春文庫

ミ ス ト
短編傑作選《たんぺんけつさくせん》

定価はカバーに
表示してあります

2018年5月10日　第1刷
2025年6月25日　第5刷

著　者　スティーヴン・キング
訳　者　矢《や》野《の》浩三郎《こうざぶろう》ほか

発行者　大 沼 貴 之
発行所　株式会社 文 藝 春 秋

東京都千代田区紀尾井町 3-23　〒102-8008
T E L　03・3265・1211㈹
文藝春秋ホームページ　https://www.bunshun.co.jp

落丁、乱丁本は、お手数ですが小社製作部宛お送り下さい。送料小社負担でお取替致します。

印刷・TOPPANクロレ　製本・加藤製本　Printed in Japan
ISBN978-4-16-791076-1

（　）内は解説者。品切の節はご容赦下さい。

ペット・セマタリー
スティーヴン・キング（深町眞理子　訳）（上下）
競争社会を逃れてメイン州の田舎に越してきた医師一家を襲う怪異。モダン・ホラーの第一人者が〝死者のよみがえり〟のテーマに真っ向から挑んだ、恐ろしくも哀切な家族愛の物語。
キ-2-4

IT
スティーヴン・キング（小尾芙佐　訳）（全四冊）
少年の日に体験したあの恐怖の正体は何だったのか？　二十七年後、薄れた記憶の彼方に引き寄せられるように故郷の町に戻り、IT（それ）と対決せんとする七人を待ち受けるものは？
キ-2-8

シャイニング
スティーヴン・キング（深町眞理子　訳）（上下）
コロラド山中の美しいリゾート・ホテルに、作家とその家族がひと冬の管理人として住み込んだ――。S・キューブリックによる映画化作品も有名な「幽霊屋敷」ものの金字塔。（桜庭一樹）
キ-2-31

ミザリー
スティーヴン・キング（矢野浩三郎　訳）
事故に遭った流行作家のポールは、愛読者アニーに助けられるが、自分のために作品を書けと脅迫され……。著者の体験に根ざす〝ファン心理の恐ろしさ〟を追求した傑作。（綿矢りさ）
キ-2-33

夜がはじまるとき
スティーヴン・キング（白石　朗　他訳）
医者のもとを訪れた患者が語る鬼気迫る怪異譚「N」、猫を殺せと依頼された殺し屋を襲う恐怖の物語「魔性の猫」など全六篇収録。巨匠の贈る感涙、恐怖、昂奮をご堪能あれ。（coco）
キ-2-35

ジョイランド
スティーヴン・キング（土屋　晃　訳）
恋人に振られた夏を遊園地でのバイトで過ごす僕。生涯の友人にも出会えた僕は、やがて過去に幽霊屋敷で殺人を犯した連続殺人鬼が近くに潜んでいることを知る。巨匠の青春ミステリー。
キ-2-48

11／22／63
スティーヴン・キング（白石　朗　訳）（全三冊）
ケネディ大統領暗殺を阻止するために僕はタイムトンネルを抜けた…巨匠がありったけの物語を詰めこんで、「このミス」他国内ミステリーランキングを制覇した畢生の傑作。（大森　望）
キ-2-49

（　）内は解説者。品切の節はご容赦下さい。

ドクター・スリープ（上下）
スティーヴン・キング（白石　朗　訳）
〈景観荘〉の悲劇から30年。今もダニーを襲う悪しきものども。超能力〝かがやき〟を持つ少女との出会いが新たな惨劇への扉を開く。名作『シャイニング』の圧倒的続編！　（有栖川有栖）
キ-2-52

ミスト　短編傑作選
スティーヴン・キング（矢野浩三郎　他訳）
町を覆った奇妙な濃霧。中に踏み入った者は「何か」に襲われる……。映画化、ドラマ化された名作「霧」他、初期短編からよりぬいた傑作選。スティーヴン・キング未体験者におすすめ。
キ-2-54

ミスター・メルセデス（上下）
スティーヴン・キング（白石　朗　訳）
暴走車で群衆に突っ込み、大量殺人を犯して消えた男。そいつを追って退職刑事が執念の捜査を開始する。米最大のミステリー賞、エドガー賞を受賞した傑作。ドラマ化。　（千街晶之）
キ-2-55

呪われた町（上下）
スティーヴン・キング（永井　淳　訳）
荒れ果てた屋敷が丘の頂から見下ろす町、セイラムズ・ロット。小さな町に不吉な失踪と死が続発する。丘の上の屋敷に潜むのは何者か？　史上最強の吸血鬼ホラー。　（風間賢二）
キ-2-59

マイル81　わるい夢たちのバザールⅠ
スティーヴン・キング（風間賢二・白石　朗　訳）
廃墟のパーキングエリアに駐まる車に近づいた者を襲う恐怖を描く表題作、死刑囚の語るおぞましい物語「悪ガキ」他全十編。ホラーから文芸系の小説まで巨匠の筆が冴える短編集その1。
キ-2-61

夏の雷鳴　わるい夢たちのバザールⅡ
スティーヴン・キング（風間賢二　訳）
滅びゆく世界を静かに見つめる二人の男と一匹の犬。美しく悲しい表題作、見事な語りで花火合戦の末路を描く「酔いどれ花火」他全十編。著者自身による自作解説も楽しい短編集その2。
キ-2-62

任務の終わり（上下）
スティーヴン・キング（白石　朗　訳）
昏睡状態の殺人鬼メルセデス・キラー。その脳内には新たな大量殺人の計画が。謎の連続自殺の調査を始めた退職刑事ホッジズは恐るべき真相に気づくが。三部作完結編。　（三津田信三）
キ-2-63

（　）内は解説者。品切の節はご容赦下さい。

スティーヴン・キング（深町眞理子　訳）
ペット・セマタリー（上下）
競争社会を逃れてメイン州の田舎に越してきた医師一家を襲う怪異。モダン・ホラーの第一人者が〝死者のよみがえり〟のテーマに真っ向から挑んだ、恐ろしくも哀切な家族愛の物語。
キ-2-4

スティーヴン・キング（小尾芙佐　訳）
IT（全四冊）
少年の日に体験したあの恐怖の正体は何だったのか？　二十七年後、薄れた記憶の彼方に引き寄せられるように故郷の町に戻り、IT（それ）と対決せんとする七人を待ち受けるものは？
キ-2-8

スティーヴン・キング（深町眞理子　訳）
シャイニング（上下）
コロラド山中の美しいリゾート・ホテルに、作家とその家族がひと冬の管理人として住み込んだ――。S・キューブリックによる映画化作品も有名な「幽霊屋敷」ものの金字塔。（桜庭一樹）
キ-2-31

スティーヴン・キング（白石　朗　他訳）
夜がはじまるとき
医者のもとを訪れた患者が語る鬼気迫る怪異譚「N」、猫を殺せと依頼された殺し屋を襲う恐怖の物語「魔性の猫」など全六篇収録。巨匠の贈る感涙、恐怖、昂奮をご堪能あれ。（coco）
キ-2-35

邱　挺峰（藤原由希　訳）
拡散　大消滅2043（上下）
二〇四三年、ブドウを死滅させるウィルスによりワイン産業は壊滅の危機に――。あの地球規模の感染爆発の真相とは。〝台湾のダン・ブラウン〟と評された華文SF登場。（楊　子葆）
キ-18-1

スチュアート・タートン（三角和代　訳）
イヴリン嬢は七回殺される
舞踏会の夜、令嬢イヴリンは死んだ。おまえが真相を見破るまで彼女は何度も殺される。タイムループ＋人格転移、驚異の特殊設定ミステリ。週刊文春ベストミステリ2位！（阿津川辰海）
タ-18-1

ジェフリー・ディーヴァー（池田真紀子　訳）
ウォッチメイカー（上下）
残忍な殺人現場に残されたアンティーク時計。被害者候補はあと八人…尋問の天才ダンスとともに、ライムは犯人阻止に奔走する。二〇〇七年のミステリ各賞に輝いた傑作！（児玉　清）
テ-11-17

（　）内は解説者。品切の節はご容赦下さい。

父を撃った12の銃弾（上下）
ハンナ・ティンティ（松本剛史 訳）
父の身体に12の弾傷がある。父は何も語らない。祖母は父が母を殺したと責める。娘は両親の過去を調べ始めた。繊細な自然描写と骨太な犯罪小説が融合した傑作ミステリ。（池上冬樹）
テ-19-1

その女アレックス
ピエール・ルメートル（橘 明美 訳）
監禁され、死を目前にした女アレックス――彼女が秘める壮絶な計画とは？「このミス」1位ほか全ミステリランキングを制覇した究極のサスペンス。あなたの予測はすべて裏切られる。
ル-6-1

悲しみのイレーヌ
ピエール・ルメートル（橘 明美 訳）
凄惨な連続殺人の捜査を開始したヴェルーヴェン警部は、やがて恐るべき共通点に気づく――『その女アレックス』の刑事たちを巻き込む最悪の犯罪計画とは。鬼才のデビュー作。（杉江松恋）
ル-6-3

傷だらけのカミーユ
ピエール・ルメートル（橘 明美 訳）
カミーユ警部の恋人が強盗に襲われ、重傷を負った。執拗に彼女の命を狙う強盗をカミーユは単身追う。『悲しみのイレーヌ』『その女アレックス』に続く三部作完結編。（池上冬樹）
ル-6-4

わが母なるロージー
ピエール・ルメートル（橘 明美 訳）
『その女アレックス』のカミーユ警部、ただ一度の復活。パリで爆発事件が発生。名乗り出た犯人はまだ爆弾が仕掛けてあるという。真の動機が明らかになるラスト1ページ！（吉野 仁）
ル-6-5

監禁面接
ピエール・ルメートル（橘 明美 訳）
失業中の57歳・アランがついに再就職の最終試験に残る。だがその内容は異様なものだった――。どんづまり人生の一発逆転はなるか？　ノンストップ再就職サスペンス！（諸田玲子）
ル-6-6

僕が死んだあの森
ピエール・ルメートル（橘 明美 訳）
六歳の子を殺してしまった十二歳の少年。遺体を隠し家に戻ってから、腕時計を失くしたことに気づく。『その女アレックス』で世界を驚愕させた鬼才が放つ極上のサスペンス！（三橋 曉）
ル-6-7

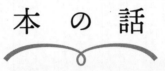